오래된 풍경화

오래된 풍경화

발행일	2025년 1월 31일		
지은이	정경훈		
펴낸이	손형국		
펴낸곳	(주)북랩		
편집인	선일영	편집	김현아, 배진용, 김다빈, 김부경
디자인	이현수, 김민하, 임진형, 안유경	제작	박기성, 구성우, 이창영, 배상진
마케팅	김회란, 박진관		
출판등록	2004. 12. 1(제2012-000051호)		
주소	서울특별시 금천구 가산디지털 1로 168, 우림라이온스밸리 B동 B111호., B113~115호		
홈페이지	www.book.co.kr		
전화번호	(02)2026-5777	팩스	(02)3159-9637

ISBN 979-11-7224-470-5 03810 (종이책) 979-11-7224-471-2 05810 (전자책)

(주)북랩 성공출판의 파트너

북랩 홈페이지와 패밀리 사이트에서 다양한 출판 솔루션을 만나 보세요!

홈페이지 book.co.kr • **블로그** blog.naver.com/essaybook • **출판문의** text@book.co.kr

작가 연락처 문의 ▸ ask.book.co.kr

작가 연락처는 개인정보이므로 북랩에서 알려드릴 수 없습니다.

공학자가 그려낸 유년 시절의 감성 스케치

오래된
풍경화

정경훈 지음

북랩

들어가는 말

　학업을 마친 후 40년 가까이 한국원자력연구원에서 근무하면서, 연구보고서, 설계도면, 설계계산서, 논문이라는 울타리 안에서 살아왔습니다. 맡겨진 일상의 업무는 논리로 가득한 수많은 수식, 도표, 그리고 데이터로 이루어져 있어, 감성이 비집고 들어갈 틈이 없었습니다. 그래서 메마른 과학적 접근 방식을 벗어나기 위한 작은 탈출구로서, 색지를 찢거나 오려서 종이에 붙여 그림을 만들고, 오래전의 기억을 글로 끄적이곤 했습니다. 중학교 1학년 미술 시간에 조색표(調色表)를 만들고, 색깔의 느낌을 표현하기 위해 색지를 오려 붙여 보았던 적이 있습니다. 그때 남은 색지가 아까워서 찢고 오려 붙여 가끔 그림도 만들어 보았습니다. 그리고 얼기설기 색지를 찢어 붙이듯이 어린 시절의 오래된 시골의 풍경을 어설픈 글로 나타내 보았습니다. 수년 전에는 그동안 써 놓았던 몇 개의 글들을 한국소음진동공학회지에 싣기도 했습니다. 이제 정년퇴임을 얼마 남겨

두지 않은 시점에 그동안 모아온 그림들과 학회지에 실었던 글들을 가다듬고 덧붙여 책으로 엮었습니다. 될 수 있으면 어린 시절에 만나고 써왔던 말이나 단어를 익숙한 표준어로 바꾸지 않고, 날것 그대로 적었습니다. 또한 요즘 시대에는 보기 어려운 사물이나 말들을 글 말미에 주석을 달아, 독자들이 이해하는 데 도움이 되도록 했습니다. 이 글을 대하는 독자들이, 50여 년 전 전라도 어느 시골의 오래된 풍경들이 선명하지는 않을지라도, 머릿속에 어렴풋이나마 그려 보기를 기대합니다.

차 례

────── Ⅱ 기억의 조각들──────────

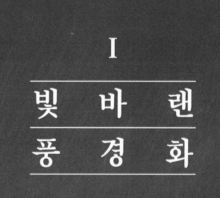

I

빛 바 랜

풍 경 화

눈이 온 날

1

 내 오랜 기억 속 어린 시절의 겨울 풍경은 항상 하얀 눈이 온 세상에 소복하게 쌓여 있는 모습입니다.

 두툼한 솜이불 속에서 방바닥에 남아있는 온기를 깔고 누워 있는 겨울날 이른 아침, 어머니와 고모가 부엌에서 부산스럽게 아침밥을 짓느라 가마솥의 솥뚜껑을 여닫는 소리가 잠결에 들려옵니다. 아랫방 부엌에서는 아버지가 쇠죽을 끓이려고 불을 때고 있나 봅니다. 부엌에서 '똑똑' 나뭇가지를 부러뜨리는 소리가 들려옵니다. 내복을 입고 자는 동생들과 나는 아침이면 시나브로 식어가는 방바닥의 온기를 빼앗기지 않으려고 이불 속에서 몸을 웅크립니다. 우리는 달콤한 늦잠의 끝자락을 붙잡고 아랫목으로 더 깊이 파고듭니다.

 아버지가 대나무 빗자루로 마당에 쌓인 눈을 쓸어내는 소리가 잠결에 어렴풋이 들립니다. 탱탱해진 아랫배의 긴장감에 옷을 주섬주섬 꿰어 입고, 눈을 비비며 마당으로 나와 구석에 밀쳐 놓은 눈더미에 오줌을 갈깁니다. 하얗게 쌓인 눈더미 속으로 칼집처럼 검고 깊숙한 구멍이 나고 주위가 누렇게 변합니다. 순식간에 오줌으로 눈이 녹아 사라지는 것이 재미있어, 지척에 있는 칙간을[1] 두고도 일부러 눈더미에 오줌을 누는 것입니다.

온몸을 웅크린 채 부엌으로 들어가, 어머니가 데워 놓은 물을 가마솥에서 한 바가지 퍼서 수대에[2] 담아 마당 한쪽에 있는 세숫대야에 붓습니다. 하얀 수증기가 피어오르는 세숫대야에 몸을 굽혀 고양이 세수를 합니다. 어설픈 세수를 마치고 수챗구멍 쪽으로 쓸어 모아 놓은 눈더미에 세숫물을 찌클면[3] 더운 물줄기가 닿는 곳마다 눈더미에 깊은 골이 파여 어둑한 지도가 만들어집니다. 손과 얼굴에 물기가 가시지 않은 채로 후다닥 마루에 올라와 방문 고리를 잡으면, 금세 얼어 손끝이 문고리에 쩍쩍 달라붙습니다. 얼른 방문을 열고 들어와, 벽에 걸려 있는 얇고 기다란 당목[4]수건으로 젖은 얼굴과 손을 닦습니다. 그리고 곧바로 이불 속에 웅크리고 있는 동생들을 깨우고, 솜이불을 개어 벽장 안에 넣은 뒤 그 위에 베개들을 차곡차곡 올립니다.

2

조금 후, 부엌으로 난 쪽문으로 어머니가 건네준 밥상을 받아 안방 가운데로 옮깁니다. 김치와 동치미 반찬 그릇들이 밥상 위에서 주르르 미끄러지며 얼음을 탑니다. 조심스럽게 밥상의 중심을 잡고 방 가운데에 내려놓습니다. 어머니는 부엌에서 쪽문을 열고, 식구

수대로 소복이 담은 밥을 쟁반에 올려 방 안으로 건넵니다. 시래기 된장국이 담긴 국그릇들도 김을 모락모락 내며 안방으로 들어옵니다. 가족들이 안방에 모두 모여 아침밥을 먹습니다. 나는 할아버지와 겸상하고, 나머지 식구들은 도래상에⁽⁵⁾ 빙 둘러앉아 아침 식사를 합니다.

3

아침 식사를 마치면 나는 사립문을 나섭니다. 사립문 옆 대밭에서는 밤새 내린 눈의 무게에 휘어진 대나무들 사이로 터널 같은 어둑한 공간이 보입니다. 하룻밤 사이에 하얗게 변해버린 세상이 아침 햇살에 눈부시게 빛납니다. 대문을 나와서 빗자루로 쓸린 눈길 위에서 실눈으로 동네를 내려다봅니다. 눈을 뒤집어쓴 동네 초가지붕들이 하얀 호빵처럼 탐스럽게 부풀어 있습니다. 솜타래 같은 눈이 울타리의 나뭇가지마다 살포시 얹혀 있다가 살살 부는 바람에 나무 아래로 조용히 내려앉습니다.

어느덧 동네의 비탈진 고샅이 아이들의 놀이터로 변합니다. 고샅에 다져진 눈길 위에서 아이들이 무리지어 썰매를 탑니다. 소란스럽고 왁자지껄한 아이들의 외침이 동네에 퍼져 나갑니다. 비탈진 고샅은 수많은 평행선의 썰매 자국으로 번들거려 갑니다. 동네 어른들은 눈이 다져지지 않은 고샅 가장자리로 조심조심 마실을 다니며,

길을 미끄럽게 만들어 놓는다고 아이들에게 핀잔을 줍니다. 하지만 아이들은 누구 하나 새겨듣지 않고, 겨울 놀이의 신바람에 귓등으로 흘러버립니다.

고샅을 메운 아이들의 귀와 볼때기는 찬바람에 빨갛게 얼어 버리고, 거북이 등처럼 갈라진 손등을 싸고 있는 젖은 털장갑 안으로는 찬바람이 스며듭니다. 검정 고무신 안으로 눈이 들어가고, 뒤꿈치 쪽을 덧대 기운 양말이 젖어갑니다. 바짓가랑이도 녹은 눈에 젖어듭니다. 시린 손을 입으로 호호 불어도 보고, 장갑 낀 손으로 양쪽 귀를 감싸 보지만 추위가 가시지 않습니다. 찍개를[6] 썰매에 끼워 어깨에 둘러메고, 언 몸을 녹이러 집으로 향합니다.

<u>4</u>

마루에 올라가며 발을 털어 고무신을 토방에 내동댕이치듯 벗어 던집니다. 방문을 열고 안방으로 들어서자, 갑자기 눈앞이 깜깜해집니다. 방 안이 마치 토굴 속처럼 어둡습니다. 한참이 지나서야 방 안의 모습이 눈에 들어옵니다. 젖은 양말과 장갑을 윗목에 벗어 두고, 얼른 아랫목 이불 속으로 들어가 몸을 녹입니다.

점심때 먹을 밥을 노란 양은[7] 밥통에 담아서 안방 아랫목 솜이불 아래에 묻어 둡니다. 어머니는 이불 아래로 발을 넣고 앉아서,

긴 대바늘로 우리들의 스웨터를 뜨고 있습니다. 대바늘을 밀었다 빼는 어머니의 손놀림이 무척 빠릅니다. 우리가 밖에서 놀다가 돌아오면, 어머니는 짜고 있던 미완의 스웨터를 우리들의 가슴에 대보며 얼마나 더 떠야 할지 가늠해봅니다.

나와 동생들은 안방과 작은방, 그리고 건넌방으로 들락거립니다. 방문이 열렸다 닫힐 때마다 문풍지가 펄럭거리고, 찬바람이 방 안으로 몰려듭니다. 이쪽 방과 저쪽 방으로 수선스럽게 오가다 보면 어른들로부터 '파장에 엿할미[8]'같다는 핀잔을 듣습니다.

5

눈이 온 대문 밖의 세상은 여전히 동네 아이들에게 놀이 천국입니다. 점심밥을 먹고 나온 아이들은 산비탈의 깔끄막에[9] 쌓인 눈을 모아 다지고, 고무신으로 매끄럽게 윤을 내서 미끄럼대를 만들어서 놀고 있습니다. 기차놀이처럼 아이들 여러 명이 일렬로 허리춤을 잡고 쪼그리고 앉아 눈 미끄럼대에서 쭈끄럼을[10] 탑니다. 아이들이 줄지어 쭈끄럼을 타고 내려가다가 한 아이가 중심을 잃고 몸이 옆으로 기울면서 허리춤을 잡았던 손을 놓치고 맙니다. 아이들이 한꺼번에 눈밭으로 나동그라지며 깔끄막 아래로 구릅니다. 그래도 아이들은 즐거운 비명을 지르며 깔깔댑니다.

<u>6</u>

한껏 짧아진 해가 남쪽 산능선 위를 돌아 서산 너머로 뉘엿뉘엿 사라지면, 휑한 겨울 하늘에 찬바람이 지나갑니다. 어스름이 내려 앉는 고샅 울타리의 나뭇가지에서 마른 잎이 바스락거리는 소리를 냅니다. 매서운 겨울바람이 얼굴을 때리며 지나갑니다. 장갑 낀 손으로 얼굴을 감싸고, 동네 동무들과 고샅 여기저기를 쏘다니다가 집으로 돌아옵니다. 낮에 잠시 녹았다가 다시 얼어붙은 고샅의 눈더미 위를 종종걸음으로 걸을 때마다 얼음이 부서지면서 발 아래에서 빠그락거리는 소리를 냅니다. 하늘에 붉은 노을이 곱게 입혀지고, 언제 나왔는지 눈썹달이 서쪽 하늘가에 깎아 놓은 손톱처럼 박혀 있습니다.

방한 모자를 눌러쓴 아버지와 할아버지가 집 모퉁이에서 작두로 여물을 썹니다. 아버지가 짚벼눌에서[11] 짚단을 가져와 풀어 헤치고, 지푸라기를 한움큼씩 잡아 올립니다. 그리고 벼이삭이 있던 끝을 붙잡아 지푸라기 밑동을 큰 돌멩이에 쳐댑니다. 지푸라기의 밑동에 달라붙어 있던 흙과 찌꺼기가 먼지로 날아갑니다. 다듬어진 지푸라기를 한곳에 쌓아두고, 할아버지가 작두 옆에서 지푸라기를 먹입니다. 아버지는 작두날 끝에 달린 디딤목에 발을 올려 딛고 여물을 썹니다. 디딤목에 달린 끈을 손으로 잡고 올렸다가 발로 내려 딛는 순간, 작두에 먹인 지푸라기가 손가락 길이로 잘리며 일시에 아래로 내려앉습니다. 작두날 옆에 잘린 여물이 수북하게 쌓여갑니다. 지푸라기에서 마른 풀 냄새가 올라옵니다. 가져온 짚단의 지푸라기를 모두 썰어 여물 가마니에 담고 나서, 작두날이 열리지 않도록 손잡이 끈으로 작두대에 동여매어 집 모퉁이에 작두를 세워 둡니다.

7

동네 이곳저곳 초가집의 굴뚝에서 하얀 연기가 폴폴 솟아오르고, 어스름이 깔릴 즈음 아버지가 아랫방의 부석작에⁽¹²⁾ 불을 지펴 여물을 쑵니다. 부석작으로부터 새어 나온 벌건 불기운이 어둑어둑한 집안에 온기를 채워 줍니다. 가마솥 가장자리에는 여물 찌꺼기가 덕지덕지 붙어 있습니다. 솥뚜껑 아래로 여물 끓인 물이 눈물처럼 가마솥을 따라 주르르 흘러내리면, 허연 김도 새어 나오면서 씩씩댑니다. 쇠죽 끓는 퀴퀴한 냄새가 온 집안을 감쌉니다. 아버지는 무쇠 솥뚜껑을 열고 김이 모락모락 나는 여물을 함지에 퍼 담은 뒤, 쌀겨를 군데군데 뿌려줍니다. 여물을 외양간의 소 구시에⁽¹³⁾ 부어주고 나서, 아궁이에서 불당그래로⁽¹⁴⁾ 벌건 잉걸불을⁽¹⁵⁾ 모읍니다. 벌겋게 달아오른 숯불을 부삽에 담아 무쇠 화로 안에 넣습니다. 화로에서 인두로 불이 핀 숯을 다듬을 때마다 불똥이 불꽃놀이처럼 화로 위로 솟구칩니다.

아버지가 다듬어진 화로를 마루에 올려놓습니다. 나는 벌건 화로를 안방으로 옮기려고 양손을 벌려서 화로의 가장자리에 달린 철사 손잡이를 잡습니다. 화끈한 열기가 치고 올라와 얼굴을 얼른 옆으로 돌립니다. 벌린 두 팔로 화로를 잡아 옮기는 걸음이 엉거주춤합니다. 화로의 열기가 낮 동안에 식었던 안방을 데웁니다. 윗목 어디선가 꺼진 방구들에서 새어 나온 매캐한 연기가 안방을 가득 차 있습니다. 잠시 방문을 열어 찬공기로 연기를 몰아내고 나서, 방을 밝히려고 알전등을 켭니다. 촛불을 켜둔 정도로 방 안이 흐릿하게 밝아집니다.

8

이른 저녁 식사로 고구마밥이나 무밥을 먹고 나면, 이웃집 아저씨가 밤마실을[16] 옵니다. 아저씨는 할아버지와 함께 곰방대에 풍년초[17] 담뱃가루를 꼭꼭 채워 넣고, 화롯불에서 인두로 불씨를 집어 올려 담뱃불을 붙입니다. 곰방대를 빨고 나서 날숨을 내쉬면, 굴뚝 같은 콧구멍에서 담배연기가 뿜어 나옵니다. 꺼진 구들장에서 올라왔던 연기 대신 이번에는 방안이 온통 담배연기로 가득 채워집니다. 이웃집 아저씨는 삼국지의 영웅들에 대해 방금 전쟁터에서 구경이라도 하고 온 듯 생생하게 이야기를 풀어 갑니다.

2

밤마실을 왔던 이웃집 아저씨도 저녁이 늦어 돌아가고 나면, 나는 밤참이 먹고 싶어집니다. 안방에서 정지로[18] 난 쪽문으로 나가 큼지막한 어머니 신발을 질질 끌고 가서 가마솥 위에 매달려 있는 알전등을 더듬어 켭니다. 냉기가 가득하고 깜깜하던 부엌이 일시에 흐릿하게 드러납니다. 뒤쪽 정지문을 열고 나가면, 삐그덕 소리를 내며 나에게 알은체를 합니다. 달빛마저 사라진 뒤안으로[19] 뒷방문 창호에서 배어 나온 희미한 불빛이 어슴푸레 비칩니다. 희미하게 새어 나온 안방의 불빛을 의지하여 눈이 쌓인 장독대 옆 땅 아래 묻어둔 항아리를 찾아냅니다. 지푸라기를 헤집고 항아리 뚜껑을 열어 살얼음이 낀 동치미를 사기그릇에 담아 옵니다. 그리고 가마솥 안에 남겨 두었던 스텐[20] 밥그릇의 밥을 챙기고, 살강에서[21] 찾은 김치를 쟁반에 담아 방 안으로 들여옵니다. 부엌에서 달라붙은 냉기가 방 안으로 따라 들어옵니다.

가족들이 방 안에 둘러앉아 가마솥에서 꺼내 온 미지근한 밥에 얼음이 밴 차디찬 김치와 동치미를 곁들여 먹습니다. 목구멍으로 김치를 넘길 때마다 추워서 몸서리를 칩니다. 그런데 이상하게도 콧잔등에 땀이 송골송골 맺힙니다. 밤참을 끝내고, 반찬 그릇과 밥그릇을 부엌 설거지통에 내어놓고 잠을 잘 준비를 합니다. 화로 속의 뜨거웠던 숯덩이는 할아버지의 뱃가죽처럼 삭아서 불기운이 사그라지고, 할머니의 머리털처럼 쇠어 회색의 재로 변했습니다. 식어버린 화로를 마루에 내어놓고, 사기 요강을 방 안으로 들여와 머리맡 윗목 한쪽에 놓아둡니다.

10

나는 잠들기 전에 오줌을 누러 마당으로 나갑니다. 멀찌감치 듬성듬성 눈이 녹았다가 다시 단단히 얼어붙은 곳에 서리가 뿌옇게 내려앉아 있습니다. 오줌을 누며 올려다본 하늘에는 오리온 별자리가 뚜렷하게 빛납니다. 울타리에서 하늘로 높이 솟은 죽나무[22] 주위를 밤새껏 돌던 북두칠성이 나뭇가지에 걸려 멈춰 있습니다. 오줌 끝물에 겨울의 냉기가 갑자기 온몸으로 파고들어 오들오들 떨립니다. 신발을 토방에 내동댕이치듯이 후다닥 마루 위로 뛰어 올라와, 방문을 벌컥 열고 얼른 방 안으로 들어옵니다.

알전등을 끄고 안방 아랫목에 깔린 솜이불 속으로 냉큼 들어갑니다. 벽장에서 냉기를 담고 있다가 방금 아랫목으로 내려온 솜이불은 벽장에서 묻혀온 찬기운을 금세 녹여주지 못합니다. 나와 동생은 이불 속에서 몸을 웅크리고 이리저리 구르며 방바닥에서 올라오는 온기로 몸을 녹입니다. 우리는 이불 속에서 서로 이불을 잡아당기며 뒹굽니다. 내가 이불을 감고 몸을 빙그르르 돌려 동생 쪽 이불이 내 쪽으로 딸려 오면 동생이 아우성을 칩니다. 이번에는 동생이 반대쪽으로 이불을 감고 돌리면 내 쪽의 이불이 함께 딸려 갑니다. 한참 동안의 실랑이가 이제 그칩니다. 황량한 겨울 밤하늘의 어둠 속에서 깜빡이는 여윈 별빛처럼 한기가 휩쓸고 지나가는 산 아래 초가집 방 안에서 희미하게 붙들려 있는 온기에 의지하여 우리는 깊은 잠 속으로 스르르 녹아 들어갑니다.

저자 주

(1) 칙간: 변소를 가리키며 측간(廁間)의 전라도 사투리.

(2) 수대: 함석으로 만든 양동이를 가리키는 전라도 사투리.

(3) 찌클다: 끼얹다의 전라도 사투리.

(4) 당목: 두 가닥 이상의 가는 실을 한 가닥으로 꼬아 만든 무명실로 폭이 넓고 발이 곱게 짠 피륙 (布帛).

(5) 도래상: 커다란 둥근 밥상.

(6) 찍개: 썰매를 움직이기 위해 양손에 들고 얼음을 찍어 누르는 날카롭고 긴 쇠못이 박힌 막대기.

(7) 양은: 구리에 니켈과 아연을 섞어 만든 합금으로 알루미늄과 전혀 다른 재료지만 시골에서 통상적으로 알루미늄을 양은이라고 불렀음.

(8) 파장에 엿할미: 시골 5일장이 끝나갈 무렵에 엿을 하나라도 더

팔려고 부산하게 이리저리 움직이는 할머니를 나타내는 속담으로 매우 분주히 이리저리 왔다 갔다 하는 사람을 비유함.

⑼ 깔끄막: 비탈진 언덕길이나 산비탈을 가리키는 말로, 가풀막의 전라도 사투리.

⑽ 쭈끄럼: 쭈그리고 앉아서 타는 미끄럼을 가리키는 전라도 사투리.

⑾ 짚벼눌: 추수하고 난 지푸라기를 묶어 짚단을 만들어 농가 한쪽에 쌓아 둔 무더기. 짚가리를 가리키는 전라도 사투리. 제주도에서는 '눌'이라는 말이 눌러 놓는다는 뜻으로 쌓아둔 무더기를 가리키는데, 여기에 지푸라기와 벼라는 말이 붙어 '짚벼눌'이라는 말이 생기지 않았나 추측함.

⑿ 부석작: 아궁이의 전라도 사투리.

⒀ 구시: 구유의 전라도 사투리. 소와 같은 가축에게 먹이를 담아 주는 고정되어 있는 그릇.

⒁ 불당그래: 아궁이의 불을 밀어 넣거나 아궁이 밖으로 당겨내는 데 쓰이는 작은 고무래.

⒂ 잉걸불: 이글이글 핀 숯불.

⒃ 밤마실: 밤에 집 근처에 사는 이웃집에 놀러 가는 일.

⒄ 풍년초(豐年草): 1950년대 중반부터 1960년대 중반까지 판매되었던 가루담배의 우리나라 상표명.

⒅ 정지: 부엌의 전라도 사투리.

⒆ 뒤안: 뒤란의 전라도 사투리. 집 뒤의 울안.

(20) 스텐: 스테인리스강을 가리키는 관용어.

(21) 살강: 그릇을 얹어 놓기 위해 시골집 부엌의 벽 중턱에 드린 선반.

(22) 죽나무: 참죽나무와 가죽나무가 있는데, 여기서 죽나무는 참죽나무를 말함. 주로 전라도 시골의 집울타리에서 자람.

겨울 소경(小景)

1

바람 한 점 없는 맑고 포근한 겨울날입니다. 동네 어른들이 고샅에 나와 양지바른 담벼락을 등지고 서서, 양손을 저고리 소매에 가로로 끼워 넣고 해바라기를 합니다. 어른들 뒤로 그림자들도 다리를 꺾고 담벼락을 따라 일렬로 서 있습니다. 눈이 녹아 질퍽했던 고샅의 양지쪽은 물기가 가시고 제법 꼬독꼬독해져 있습니다.

초가지붕의 양지쪽에 쌓였던 눈이 녹아 반쯤 벗겨진 잿빛 용마름 위로 푸른 하늘이 열려 있습니다. 옆집 그늘진 초가지붕 처마 끝에 줄지어 늘어선 고드름이 땅을 가리키며 링거액 같은 물방울을 뚝뚝 떨어뜨립니다. 그러던 중 갑자기 고드름 덩어리 하나가 대열을 이탈하여 처마 아래로 '철퍼덕'하고 땅 위로 주저앉습니다. 녹은 고드름 물이 고샅의 처마 밑을 적셔가고, 양지바른 담벼락을 따라 아지랑이가 아른아른 피어오릅니다.

2

햇살이 비껴간 초가지붕의 한쪽에는 아직도 눈이 가지런히 쌓여

녹지 않고 남아 있습니다. 눈더미가 잘려 나간 처마 끝에는 유월의 죽순을 닮은 고드름이 나란히 매달려 있습니다. 아이들은 그중 크고 단단한 고드름을 골라 조심스럽게 따냅니다. 고드름 뿌리에 지푸라기가 매달려 따라옵니다. 맨손으로 잡은 고드름에서 손의 온기로 녹은 물이 뚝뚝 떨어집니다. 손이 시려워 서둘러 다른 손으로 옮겨 잡고, 이내 또다시 바꿔 잡습니다. 아이들은 방금 딴 고드름으로 칼싸움을 시작합니다. 기다란 얼음 칼로 상대방과 겨루지만, 한 번 부딪치기만 하면 목이 댕강 부러져 땅에 떨어지고, 순식간에 고드름은 산산조각이 납니다. 위엄을 뽐내던 얼음 칼이 단 한 번의 충격에 허망하게 부서지자, 아이들이 깔깔댑니다. 부러져 손에 남은 얼음 칼자루를 입에 물고 빨다가 와작 깨물어 먹습니다. 입안에 가득 찬 차가움으로 혀가 얼얼해집니다.

3

　양지쪽 고샅에서 마른 땅을 골라, 한 무리의 사내아이들이 편을 갈라 자치기 놀이를 합니다. 새끼자를 어미자로 치는 경쾌한 소리가 나고, 총알처럼 허공을 가르며 새끼자가 날아갑니다. 새끼자가 휙 날아가 고샅 옆 질퍽거리는 푸른 보리밭에 푹 꽂힙니다. 보리밭으로 새끼자를 찾으러 들어가던 아이가 어기적거립니다. 신발 밑창에 무른 흙이 달라붙어 마치 높다란 통굽 신발을 신은 것 같습니다. 바짓가랑이 여기저기에도 젖은 흙이 엉겨 붙어 보기가 난감해

집니다. 새끼자를 집어 온 아이는 새끼자를 마른 땅바닥에 대고 쓱
쓱 문질러서 달라붙은 흙을 털어냅니다. 그리고 나서 신발 바닥에
달라붙은 끈적거리는 흙도 돌멩이에 문질러 닦아냅니다.

4

여자아이들 예닐곱 명이 편을 갈라 오재미[1] 놀이를 합니다. 쑥
떡 크기의 오재미를 던져 상대방을 맞히려고 합니다. 아이들은 오
재미를 피하려 이리저리 몸을 날립니다. 그러다가 날아오는 오재미
를 손으로 낚아채서 되던지고 놉니다. 고샅의 다른 한쪽에서는 여
자아이들이 흥얼거리며 고무줄놀이에 여념이 없습니다. 두 여자아
이가 멀찍이 서서 검정 고무줄을 팽팽히 당겨 양쪽 다리에 걸고,
다른 아이는 고무줄에 발을 걸고 폴짝폴짝 뛰며, 리듬에 맞춰 노래
를 부릅니다.

"무찌르자 오랑캐 몇 백만이냐……"

뜀뛰는 여자아이의 단발머리가 출렁입니다.

5

동무 서너 명이 방 안에 모여 앉아 윷놀이를 시작합니다. 달력
뒷면의 하얀 백지에 윷판을 그리고, 붉은 색이 도는 밤나무나 대추
나무 줄기를 낫으로 잘라 정성껏 다듬은 윷가락을 가져와 편을 갈

라 윷놀이를 합니다. 서너 번의 대결이 끝나고 윷놀이에 흥미가 식어갈 즈음, 누군가 화투를 꺼내 들고 담요 위에 펼칩니다. 동무들이 담요를 중심으로 빙 둘러 앉아 화투놀이를 합니다. 이긴 사람이 패자의 손목을 손가락으로 때립니다. 화투놀이가 끝나면, 낡아 빠진 공책을 찢어 정사각형 딱지로 접어내니, 손끝에서 또 다른 놀이가 탄생합니다. 호주머니에 딱지를 한 움큼 넣고 나가 고살 마른 땅에서 동무들끼리 딱지치기를 합니다. 딱지를 힘껏 내리쳐 상대방의 딱지를 뒤집는 순간, 환호와 탄식이 뒤섞입니다.

6

아버지와 할아버지가 건넌방에서 가마니를 짭니다. 방 한쪽에 세워진 가마니틀 옆으로, 물에 적셔진 지푸라기가 한 무더기 쌓여 있습니다. 아버지는 여러 가닥의 새끼줄을 일정한 간격을 잡아 세로로 날줄을 만들고, 구멍이 일정하게 뚫린 가마니 바디에[2] 새끼줄을 하나씩 정성스레 꿰어 넣습니다. 할아버지는 가마니틀 옆에 앉아 벌려진 새끼줄 사이로 긴 대나무 자 같은 밀대에 지푸라기를 걸쳐 하나씩 매끄럽게 밀어 넣습니다. 아버지는 새끼줄이 줄줄이 꿰어진 바디를 아래로 탁탁 눌러 지푸라기가 새끼줄을 따라 엮이도록 합니다. 그 후, 바디를 위로 올려 벌려진 새끼줄의 방향을 바꾸고, 할아버지는 다시 지푸라기를 새끼줄 사이로 밀어 넣습니다. 베틀에서 삼베를 짜듯, 날줄과 씨줄이 수평과 수직으로 엇갈리며, 바디 아래로 가마니가 서서히 완성되어 갑니다. 가마니를 짜는 동안 여기저기 흩어진 지푸라기 티끌과 널브러진 짚다발이 방안을 온통 어지럽힙니다.

7

강둑길에 올라 겨울 들판을 바라봅니다. 하얗게 눈이 내려앉은 논 위로 푸른 보리싹이 살며시 고개를 내밉니다. 들판을 가로지르는 전봇대 전선 위에 나란히 앉아 있던 검은 까마귀 떼가 갑자기 허공을 휘저으며 날아올랐다가, 보리싹이 올라온 논 위로 내려앉습니다.

아이들이 강둑길에 모여서 연날리기를 합니다. 동무는 얼레를[3] 잡고 앞으로 뛸 준비를 하고, 나는 가오리연을 잡아 하늘로 올립니다. 동무는 연이 바람을 받아 하늘로 잘 올라가는지 뒤돌아보며, 바람이 불어오는 방향으로 강둑길을 따라 힘껏 내달립니다. 한순간 허공으로 솟구치던 연이 중심을 잃고 휘청이며 빙글빙글 돌더니, 그대로 땅바닥에 처박힙니다. 가오리연의 가장자리 꼬리를 조금 잘라 내어 중심을 잡고 연을 다시 하늘로 올립니다. 드디어 가오리연이 바람을 받아 하늘로 오르기 시작합니다. 얼레를 천천히 풀어가며 연을 더 높이 올립니다. 다른 아이들의 연도 하늘 높이 올라갑니다. 가오리연의 꼬리 세 개가 팔락거립니다. 서너 개의 가오리연과 방패

연이 바람을 받아 하늘 멀리서 좌우로 흔들립니다. 얼레에서 풀려나간 무명실이 바람을 타고 부드럽게 포물선을 그리며 아스라이 허공의 한 점으로 수렴합니다. 겨울 바람의 고집이 팽팽한 힘으로 얼레에 전해집니다. 얼레에 감긴 연줄을 감았다 풀었다 하며 긴장된 겨울바람의 팽팽한 힘을 즐깁니다. 연날리기가 지루해질 무렵, 아이들은 연줄을 얽어 연싸움에 열을 올립니다. 얼레에서 연줄을 감고 풀기를 반복하며 치열한 싸움을 벌입니다. 어느 순간, 얼레에 당겨지는 힘이 사라지며, 방패연 하나가 허공으로 아스라이 멀어져 갑니다. 연싸움에서 진 아이는 풀이 죽어 강둑의 마른 쑥대 위로 늘어진 무명실을 챙겨 얼레에 감습니다. 자유를 얻은 연은 이웃 동네 울타리를 넘어, 신작로 끝의 높은 미루나무 가지에 걸립니다. 나뭇가지에 붙들린 연은 겨울 내내 불어오는 바람에 흔들리며 그네를 탑니다.

<u>8</u>

꼬깃꼬깃 접어 둔 돈을 쥐고 마을 앞 삼거리 점방으로[4] 달려가, 촛농처럼 줄지어 붙은 화약이 돌아 보이는 빨간 종이 화약 한 장을 사옵니다. 두드러기처럼 볼록볼록 솟은 화약이 박힌 종이를 돌멩이 위에 얹고, 다른 돌멩이로 볼록한 화약을 내리치면 연기와 함께 '딱' 소리와 함께 화약이 터집니다. 성냥 머리보다 훨씬 매캐한 화약 냄새가 코끝을 강하게 찌릅니다. 가끔 화약이 터지면서 불꽃이 일어나, 빨간 화약 종이를 새까맣게 태우기도 합니다. 어떤 아이들은 나무로 깎은 장난감 권총에 종이 화약을 잘라 넣고 고무줄 방아쇠를 당겨 총소리를 냅니다. 지나가는 사람들에게 장난삼아 '빵!' 소리를 내며 깜짝 놀라게 장난질도 합니다.

9

어머니가 떠준 털모자를 쓰고 벙어리장갑을 끼고 밖으로 나갈 채비를 합니다. 찍개 두 개를 썰매에 꽂아 어깨에 둘러메고 사립문을 나섭니다. 산그늘이 드리워져 겨우내 햇볕이 쓸고 지나가지 않았던 무논에서 아이들이 모여 썰매를 탑니다. 신나게 미끄러지던 썰매가 얼음 위로 삐죽 고개를 내민 잘린 벼포기 위를 지나다 갑자기 제동이 걸립니다. 썰매를 타고 있던 아이가 썰매 앞으로 고꾸라지자, 반동으로 반대 방향을 향해 썰매 혼자서 꽁무니를 빼고 달아납니다. 얼음판에 고꾸라졌던 아이가 옷에 묻은 얼음조각을 탈탈 털며 자리에서 일어나 멀리 달아난 썰매를 잡으러 가던 중 또다시 얼음 위에서 미끄러지며 넉장거리를[5] 합니다. 그 모습에 주변에 있던 아이들이 깔깔댑니다. 몇몇 아이들은 팽이를 가져와 얼어붙은 논에서 팽이치기도 합니다. 닥나무 채찍이 팽이에 닿으면 돌던 팽이가 잠시 휘청이다가 다시 빠르게 회전합니다. 아이들은 팽이끼리 싸움을 붙여 서로 부딪쳐 튕겨 나가도록 겨룹니다. 빠르게 돌던 팽이가 상대 팽이와 부딪치며 튕겨 나가더니, 이내 관성을 잃고 서서히 멈추어 섭니다.

햇살이 눈부신 낮 동안, 산그늘이 미처 챙기지 못해 부실해진 얼음 위를 한 아이가 조심스레 지나다가 얼음이 푹 꺼지면서 한쪽 발이 논물 속으로 빠집니다. 고무신 안으로 차디찬 얼음물이 들어가고, 젖은 발이 깨질 듯이 시린 아이는 울상을 지으며 얼음판에서 함께 놀던 동무들과 함께 논둑으로 올라와 누렇게 말라버린 잡초들을 손으로 뜯어옵니다. 들판을 이리저리 굴러다니던 마른 낙엽도 주워 모아 논둑 위에 쌓습니다. 호주머니에서 꺼낸 성냥개비로 마른 잡초와 낙엽에 불을 붙입니다. 매캐한 연기와 함께 불꽃이 솟아오릅니다. 논에서 썰매를 타던 아이들까지 사막에서 오아시스를 발견한 듯 너도나도 몰려와 모닥불 주위로 빙 둘러서서 곁불을[6] 쬡니다. 논물에 빠진 아이는 누런 흙탕물이 뚝뚝 떨어지는 젖은 양말을 벗어 쥐어짭니다. 양말에서 흙탕물이 주르르 흘러 쏟아집니다. 아이는 겨드랑이에 손을 넣어 추위를 녹이고, 다른 아이의 어깨를 짚으며 벗은 발을 모닥불에 쬡니다. 다른 손에 젖은 양말을 펴 들고 모닥불에 말려 봅니다. 모닥불이 서서히 사위어 갈 무렵, 아이들은 발 빠르게 주위를 뒤져 마른 나뭇가지를 주어오고 마른 잡풀은 손으로 쥐어뜯어 옵니다. 거두어 온 땔감을 점점 사그라드는 모닥불 위에 얹자, 불길이 따닥거리는 소리를 내며 되살아나고, 회색 연기와 함께 불꽃이 생기를 되찾아 힘차게 솟아오릅니다. 모닥불 가까이에 들고 있던 젖은 양말에서 옅은 김이 솔솔 피어오릅니다. 장갑을 벗

고 모닥불 가까이 손을 내민 아이들의 갈라진 손등에도 서서히 온
기가 스며듭니다.

저자 주 _____

(1) 오재미: 오자미의 전라도 사투리. 베를 덧대고 바느질로 서로 꿰
매어 지갑처럼 만든 것에 콩이나 보리, 또는 모래를 넣고 이들이
밖으로 새 나가지 않도록 바느질로 입구를 막아 마무리한 예전
의 놀이 기구. 주먹 안에 들어갈 크기로 만들어 던지며 놀았음.

(2) 바디: 가마니를 만들기 위하여 여러 가닥의 수직 새끼줄이 등간
격으로 지나도록 구멍이 뚫린 나무로 길게 만들어진 기구.

(3) 얼레: 연줄을 감는데 쓰는 기구. 얼레라는 말보다는 연자세라는
사투리로 불리었음.

(4) 점방: 작은 규모로 여러 가지 물건을 파는 상점.

(5) 넉장거리: 네활개를 벌리고 뒤로 벌렁 나자빠짐.

(6) 곁불: 얻어 쬐는 불.

동짓날

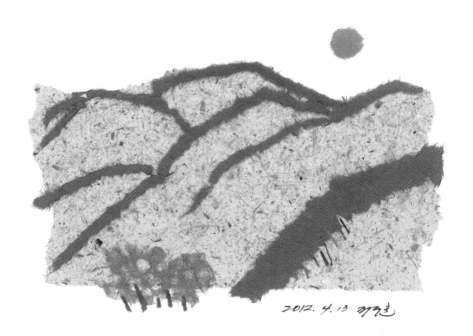

2012. 4. 13 박경호

1

　마른 나무로 엮어 만든 울타리가 고샅을 따라 가지런히 둘러져 있습니다. 새끼줄로 시침질한 나무 울타리 사이를 헤집고 한 무리의 굴뚝새들이 소란스레 헤집고 지나갑니다. 식어버린 겨울 해가 산 너머로 서서히 스러지고, 서쪽 산등성이 위로, 벗겨 놓은 삶은 달걀 같은 초승달이 티끌 하나 없이 곱디고운 엷은 주홍빛 하늘에 걸려 있습니다.

　산속에 낙엽을 떨군 성긴 나무들 아래로 비듬 같은 잔설(殘雪)이 내려앉아 있습니다. 투명한 하늘에서 흘러온 찬바람이 고샅을 씻고 지나갑니다. 울타리의 마른나무에 매달린 갈색 나뭇잎들이 바스락거리는 신음을 냅니다. 겨울 햇살이 잠시 스쳐 지나간 고샅은 쌓인 눈이 녹아 동지팥죽처럼 질펀했다가, 저녁 무렵부터 바늘처럼 날카로운 얼음이 돋아나며 돌멩이처럼 단단히 굳어갑니다.

2

　집에서 식구들이 동지 팥죽을 준비합니다. 씻어 온 팥을 가마솥

에 넣고 천천히 삶습니다. 나는 아궁이 앞에 쪼그리고 앉아 부석작
[1] 안에 바짝 마른 누런 솔잎을 모아 놓고, 그 위에 잔 나뭇가지를
얹은 뒤 성냥을 그어 불을 붙입니다. 화한 유황 냄새가 코끝으로 올
라옵니다. 촛불만 했던 불이 세력을 키우며 모닥불처럼 활활 타오릅
니다. 어둑한 부석작 속이 금세 환해지고, 희미한 알전등 불빛보다
밝은 빛이 부석작에서 새어 나옵니다. 등 뒤로 시커먼 그림자가 부
석작의 불꽃에 맞춰 흔들거립니다. 퍼런 생솔가지를 부석작에 던져
넣자, 타닥타닥 소리를 내며 불기운이 한순간 폭발하듯 솟구칩니
다. 검게 그을린 부엌 벽과 천장에는 그을음이 뭉쳐 검은 실로 늘어
져 있습니다.

불을 지피며 얼었던 두 손을 연신 비벼대고, 아궁이의 따스한 열
기를 쬡니다. 덜 마른 소나무의 잘린 끝에서 끈적한 송진이 맑은
콧물처럼 녹아 나오며 진한 솔향을 냅니다. 때죽나무와 자귀나무
가지를 활활 타오르는 아궁이 속으로 던지니, 매끄럽게 잘린 나무
밑동의 낫 자국에 드러난 타원의 나이테 가장자리에서 수액이 지글
지글 끓으며 작은 거품을 만들어 냅니다. 뜨거운 불길에 휩싸인 나
무는 매캐하면서도 달짝지근한 향을 은은히 흘립니다. 아버지가 산
에서 지게로 가져와 부엌 귀퉁이에 쌓아 두었던 나뭇가지들이 겨울
바람에 아직 충분히 마르지 않았나 봅니다. 아궁이에서 몽실몽실
새어 나온 매캐한 연기가 부엌에 가득 찹니다. 눈이 매워 부지깽이
로 아궁이 속의 땔나무를 살짝 들춰 연기를 가라앉힙니다. 아궁이

에서 올라오는 열기로 얼굴은 화끈거리지만, 온기가 비켜간 등이 시립니다.

드디어 가마솥이 칙칙거리며 마치 증기기관차처럼 힘찬 소리를 냅니다. 스프링클러에서 물이 뿜어 나오는 것처럼 하얀 김이 세차게 새어 나옵니다. 한참 동안 불을 더 지펴서 팥을 충분히 삶은 뒤, 솥뚜껑을 열면 십 촉짜리 알전등 아래로 하얀 김과 함께 푹 익은 구수한 팥 냄새가 온 부엌을 감쌉니다. 어머니는 바가지로 뜨끈한 팥을 함지에 퍼 담아 식히고, 주걱으로 으깬 부드러운 팥을 체에 걸러냅니다. 팥껍질을 걸러낸 고운 보랏빛 팥물을 다시 가마솥에 붓습니다.

방앗간에서 곱게 빻아 온 찹쌀가루를 반죽한 뒤, 따끈한 방안에 식구들이 빙 둘러 앉아 두 손바닥 사이에 떼어 올리고, 손바닥을 부드럽게 돌리면서 동글동글한 새알심을 빚어냅니다. 사기(砂器) 구슬 같은 하얀 새알심이 쟁반 위에 가득 채워집니다.

가마솥 아래 잦아들었던 불을 다시 지피면, 활화산의 화구(火口) 안에서 마그마가 튀듯이 팥물이 보글보글 끓어오르며 가마솥 안 여기저기서 튀어 오릅니다. 쟁반 가득 담아 온 새알심을 조심스레 솥에 넣고, 가마솥 바닥에 동지 팥죽이 눌어붙지 않도록 어머니가 부뚜막에 쪼그리고 앉아 긴 주걱으로 연신 저어 줍니다. 주걱으로 저을 때마다 하얀 새알심이 김이 피어오르는 팥물 사이에서 둥둥 떠올랐다가 이내 사라지기를 반복합니다. 한소끔 끓인 동지 팥죽을 바가지로 퍼서 함지에 담습니다. 솥에서 피어오른 김이 부엌을 가득 채워, 마치 뿌연 안개가 깔린 듯합니다. 할머니는 바가지로 퍼 올린 팥물을 솔가지에 묻혀 집 바깥쪽 벽 여기저기에 뿌립니다. 이는 팥의 붉은 기운이 악귀를 몰아낸다는 옛 믿음을 따른 것입니다.

3

소반 위에 식구 수대로, 복(福)자가 푸른 글씨로 새겨진 하얀 주발에 동지팥죽을 담아, 두어 군데 칠이 벗겨진 개다리소반에 얹어 안방으로 보냅니다. 어머니는 장독 옆 땅속에 갈무리해 둔 동치미 항아리 뚜껑을 엽니다. 옹기 항아리 속에서 아직도 퍼렇게 살아 숨쉬는 댓잎이 마중을 나오면, 시린 손으로 대나무 가지를 헤치고 동치미를 건져 내옵니다. 도마 위에서 옥빛 무를 썰어, 커다란 양푼에 담아 안방으로 들여보냅니다. 개다리소반에 담아온 뜨거운 동지 팥죽을 커다란 도래상으로 옮깁니다. 온 식구가 도래상에 둘러앉아 동지 팥죽 한 그릇에 살얼음이 낀 동치미를 반찬 삼아 곁들여 먹습니다. 뜨거운 새알심을 베어 물 때마다, 입안이 데일 것 같습니다. 식구들도 호호 불어가며 동지 팥죽을 숟가락으로 떠먹습니다. 너무 뜨거워서 채 씹지도 못하고, 미끌미끌한 새알심을 얼른 목으로 넘깁니다. 식도를 따라 뜨거운 새알심이 목줄기를 타고 내려갑니다. 얼른 새콤하고 짭조름한 동치미 국물을 마시고 나면, 입안 가득했던 뜨거움이 한결 누그러집니다.

4

방문 밖 어둠 속을 헤집고 달리는 한겨울 찬바람에 문풍지가 부르르 떨며, 감기 고뿔로 오한(惡寒)이 든 듯한 소리를 냅니다. 방바닥을 타고 올라오는 따끈한 열기와 화롯불의 메마른 불기운이 방안에서 새어 나간 온기를 훈훈하게 다시 채워줍니다. 건넌방 어딘가, 살짝 내려앉은 구들장 틈새로 새어 올라온 매운 연기가 방 안으로 스밉니다. 동지팥죽에서 올라왔던 눅눅한 온기가 방안으로 살며시 침투한 동짓달의 외풍(外風)을 녹입니다. 저녁 식사가 끝난 뒤, 아랫방에서 간간이 들려오는 할아버지의 해소 기침 소리가 겨울밤의 고요를 깹니다.

저자 주 _____

(1) 부석작: 아궁이의 전라도 방언.

화롯불

2015. 2. 1 화롯서곡 정연원

1

정지문⁽¹⁾ 바깥으로 펼쳐진 겨울 하늘에 어둠이 서서히 스며듭니다. 구름 한 점 없이 투명한 얼음장 같은 하늘로 하얀 눈을 입은 나목(裸木)들이 치솟아 오르고 있습니다. 저녁 무렵, 아버지가 아랫방 부석작에⁽²⁾ 불을 때고 나면, 활활 타오르던 불꽃이 천천히 잦아들며 뜨겁게 농축된 잉걸불로 변합니다. 아버지는 부삽에 잉걸불을 가득 담아, 재로 삭아 내려앉은 무쇠 화로 안으로 쏟아 넣습니다. 따끈한 숯불이 화로에 수북하게 담깁니다. 화로 바닥의 퍼석한 재가 화로 속의 뜨거운 열기가 방바닥으로 내려오지 못하도록 막아줍니다. 검은 숯 위로 벌건 화기가 살아 흘러 다닙니다. 무쇠 화로에 담긴 잉걸불을 인두로 꾹꾹 눌러 가지런히 정리합니다. 조그만 불티들이 어둑한 부엌 천장 쪽으로 일시에 튀어 오르다 사라집니다. 기세가 등등했던 화로 속 불길이 얌전해집니다. 농축된 열기가 갇힌 무쇠 화로를 안방으로 옮깁니다. 구들장의 틈새로 올라온 매캐한 연기 때문에 알전등이 켜진 안방이 흐릿합니다. 지표를 뚫고 올라온 화산의 유황 연기 안으로 들어간 듯 가슴이 답답해지고 갑자기 기침이 납니다. 잠깐 방문을 열자, 방문 밖을 서성이던 싸늘한 겨울바람이 한꺼번에 몰려 들어와 방안에 갇혀 있는 연기를 빠르게 몰아냅니다. 마루 한쪽에서 찬바람에 얼어 마른 명태처럼 뻣뻣하게 굳어버린 걸레를 가져와, 방안의 온기로 녹여 방바닥을 훔칩니다.

2

안방 시렁에 목침(木枕) 모양의 메주들이 지푸라기에 묶여 거꾸로 매달린 박쥐처럼 주렁주렁 걸려 있습니다. 빡빡 밀어 놓은 사내아이 머리에 기계충이[3] 번지듯, 마르면서 갈라진 메주 틈 속 여기저기에 얼룩덜룩한 곰팡이가 피어 있습니다. 할아버지가 태운 담배 냄새와 메주 냄새가 반죽이 되어서 겨우내 안방을 퀴퀴하게 채웁니다. 한 장짜리 달력에 박혀 있는 국회의원이 방문 쪽 벽에 벽화처럼 붙어서 근엄한 표정으로 우리 식구의 일상을 굽어봅니다. 일 년 365일의 가지런한 숫자들이 정치인을 후광(後光)처럼 둘러싸고 있습니다. 기름기로 반질거리는 정치인의 머리에서도 포마드 냄새보다 메주 냄새가 배어 나올 것만 같습니다.

수수깡으로 둘러 낮게 울타리를 친 안방 윗목에는 가을에 밭에서 캐 온 흙 묻은 고구마가 수북이 쌓여 있습니다. 추운 겨울날, 한데[4]에 고구마를 내놓으면 얼어서 썩어버리기 때문에 안방 윗목에 고구마를 쌓아 두었다가 겨울철 간식으로 꺼내 먹습니다. 수북이 쌓인 고구마 더미에서 달콤한 풋내가 은은하게 방 안에 가득 퍼집니다.

건넌방 아랫목 벽에는 대나무 횃대가[5] 걸려 있고, 그 위로 어른들의 외출복인 두루마기와 치마가 허리를 꺾고 걸려있습니다. 횃대와 옷들은 화려한 수(繡)가 놓인 횃댓포로[6] 곱게 덮여 있습니다. 횃댓포에서는 변함없이 모란 꽃밭에 나비가 쌍쌍이 날아들고, 암수 원앙이 사랑을 속삭이고 있습니다. 어머니가 처녀 시절에 꿈꾸었던 횃댓포 속의 낙원이 이제는 어른들의 고된 일상을 묵묵히 지켜보고 있습니다. 어머니는 두루마기와 저고리에 하얀 새 동정을[7] 달아, 화로에서 달궈진 인두로 정성스럽게 눌러 다립니다. 갓 동정을 바꾼 두루마기와 저고리를 횃대에 가지런히 다시 걸어 둡니다.

3

밤이 깊어질수록 화롯불이 힘을 잃고, 서서히 사위어 갑니다. 붉게 타오르던 숯불도 시나브로 삭아가며 푸석한 회색의 재로 변합니다. 인두로 재 속에 숨어 있던 숯불을 위로 올리고 화롯불을 평평하게 다듬습니다. 석쇠를 가져다 화로 위에 걸쳐 올리고, 윗목에 쌓아둔 고구마 몇 개를 골라 부엌에서 깨끗하게 씻어 옵니다. 과도로 얇게 썰어 동글납작한 고구마 조각들을 석쇠 위에 올립니다. 갓 잘라낸 고구마에서 하얀 뜨물 같은 진액이 배어나옵니다. 누리끼리한 단면이 숯불에 구워지며, 엷은 김이 올라옵니다. 노릇하게 익은 고구마를 젓가락으로 집어서 입으로 호호 불어가며 먹습니다. 구운 고구마를 한 입 베어 물었는데 너무 뜨거워서 뱉어 내려다가 포도시[8] 삼킵니다. 뜨겁게 달궈진 조개탄이 식도를 타고 내려가는 것 같고, 입천장도 덴 것 같습니다. 동생들이 화로 곁에 쪼그리고 앉아 둥지 속의 어린 새새끼들처럼 고개를 들고 구운 고구마를 받아먹습니다. 모두 먹고 나면 석쇠를 치우고, 인두로 기세가 다한 화롯불을 다독여 깔끔히 정리합니다.

4

빈 달걀 껍질에 구멍을 내어 불린 쌀을 반쯤 채워 넣고, 한지로 아귀를 막아 밥풀로 붙입니다. 그렇게 준비한 달걀을 화로 속 숯불에 절반쯤 묻어 둡니다. 잠시 뒤, 달걀 속에서 밥물이 보글보글 끓어오르며, 밥 내음과 함께 김이 한지 위로 올라옵니다. 부젓가락으로 달걀을 조심스럽게 올립니다. 숯불에 덴 갈색의 달걀 껍질이 은은한 탄내를 풍깁니다. 밥을 품은 달걀을 꺼내 식히고 나서 달걀껍질을 살살 벗겨내면, 하얀 쌀밥에서 엷은 따뜻한 김이 피어오릅니다. 고소하고 윤기가 흐르는, 세상에서 제일 맛이 있는 고두밥을 반찬 하나 없이도 즐깁니다.

5

설을 쇠고 남은 흰 가래떡, 인절미와 쑥떡을 광주리와 채반에 가지런히 담아 불기가 없는 광의 시렁 위에 얹어 보관합니다. 설이 지나면 담아 두었던 떡을 꺼내 와 겨울철의 간식으로 구워 먹습니다. 화롯불 위에 석쇠를 올리고, 딱딱하게 굳은 떡을 손으로 똑똑 꺾어 먹기 좋게 잘라 가지런히 올립니다. 화롯불 열기를 머금은 떡이 풍선처럼 부풀어 오릅니다. 납작한 떡의 아래쪽은 석쇠에 눌려 마름모꼴 석쇠 자국이 생깁니다. 노릇노릇 익어가는 떡에서 퍼져 나오는 고소한 냄새가 방 안을 가득 채웁니다. 익어가는 떡들을 젓가락으로 하나씩 뒤집다 보면, 쑥떡과 인절미에서 떨어진 콩고물이 석쇠 아래 화롯불로 떨어집니다. 콩고물이 떨어진 자리가 검게 타며 붉은 눈을 깜빡이다가 이내 매캐한 연기를 올립니다. 떡이 다 구워지면 석쇠에서 집어낸 떡들을 쟁반에 담아 온 식구들이 둘러앉아 하나씩 들고 먹습니다. 뜨거운 떡을 손으로 집었다 놓았다를 반복하다가 어느 정도 견딜 만하면 손에 들고 한입 베어 뭅니다. 입천장이 델까 봐 입을 벌리고, 용가리가 불을 뿜어내듯 떡에서 나오는 열기를 뱉어냅니다. 바삭하고 고소한 떡의 겉껍질이 바스러지며 말랑하고 따끈한 속살이 입안에서 놀다가 사라집니다. 조청을 접시에 담아 와 떡을 찍어 먹으며 쫄깃한 단맛을 즐깁니다. 쌀을 아낀 쑥떡에서는 질긴 쑥 찌꺼기가 씹힙니다. 콩고물이 떨어진 자리에서 올라왔던 연기도 사라지고 나면 화롯불이 평온을 찾아갑니다. 살강[9] 아래 단지 속에서 얼음이 동동 떠 있는 식혜를 대접에 퍼와서 떡으로 뜨거워진 입안의 열기를 식힙니다. 차가운 식혜가 시원하게 온몸을 씻고 내려갑니다. 맛있던 떡들이 광주리에서 사라져가는 것이 너무나 아쉽기만 합니다.

*저자 주*_____

⑴ 정지문: 나무로 만든 재래식 부엌문.

⑵ 부석작: 아궁이의 전라도 방언.

⑶ 기계충: 일명 두부백선(頭部白癬)이라는 피부병으로 하얗게 머리 피부가 변하고 가려우며 머리털이 빠짐. 머리를 깎는 이발 기계로 옮긴다고 하여 기계충(機械蟲)이라는 명칭이 붙어있음.

⑷ 한데: 사방과 하늘을 지붕이나 벽으로 가리지 않는 곳.

⑸ 횃대: 방 안의 아랫목 벽에 옷을 걸 수 있게 만든 가로로 매달린 긴 막대. 두루마기나 치마 등 외출복을 횃대에 걸어서 옷이 구겨지지 않도록 했음.

⑹ 횃댓포: 횃대에 걸린 옷에 먼지가 타지 않도록 덮은 포. 색실로 횃댓포에 수를 놓아 방 안을 장식하는 효과도 있음.

⑺ 동정: 한복의 저고리 깃 위에 덧대어 꾸미는 기다란 흰 헝겊 오리.

⑻ 포도시: 겨우나 간신히를 의미하는 전라도 사투리.

⑼ 살강: 재래식 부엌에서 그릇을 얹어 놓을 수 있도록 부엌의 벽 중턱에 가로 드린 시렁.

이(虱)잡기

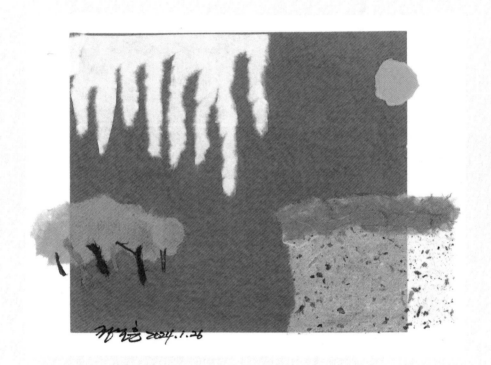

1

소한(小寒)과 대한(大寒)이 지나면, 눈 시린 햇살이 얇은 창호를 뚫고 방 안 깊숙이 새어 들어옵니다. 격자 모양의 창호 문살은 이가 빠진 모눈종이 같습니다. 창호지 한 겹으로 음력 섣달의 냉기가 걸러진 햇살이 들어와 남향의 방 안이 환해집니다. 지붕을 소복하게 덮고 있던 눈더미가 물방울로 녹아 처마 끝에서 똑똑 떨어지며, 짧아진 겨울의 낮 시간을 모래시계처럼 셉니다. 창호에 비친 물방울들이 가느다란 수직선을 그으며 순식간에 아래로 사라집니다.

식구들은 방 안 아랫목에 깔린 두툼한 솜이불 밑으로 발을 집어넣고, 방바닥의 따뜻한 온기를 즐깁니다. 이불 속에서 누런 알루미늄 밥통이 발에 걸립니다. 점심에 먹을 밥이 식지 않도록 솜이불로 밥통을 덮어 아랫목의 온기를 가두고 있습니다.

방 윗목에서 콩나물을 기릅니다. 시루 바닥에 지푸라기를 깔고 소복하게 얹어 놓은 노란 콩에서 하얀 싹이 가득 올라옵니다. 콩나물 시루를 덮고 있던 검정 보자기를 걷어 보면, 노란 콩나물 머리들이 일제히 고개를 숙이고 갈증을 풀어줄 물을 기다립니다. 함지에 걸터앉은 Y자형 걸대 위에 콩나물 시루가 올려 있고, 그 옆에는 물바가지가 얹혀 있습니다. 함지에 담긴 물을 물바가지로 퍼서 시루 안 콩나물 위에 부어 주면, 시루 아래로 물이 줄줄 쏟아져 흘러 나옵니다. 콩나물들은 잠깐동안 적시는 물로 키를 다투어 늘려가며, 허망한 소망을 품고 초록 잎이 무성한 콩포기의 시간을 기다립니다.

2

어머니가 아랫목 벽에 기대어 솜이불 속으로 발을 넣고 뜨개질을 합니다. 우리들의 발이 이불 속에서 두더지처럼 움직이자, 애호박만 한 털실 뭉치가 이불 위를 돌돌 구르다가 이불 고랑 아래로 실을 풀어내며 달아납니다. 기다란 대바늘과 함께 쉴 새 없이 움직이는 어머니의 손가락 리듬에 맞춰, 붉은색 털조끼가 마치 물을 머금은 콩나물이 자라듯 점차 커 나갑니다.

3

천장이 갑자기 소란스럽습니다. 여러 마리의 쥐들이 천장 안에서 우르르 달리기를 합니다. 천장 한쪽에서 다른 쪽으로 일제히 뛰어 달려가고 있나 봅니다. 이불 속에 발을 넣고 앉아 있다가 일어서서 바느질에 쓰던 긴 대나무 자로 시끄러운 천장 아래를 쿡쿡 올려 찔

러봅니다. 부스럭거리던 천장 속이 일시에 조용해집니다. 잠시 후에 다시 천장에서 쥐들의 소란이 일어납니다. 우리 내복에 이(蝨)들이 숨어 기생하듯, 쥐들도 집안의 손길이 닿지 않은 은밀한 곳에 몰래 들어와 숨어 살아갑니다.

4

밖으로 쏘다닐 때는 내복에 스웨터를 입은 다음, 그 위에 털실로 짠 조끼를 입고, 두툼한 점퍼까지 걸치고 다니지만, 방 안에서는 점퍼를 벗어서 바람벽에[1] 친 굵은 못에 걸어둡니다. 갑자기 등판이 근질거려 옵니다. 윗도리를 위로 들어 올리고, 소나무 껍질처럼 갈라진 손을 내복 안쪽으로 집어넣고 가려운 곳을 벅벅 긁습니다. 아마도 이(蝨)에게 물린 것 같습니다. 두툼한 겨울 내복 안쪽 깊숙이 숨어 있는 이들이 우리의 체온을 나눠 가지며 영양분을 훔쳐갑니다. 체온이 닿지 않는 점퍼나 스웨터에는 살지 못하는 이들이 내복 안쪽에 기거하며 진딧물이 야채의 진액을 빨듯, 우리들 몸뚱이의 피로 그들의 배를 채웁니다.

우리는 스웨터를 벗고, 내복까지 차례로 벗습니다. 긁어 댄 등줄기에는 붉은 자국이 남아 있습니다. 웃통을 벗고 내복을 뒤집어 솔기를 찬찬히 살펴봅니다. 내복의 솔기는 능선에 둘러쳐진 낮은 울타리 같기도 하고, 낮은 산을 휘감고 있는 밭고랑이나 논두렁 같기도 합니다. 도톰하게 솟아오른 솔기를 따라 이를 추적합니다. 솔기에서 덜 여문 제비꽃 씨앗처럼 작고 투명한 서캐를[2] 찾아내고, 피를 빨아 배가 까뭇한 이도 발견합니다. 종이에 검게 인쇄된 마침표 같은 배설물이 딱딱하게 굳어 내복 안쪽 여기저기에 흩어져 있습니다. 손톱으로 낚아 올린 이 몇 마리를 노트 뒷면에 올려놓습니다. 갑작스런 한기에 놀란 이가 짧은 다리를 허우적거리며 몸부림칩니다. 그러나 이들은 사형을 집행하는 교도관의 손에서 달아날 길이 없습니다. 손톱으로 이를 눌러 죽이면, 입안에서 날치알이 터지듯 톡 하고 으깨어지며 검붉은 핏물이 튑니다. 노트 위에는 납작한 껍질만 남은 이들이 나뒹굽니다.

이번에는 서캐를 손톱으로 뽑아내어 없애려고 하지만, 내복에 단단히 달라붙은 서캐는 좀처럼 떨어져 나오지 않습니다. 어쩔 수 없이 양쪽 엄지손톱을 눌러 내복에 붙어 있는 서캐를 짓눌러 죽입니다. 바늘귀만 한 눈물방울과 '톡' 하는 작은 소리만 남기고, 쭉정이처럼 서캐의 껍질만 옷 솔기에 흔적으로 남습니다. 수색을 마친 내복과 스웨터를 마루로 나가 탈탈 털어냅니다. 뽀얀 먼지들이 햇살 속 싸늘한 공기 중으로 흩어지고 나면, 벗어두었던 옷들을 차례로 다시 입습니다.

5

　생각난 김에 머릿니도[3] 잡기로 합니다. 날이 촘촘한 참빗을 서랍에서 꺼내 옵니다. 이가 잘 보이도록 하얀 달력 뒷면을 펼쳐 놓고, 그 위에 머리를 숙인 채 참빗으로 머리를 빗어 내립니다. 마치 한겨울 산속에서 잔가지를 헤치며 숨어 있는 산토끼를 쫓아 몰이를 하는 것 같습니다. 거무튀튀한 깨알 같은 이들이 톡톡 소리를 내며 하얀 달력 뒷면으로 떨어집니다. 머릿니는 위장색을 띠어 옷니[4]보다 더 까맣습니다. 숲 속 같았던 은신처에서 쫓겨난 머릿니들이 발버둥 칩니다. 꼬물거리는 모습이 이상하리만치 신기하게 느껴집니다. 생포한 머릿니를 아직 불씨가 남아 있는 화로 안에 넣으면, 깨를 볶는 소리와 함께 머릿니들이 지옥 불속으로 사라집니다. 잠시 후 연기와 함께 노린내가 화로에서 올라옵니다. 그러나 하얀 머릿니 서캐는 참빗으로 빗어도 떨어져 나오지 않습니다. 내 머릿속에 숨어 있는 서캐는 내게 보이지 않아 잡아낼 수가 없습니다. 동생에게 부탁해서 손톱으로 머릿결을 따라 서캐를 훑어 내게 합니다. 영락없이 털을 고르는 원숭이들 같습니다. 이렇게 짧은 겨울 사냥이 끝나고 나면, 우리는 느긋한 일상으로 돌아갑니다.

(1) 바람벽: 집안의 방에 흙과 종이로 발라 만든 벽.

(2) 서캐: 이(蝨)의 알.

(3) 머릿니: 머리에 기생하는 이. 몸통의 색이 옷니보다 검음.

(4) 옷니: 사람 몸뚱이에서 피를 빨기 위해 옷에 기생하는 이.

묵묵

1

　우리는 한밤중에 설맞이 목욕을 준비합니다. 저녁밥을 먹고 나서 설거지가 끝나면, 마당가의 우물로 가서 두레박으로 물을 길어 함석 수대에⁽¹⁾ 담습니다. 물기가 닿은 우물가는 금세 얼어서 발을 디딜 때마다 미끄럽습니다. 출렁이는 수대를 조심스럽게 손으로 잡고, 엉거주춤한 자세로 정지문⁽²⁾ 앞 토방(土房)까지 옮겨옵니다.

　삐그덕 소리를 내는 나무 정지문을 열고 부엌으로 들어가면 안이 깜깜합니다. 조심스럽게 부엌 안으로 한 걸음씩 나아가, 손을 휘저어 가마솥 위에 매달린 알전등을 어림짐작으로 더듬어 찾아 켭니다. 십 촉짜리 전구에서 나오는 희미한 불빛에 어둑한 부엌의 모습이 어렴풋이 드러납니다. 살강⁽³⁾ 위에는 차곡차곡 뒤집어 엎어 놓은 사기그릇들이 보이고, 부엌 한쪽에 우두커니 서 있는 찬장도 눈에 들어옵니다. 부엌 밖으로 나가 물이 담긴 수대를 가져다 부뚜막에 올려놓고, 가마솥을 엽니다. 쇳소리가 울리며 무쇠 가마솥의 시커먼 속이 드러납니다. 저녁밥을 지을 때 남아 있던 온기가 아궁이 안에 갇혀 솥 안은 아직도 따뜻합니다. 수대를 기울여 길어 온 물을 가마솥에 조심스럽게 쏟아붓습니다. 쏟아지는 물소리에 겨울의 찬

바람이 서려 있습니다. 몇 번 더 우물물을 길어 가마솥에 붓고, 마지막 남은 물은 가마솥에 붓지 않고 양동이에 남겨서 부뚜막 옆에 올려둡니다.

가마솥에 담긴 물을 데우려고 아궁이에 불을 지핍니다. 부엌 한쪽에 쟁여 놓은 나뭇단에서 가져온 잔솔가지를 부러뜨려 아궁이에 넣고, 성냥을 그어 불을 붙입니다. 유황 냄새가 올라오며 어둑한 아궁이가 갑자기 환해집니다. 부엌 한켠의 가마니에 담긴 왕겨를 태우기 위해 풀무를[4] 아궁이 앞에 설치합니다. 풀무의 바람 구멍에 기다란 바람통을 끼워 아궁이 속으로 밀어 넣습니다. 한 손으로 왕겨를 한 움큼씩 잡아 아궁이 안으로 뿌리고, 다른 손으로 풀무 손잡이를 돌립니다.

풀무가 '돌돌돌' 소리를 내며 아궁이 속으로 바람을 밀어 넣으며, 왕겨를 뿌릴 때마다 왕겨에서 빨간 불꽃이 솟아오릅니다. 지층(地層)처럼 켜켜이 쌓인 타버린 검은 왕겨 사이로 불꽃이 올라옵니다. 마치 굳어가는 마그마 속에서 녹아내린 붉은 용암이 솟구치는 것처럼 보입니다. 흔들거리는 불길에 불을 지피고 있는 등 뒤로 어두운 그림자가 춤을 춥니다. 쪼그리고 앉아 불을 지피는 앞쪽은 따끈하지만, 등 뒤가 여전히 시립니다. 풀무를 돌리던 손에 힘이 실리지 않고, 갑자기 풀무가 헛돕니다. 풀무의 고무줄이 벗겨졌기 때문입니다. 이내 아궁이 속 불꽃이 힘없이 사위어갑니다. 벗겨진 고무줄을 끼우고 풀무를 다시 돌립니다. 왕겨를 아궁이 안으로 찌클어[5]가며, 불길에 활기를 불어넣습니다. 불을 지피다가 잠시 멈추고, 부뚜막 위의 가마솥에 손을 대어 물이 어느 정도 데워졌는지 가늠해 봅니다. 가마솥 안의 따끈한 기운이 손바닥을 타고 전해옵니다. 불 지피기를 멈추고, 불당그래로[6] 타오르는 왕겨를 아궁이 깊숙이 밀어 넣고 잔불을 정리합니다. 풀무를 부엌의 한쪽으로 치우고, 아궁이 근처에 흩어진 땔감 찌끄러기를[7] 빗자루로 쓸어 아궁이 안으로 밀어 넣습니다.

헛간에 있던 고무 다라이[8] 욕조를 혼자 들여올 수 없어 동생을 불러 함께 우물가로 옮깁니다. 두레박으로 물을 퍼서 고무 욕조에 앉은 먼지를 깨끗이 씻어 낸 뒤, 부엌으로 들여옵니다. 흙바닥으로 다져진 부엌이 평평하지 않아, 지푸라기를 깔고 그 위에 욕조를 올려놓습니다. 정지문을 닫아 겨울바람의 침입을 막으려 하지만, 나무 판자를 이어 만든 정지문은 군데군데 틈이 벌어져 있어 새어 들어오는 겨울바람을 완전히 막아주지 못합니다.

솥뚜껑을 열고 바가지로 뜨거운 물을 퍼서 욕조에 담자, 하얀 김이 와락 솟아오릅니다. 피어오르는 수증기에 알전등 불빛이 뿌옇게 번집니다. 목욕 후에 헹굴 목욕물을 가마솥에 서너 바가지 정도 남겨둡니다. 이제 목욕할 준비가 다 되었습니다.

2

부엌으로 난 작은방에 들어가 옷을 벗습니다. 홀랑 벗은 몸으로 부엌으로 나가니, 차가운 냉기가 온몸으로 파고듭니다. 저절로 몸이 쥐며느리처럼 웅크려지고 몸통에 소름이 돋습니다. 일단 목욕통 안으로 손을 넣어 물의 온도를 가늠합니다. 손끝으로 전해오는 따끈함에 이제 들어가도 될 것 같다는 생각이 듭니다. 조심스럽게 욕조 안으로 한쪽 발을 넣어보니, 뜨거운 열기가 발끝에서 찌릿하게 타고 올라옵니다. 순간 움찔하며 담갔던 발을 얼른 빼고, 가마솥 옆에 준비해 둔 양동이 속의 찬물을 한 바가지 퍼서 욕조 안에 붓습니다. 물속에 한쪽 발을 살며시 다시 넣어보니 여전히 뜨겁지만 견딜 만합니다. 몸을 욕조 안으로 천천히 담그고 앉자 뜨거운 물이 떨었던 몸을 녹여줍니다. 욕조에서 피어오르는 뽀얀 수증기가 그을음으로 시커멓게 도배된 부엌 천장으로 끊임없이 올라갑니다. 한참 동안 물속에 가만히 앉아 있으면 욕조의 뜨거움도 서서히 견딜 만해집니다. 첨벙거리며 물을 끼얹어 온몸을 적시고, 한참 후에 손으로 때를 밉니다. 지우개 똥 같은 때가 슬슬 벗겨져 나옵니다. 언제 그렇게 많은 때가 살갗에 눌러 앉았는지 모를 일입니다.

어머니가 등을 밀어주겠다고 부엌으로 들어옵니다. 벗은 몸이 부끄러워 전등불을 등지고 황급히 돌아앉습니다. 어머니는 때수건에 비누를 듬뿍 묻혀 내 등을 벅벅 밀어댑니다. 살갗이 벗겨질 듯 아파서 신음을 내지만, 어머니는 "아이고 이놈의 때 좀 봐라" 라며 핀잔을 줍니다. 이번에는 팔목을 잡고 팔을 벅벅 문질러댑니다. 팔뚝의 살갗이 벗겨진 듯 얼얼해서 다시 신음이 새어 나옵니다. 허연 때가 목욕물 위로 둥둥 떠오릅니다. 목욕물에 손이 불어 손끝이 마른 대추처럼 쪼글쪼글해집니다. 어머니가 안방으로 돌아가고 나면, 목욕을 마치기 전에 잠시 욕조에서 나와 가마솥에 들어 있는 더운물 한 바가지를 퍼옵니다. 갑자기 찬 기운이 다시금 몸을 감싸지만, 얼른 더운물로 몸을 헹구니 따뜻한 온기가 온몸을 타고 흘러내립니다.

3

목욕을 마치고 욕조에서 나와 물을 줄줄 흘리면서 얼른 작은방으로 들어갑니다. 겨울 냉기가 내 뒤에 바싹 붙어 방 안으로 뒤따라 들어옵니다. 아랫목에는 어머니가 마른 수건과 속옷과 내복을 준비해 놓았습니다. 추위에 몸이 덜덜 떨리고, 윗니와 아랫니가 맞부딪치며 딱딱거리는 소리가 저절로 입에서 새어 나옵니다. 얼른 마른 수건으로 물기를 닦고 옷을 입으려 하지만, 아직 축축한 몸 때문에 옷이 쉽게 들어가지 않습니다. 옷이 들어가다 만 자리에서 몸과 옷이 한참 동안 실랑이를 벌입니다.

내복을 입자마자 안방 아랫목에 깔린 이불 속으로 얼른 들어갑니다. 방바닥에서 전해오는 따스한 온기와 바싹 마른 옷에서 느껴지는 상쾌함으로 움츠려 들었던 몸이 한결 가볍고 개운합니다. 이불 속에서 몸을 잠시 덥힌 후, 단단히 옷을 차려입고 욕조에 남아있는 더러운 물을 버리러 나갑니다. 물이 담긴 욕조가 무거워서 혼자서 들 수가 없기 때문에, 수대로 목욕물을 퍼서 수챗구멍에 버립니다. 차갑고 어두운 밤공기 속에서 허연 김이 희미하게 피어오릅니다. 어느 정도 목욕물이 줄어들면, 동생과 함께 욕조를 마주 들고 우물가로 나옵니다. 두레박으로 우물물을 길어 욕조 안을 깨끗이 씻어 냅니다. 이제 동생이 목욕할 차례입니다. 동생이 목욕을 준비하는 동안, 나는 이불 속에 다시 들어가 따뜻한 방 안의 온기를 즐깁니다.

4

    설 명절이 다가오면 어른들도 설맞이 목욕을 합니다. 우리 동네에는 조그만 하꼬방[9] 같은 집이 있는데, 그곳이 바로 동네 사람들이 공동으로 사용하는 공중목욕탕입니다. 추운 계절이 되면 어른들은 그곳에서 목욕을 합니다. 동네 어른들은 물지게로 우물물을 날라 커다란 무쇠 욕조에 붓고, 각자 가져온 땔감으로 불을 지펴 목욕물을 데웁니다. 물이 충분히 데워지면 목욕탕 문을 걸어 잠그고 목욕을 시작합니다. 목욕이 끝나고 나면, 욕조에서 나온 뜨거운 물이 허연 김을 내며 목욕탕 앞 미나리꽝으로[10] 흘러 들어갑니다.

⑴ 수대: 양동이를 일컫는 말. 물을 나르기 위해 만든 원통형 통으로 보통 함석이나 플라스틱으로 만들고 있음.

⑵ 정지문: 부엌문의 전라도 사투리.

⑶ 살강: 그릇 등을 얹어 놓기 위해 시골집 부엌의 벽 중턱에 드린 선반.

⑷ 풀무: 불을 땔 때 바람을 일으키는 기구. 전라도에서는 불무라고 불렀음.

⑸ 찌클다: 끼얹다의 전라도 사투리.

⑹ 불당그래: 아궁이의 불을 밀어 넣거나 당겨내는 데 쓰이는 작은 고무래.

⑺ 찌끄러기: 찌꺼기의 전라도 사투리.

⑻ 다라이(盥): 경질 비닐로 만든, 아가리가 넓게 벌어진 둥글넓적한 그릇을 일컫는 일본어. 일반적으로 붉은 갈색의 경질 플라스틱으로 된 커다란 용기를 고무 다라이로 불러왔음.

⑼ 하꼬방(箱房): 일본어에서 온 방언으로 상자 같은 작은 집을 가리킴.

⑽ 미나리꽝: 미나리를 심은 논을 가리키는 말. 땅이 걸고 물이 괴거나 흐르는 곳에 만듦.

정월대보름

1

　설날이 지나고 나면 서슬 퍼렇던 엄동설한도 서서히 시들어 갑니다. 양지바른 산등성이에는 겨우내 쌓였던 눈이 녹아 늦가을의 마른 풀빛으로 되돌아와 있습니다. 소나무의 푸르른 색이 닿지 못한 그늘진 골짜기 속에 눌러앉은 하얀 잔설도 시나브로 사라집니다. 눈이 녹아 질퍽거리던 고샅도 점차 말라가며, 꾸덕꾸덕한 흙길로 변합니다. 지금은 겨울에서 봄으로 넘어가는 징검다리 같은 시간입니다.

　이 무렵, 우리는 강둑과 논둑을 쏘다니며 놉니다. 겨우내 세찬 바람결에 몸을 맡겼던 마른 들풀을 태우는 쥐불놀이에 정신이 팔려 있습니다. 우리 손등만큼이나 윤기 없이 꺼칠하게 마른 들풀에 불을 놓으면, 창호지에 물기가 스며들 듯 불길이 삽시간에 번져갑니다. 불길이 핥고 지나간 강둑길에 널찍하고 까무잡잡한 흔적이 듬성듬성 생겨납니다.

　우리들은 한 발짝 불길을 멀찍이 지켜보며, 호위하듯 따라갑니다. 쑥대가 타는 연기 탓에 동무가 자꾸 콜록거립니다. 여기저기서 하얀 연기와 함께 작은 불꽃들이 피어오릅니다. 하얀 티끌로 변한 재는 회오리 불과 함께 바람을 타고 올라가 공중으로 흩어집니다. 불길이 머물다 지나간 자리에 말라버린 들풀의 그을린 흔적들이 까만 검댕이로 남아 있습니다. 우리들은 불길이 너무 멀리 떨어지거나 크게 번져가지 않도록 강가에서 꺾어온 갯버들 가지로 불을 두드려 잡습니다. 불길에서 솟아오르는 열기가 들녘을 가로지르는 겨울바람을 잠시 막아줍니다. 불길의 가장자리에서 불아지랑이가 하늘로 아른아른 오릅니다. 우리들은 불길을 쫓아가며 따사로운 불기운을 즐깁니다.

논둑에서 주워 온 빈 통조림 깡통에 못을 대고 망치로 두드려 숭숭 구멍을 냅니다. 저녁에 쥐불놀이할 때 쓸 마른 나뭇가지와 검정 고무 조각을 도랑이나 논둑에서 주워, 구멍 난 깡통에 담아둡니다. 그리고 깡통을 손으로 돌릴 수 있도록 깡통 가장자리 양쪽에 전화선으로 만든 긴 끈도 매답니다.

2

정월대보름이 다가오자 걸립으로[1] 온 마을이 시끌벅적합니다. 마을의 풍물패가 집집마다 돌며 신명나게 한바탕 놀고, 무사안녕을 기원하는 축원을 올립니다. 풍물패는 '농자천하지대본(農者天下之大本)'이라는 한자가 적힌 긴 깃발을 커다란 대나무 장대에 매달아 앞

세우고 다닙니다. 풍물패 뒤로는 한무리의 동네 꼬마 아이들이 우르르 따라다니며 떠들썩한 축제를 구경합니다.

동네 어른들은 알록달록한 종이꽃이 달린 고깔을 쓰고, 하얀 옷에 노랑, 파랑, 붉은 띠를 두른 채 꽹과리, 징, 장구, 소고를 치며 줄지어 동네 고샅을 누비고 집집마다 방문합니다. 마당에서 한바탕 흥겹게 풍물을 치고 나서, 부엌과 장독대를 돌며 조왕신을[2] 부르고, 무탈하기를 축원합니다. 부엌 안에서 울리는 꽹과리와 징 소리가 집안 가득 퍼지며 온 집안이 날아갈 듯 들썩입니다.

건장한 마을 청년들이 메고 온 포대 자루를 마루 위에 부려 놓고, 풍물이 끝난 집에서 곡식을 거두어 갑니다. 여유가 있는 집에서는 쌀 한 말을 추렴하고, 형편이 어려운 집에서는 말을 뒤집어 놓아 그 위에 쌀을 부을 수 있도록 배려해 줍니다. 바닥이 위로 간 말 위에 쌀이 가득 담긴 것처럼 보이지만, 실제로는 쌀 한 됫박 정도밖에 되지 않습니다. 이는 어려운 살림을 헤아리며 자존심을 세워주는 지혜입니다. 풍물이 끝나면, 떠들썩하던 온 마을이 갑자기 조용해집니다.

3

보름 전날, 부엌에서는 할머니와 어머니가 보름날에 쓸 음식을 준비하느라 분주합니다. 나물 삶은 냄새가 방 안까지 새어 들어오고, 아궁이에 땐 불 덕분에 방바닥이 따뜻해집니다. 서숙[3], 수수, 팥, 강낭콩과 찹쌀을 물에 불려 오곡밥을 가마솥에 짓습니다.

정월 대보름날 아침에 눈을 뜨자마자 동생에게 달려가 이름을 부릅니다. 잠결에 대답을 하면 "니 더위!"라고 큰소리로 외칩니다. 만약 동생이 대답 대신 먼저 "니 더위!"라는 말을 하면, "니 더위 내 더위 맞더위!"라고 응수합니다. 여름철 더위를 피하자는 전해오는 놀이입니다.

아침에 소금이 섞인 참기름을 솔에 적셔 네모난 김에 한 장씩 바릅니다. 부엌에서 담아온 화롯불 위에 석쇠를 올려 김을 굽습니다. 반질반질하고 검붉었던 김이 화롯불 위에서 진한 초록색으로 변하면서 살짝 오그라듭니다. 김을 굽는 고소한 냄새가 방 안을 가득 채웁니다. 김에 묻어 있던 소금 알맹이가 화롯불에 떨어지자 검은 자국이 생기면서 매캐한 냄새와 연기가 피어오릅니다. 얼른 인두로 연기 나는 곳을 눌러 냄새와 연기를 잠재웁니다. 김을 다 굽고 나서 굴비를 화롯불 위 석쇠에서 노릇하게 굽습니다. 생선 굽는 냄새가 겨우내 비린 맛에 굶주렸던 마음을 한껏 부풀게 합니다.

아침 식탁에는 오곡밥과 함께 여러 반찬이 올라옵니다. 호박나물, 고사리나물, 콩나물, 두부, 취나물, 고구마줄기, 토란대 등. 여기에 구운 굴비와 김까지 더해지니, 오랜만에 뱃속이 호사를 누립니다. 어른들은 귀밝이술을 한 잔씩 나눠 마시며 한 해의 건강과 풍요를 기원합니다. 밥을 다 먹고 나면 가마솥에 남은 숭늉을 마십니다. 오곡밥으로 만든 숭늉은 짭조름한 팥 맛과 찰밥 특유의 은은한 풍미가 어우러져 있습니다. 밥을 다 먹은 아이들은 볶은 땅콩이나 호두를 까먹으며 오독오독한 식감과 고소한 맛을 즐깁니다. 낮에 동네 어른들은 마당에 덕석을[4] 펴고 윷놀이도 하고, 술도 마시면서 하루를 즐깁니다. 온 마을에 대보름의 활기가 넘쳐납니다.

4

보름밤이 되면 마당에서 덜 마른 대나무를 태웁니다. 활활 타오르는 불길 속에서 대나무 마디가 터지며 요란한 폭죽 소리가 울려 퍼집니다. 할머니는 이 소리에 잡귀가 놀라서 달아난다고 말합니다. 타들어 가는 열기에 아직 마르지 않은 대나무통 끝에서 나오는 수액이 지글지글 끓어오릅니다.

5

둥근 보름달이 떠오르는 초저녁은 온통 사내아이들의 세상입니다. 아이들은 모두 동네 앞에 있는 들판에 나와 쥐불놀이를 시작합니다. 촘촘하게 못으로 구멍을 낸 깡통에 마른 나뭇가지를 넣고 불을 붙입니다. 맵싸한 연기가 새어 나오는 깡통을 빙글빙글 돌리면, 이내 깡통에서 환한 불꽃이 솟아오릅니다. 달빛이 내려앉은 들판 여기저기에서 불빛들이 오르락내리락하며 춤을 춥니다. 불꽃들이 타원과 동그란 원을 그리며 빛의 궤적을 남깁니다. 한 아이가 돌리던 깡통을 하늘 높이 던져 올립니다. 깡통에서 터져 나온 불꽃들이 모래알처럼 흩어지며 어둑어둑한 하늘을 밝힙니다. 마치 폭죽을 쏘아 올린 듯한 장관이 펼쳐집니다.

동네 뒷산 능선 위에서는 마을 청년들이 달집을[5] 세워 놓고 보름달이 떠오르기를 기다립니다. 잔솔가지와 마른 나무들을 집채만큼 높이 쌓아 올린 달집은 커다란 탑처럼 우뚝 서 있습니다. 환한 보름달이 산 위로 둥실 떠오르면, 청년들은 드디어 달집에 불을 붙입니다. 타닥타닥 불이 붙은 달집은 거대한 불기둥을 토하며 밤하늘을 환하게 물들입니다. 아랫동네와 윗동네의 산 위의 달집에서도 환한 불꽃이 솟구칩니다. "망월(望月)이야!"라는 아이들의 외침이 겨울바람을 타고 널리 퍼져 나갑니다. 아이들은 다른 동네의 달집 불꽃보다 우리 동네 것이 더 크고 밝다며 기뻐합니다.

6

불꽃놀이가 끝나면 허기진 사내아이들이 같은 동네의 동무 집에 모여 보름밥을 얻어먹기로 합니다. 밥을 얻으러 가기 전, 아이들은 모두 변장을 합니다. 여자 옷이나 남루한 비렁뱅이 옷을 걸치고, 얼굴에 숯검댕이를[6] 잔뜩 바릅니다. 서로의 모습을 보고는 키득거리며 웃음을 참지 못합니다. 부엌에서 들고 온 밥 소쿠리를 안고, 떼를 지어 우르르 이 집 저 집으로 몰려다닙니다. 변장한 거지 떼에 놀란 개들이 골목 곳곳에서 컹컹 짖어댑니다. 보름밥을 얻으러 이웃집 마당에 들어서면서, 사내아이들은 여자 목소리를 흉내 내며 "보름밥 좀 주세요!"라고 구걸합니다. 어른들은 불쑥 나타난 별난 거지 떼의 모습에 웃음을 터뜨립니다. 그러곤 부엌에서 오곡밥 한 그릇을 퍼다가 아이들이 들고 온 소쿠리에 부어줍니다. 그러면서 시꺼먼 얼굴을 찬찬히 뜯어보며 누구네 아들인지 맞춰봅니다. 보름밥을 얻어와서 방 안으로 들어서면, 불빛에 드러난 서로의 우스꽝스러운 꼴에 또다시 배꼽을 잡고 웃음보를 터트립니다. 얻어온 차디찬 오곡밥을 소쿠리째 방 가운데에 놓고, 땅에 묻어둔 김장독에서 퍼온 김치를 곁들여 저녁 야참으로 나눠 먹습니다. 그렇게 겨울 막바지의 즐거운 축제가 훈훈한 웃음 속에서 마무리됩니다.

저자 주

(1) 걸립(乞粒): 동네에서 쓸 공동 경비를 여러 사람들이 다니면서 풍물을 치고 재주를 부리며, 돈이나 곡식을 구하는 일.

⑵ 조왕신(竈王神): 조상들이 부엌에 있다고 믿는 부엌의 신.

⑶ 서숙: 조를 일컫는 전라도 사투리.

⑷ 덕석: 사람이 앉거나 곡식을 너는 데 쓰는 넓은 자리로, 짚으로 촘촘히 엮어 만듦.

⑸ 달집: 음력 정월 보름날 불을 붙여 밝게 하도록 나무와 짚을 엮어 집채처럼 크게 쌓아 만든 더미.

⑹ 숯검댕이: 숯검정을 일컫는 사투리.

병아리

1

이른 봄입니다. 헛간의 어두컴컴한 곳에 짚으로 만든 둥우리를 마련해줍니다. 둥우리 안에 밑알을[1] 넣어 주면, 암탉 한 마리가 오래도록 그 자리를 떠나지 않고 알을 품고 있습니다. 모아 두었던 여남은 개의 달걀을 둥우리 속에 넣어주려고 다가가면, '깍깍' 소리를 내며 목의 깃털을 세우고 노려봅니다. 달걀을 품는 암탉은 성질이 사나워집니다. 작대기로 암탉을 살살 몰아내고 바구니에 담아 온 달걀을 둥우리 안에 하나씩 넣어줍니다. 잠시 자리에서 쫓겨났던 암탉은 이내 둥우리로 되돌아와 넣어준 달걀들을 품고 앉습니다. 암탉은 모이 먹는 것까지 자제하며, 본능에 따라 하루 종일 둥우리에서 달걀을 품으며 새끼들이 나오기를 기다립니다.

이십 일이 조금 지나면 갑자기 삐약대는 소리가 헛간에서 들려옵니다. 갓 깨어난 병아리가 암탉의 품에서 노란 머리만 내밀고 '삐약삐약' 소리를 냅니다. 병아리 소리가 점점 더 늘어가며 둥우리가 활기로 가득 차지만, 몇몇 달걀은 부화하지 못하고 곤달걀로[2] 남아 있습니다. 달걀 껍데기 속에 갇힌 사산아(死産兒)인 셈입니다. 반으로 쪼개진 달걀 껍데기의 안쪽에는 붉은 피가 얼룩져 있습니다. 갓 부화한 병아리들을 데리고 어미 암탉이 헛간 밖으로 나옵니다. 병아리들은 보드라운 솜털을 입고 뒤뚱거리며 어미 암탉을 졸래졸래 뒤따라갑니다. 마당으로 나온 어미 암탉과 병아리들에게 물과 모이를 줍니다. 노란 병아리들이 봄 햇살을 닮아 눈부시도록 곱고 솜털은 포근해 보입니다. 어미 닭이 양재기에[3] 담긴 물을 마시고는 하늘을 올려다보며 목을 축입니다. 병아리들도 어미를 따라 양재기 가장자리에서 조심스레 물을 마십니다. 어미 닭은 병아리들이 흩어지지 않도록 '꼬꼬꼬꼬' 하는 소리를 내며 주의를 줍니다.

참새 소리를 닮은 병아리들의 재잘거림이 마당을 소란스럽게 합니다. 병아리들은 어미 닭을 따라 종종걸음으로 뒤안[4] 울타리 쪽으로 향합니다. 울타리 근처에서 어미 닭이 갈퀴질을 하듯 양쪽 발을 번갈아 가며 땅바닥을 긁어 흙을 헤집습니다. 그러곤 먹을 만한 먹이를 찾아 부리로 한번 물었다가 놓습니다. 뒤따르던 병아리 한 마리가 노란 부리로 어미가 알려준 먹이를 얼른 쪼아 먹습니다. 다른 병아리들은 벌써 어미 닭이 땅을 헤집는 시늉을 그대로 따라 합니다.

뒤안 울타리 옆에 있는 양지쪽 짚벼눌[5] 아래에서는 여러 마리의 암탉들이 땅까불을[6] 합니다. 움푹 팬 흙구덩이 안에서 닭들이 앉아 몸을 비비적거리다가 날개를 퍼덕입니다. 닭들이 누웠던 자리에서 퍼석한 흙먼지가 올라옵니다. 다른 암탉 한 마리가 '고고고' 알

젓는 소리를 하다가 생굴 같은 똥을 찍찍 갈기고, 땅을 헤집으며 병아리들 근처로 다가갑니다. 그 순간, 어미 암탉이 다가온 암탉에게 앙칼진 소리를 내며 달려듭니다. 한바탕 소란이 벌어지고, 다가왔던 암탉은 어미 닭에게 쫓겨 달아납니다.

2

뒤안 텃밭에 노란 장다리꽃이 피어 있습니다. 배추흰나비 한 마리가 장다리꽃을 맴돌며 팔랑팔랑 날아다니다가 살며시 내려 앉습니다. 살랑대는 봄바람이 불어와 노란 봄볕을 흔들고 지나갑니다. 봄바람에 놀랐는지 배추흰나비가 장다리꽃에서 꽃잎처럼 떨어지다가 하늘 높이 날아갑니다.

3

솔개가 하늘 높이 떠서 날개를 활짝 펴고, 동네 위를 물매암이[7]처럼 뱅뱅 돌고 있습니다. 마당에서 놀고 있는 병아리들을 낚아채 가려고 호시탐탐 기회를 엿보고 있는 중입니다. 이를 알아차렸는지 어미 암탉이 병아리들을 다급히 부릅니다. 병아리들이 어미 암탉의 날개 깃털 속으로 황급히 파고듭니다. 날개 속에 숨은 병아리 한 마리가 고개만 빠끔히 내밀고 겁먹은 눈으로 바깥을 살핍니다.

나는 부엌에서 보리쌀을 바가지에 조금 퍼와서 어미 닭을 부릅니다. 그리고 대나무 달기가리[8] 안에 보리쌀을 뿌려 어미 닭과 병아리들을 달기가리 안으로 불러들입니다. 올망졸망 병아리들이 어미 닭을 졸졸 따라와 달기가리 안으로 들어옵니다. 양재기에 물을 담아 달기가리 안으로 병아리들과 어미 닭이 먹을 수 있도록 넣어 줍니다. 달기가리 안에 따사로운 봄그늘이 드리워집니다. 큼직한 돌멩이를 달기가리 위에 눌러 놓아 병아리들과 어미 닭이 밖으로 나오지 못하게 합니다. 삐약대는 병아리 우는 소리만 달기가리에서 새어 나옵니다. 텃밭의 탱자나무 울타리에서 초록빛 싹이 돋아납니다.

저자 주

(1) 밑알: 암탉이 알 낳을 자리를 바로 찾아 들도록 둥지에 넣어 두는 달걀.

(2) 곤달걀: 부화되지 못한 죽은 달걀.

(3) 양재기: 알루미늄으로 만든 허드레 그릇.

(4) 뒤안: 뒤란의 사투리.

(5) 짚벼눌: 짚가리의 전라도 사투리.

(6) 땅까불: 닭이 흙구덩이에서 비비적거리며 하는 흙 목욕.

⑺ 물매암이: 무당벌레 모양을 한 조그맣고 까만 곤충으로 물 위에
떠서 뱅글뱅글 도는 습성이 있음.

⑻ 달기가리: 전라도에서 쓰는 말로 싸리나 대나무로 엮어 닭은 가
두어 두기 위한 용구로, 일반적으로 반구(半球) 형상으로 만들어
짐. '달기'는 '닭의'를 뜻하는 말이고 '가리'는 '갇이'가 변해서 된
말. 이에 해당하는 표준말은 어리라고 함.

봄빛

1

높은 산의 응달진[1] 곳에 아직 잔설이 성글게 남아 있지만, 양지 바르고 나지막한 산에는 작년 늦가을에 남겨두었던 색깔을 되찾아 이른 봄날의 따사로움이 넓게 깔려 있습니다.

동무와 함께 괭이와 낫을 들고 동네 뒷산으로 칡뿌리를 캐러 갑니다. 겨우내 단단히 얼어 있던 땅이 이제야 녹아 헤집고 칡뿌리를 파낼 수 있기 때문입니다. 양지바른 산기슭을 따라가며 마른 칡줄기를 찾아 이곳저곳을 둘러봅니다. 마침내 팔목만 한 굵기의 소나무를 감고 올라가고 있는 칡줄기를 찾아냅니다. 길게 뻗은 칡줄기를 먼저 낫으로 자르고, 칡뿌리가 다치지 않도록 괭이질로 조심스럽게 둥그런 구덩이를 파 내려갑니다.

갑자기 흙 속에 묻혀 있던 커다란 돌멩이에 괭잇날이 부딪치며 찌릿한 충격이 손목을 타고 올라옵니다. 이제는 칡뿌리보다 돌멩이를 먼저 캐야 할 처지입니다. 동무와 교대로 괭이질을 해가며 돌멩이를 캐내려고 애를 씁니다. 칡뿌리가 상하지 않게 파내려니 칡뿌리가 올라온 주위에서 하는 괭이질이 무척 옹색합니다. 옆에 서 있는 소나무마저 괭이질을 방해합니다. 칡뿌리와 돌멩이를 동시에 헤집어 내야 하니 파내야 할 범위가 점점 넓어집니다. 몸에서 땀이 흐르고, 괭이질이 힘들어 가쁜 숨을 몰아쉽니다. 이제는 윗도리를 벗어 멀찌감치 던져두고 다시 괭이를 잡습니다. 칡뿌리를 누르고 있던 돌멩이가 조금씩 모습을 드러냅니다. 동무와 함께 돌멩이를 양손으로 밀어보지만 꿈쩍도 하지 않습니다. 다시 한참 동안 돌멩이를 파헤칩니다. 손과 발이 온통 흙투성이가 됩니다. 괭이자루를 지렛대 삼아 박힌 돌멩이를 흔들어 봅니다. 드디어 돌멩이가 조금씩 움직이기 시작합니다. 몇 번 더 괭이질을 하고 동무와 함께 힘껏 미니, 드디어 돌멩이가 빠져나옵니다. 커다란 돌멩이는 산비탈을 따라 낙엽 위로 바스락거리는 소리를 내며 굴러 내려갑니다. 돌멩이가 휑하니 빠진 자리가 앓던 이가 빠진 것처럼 속이 시원합니다.

이제야 칡뿌리를 캐기가 쉬워졌습니다. 괭이자루 굵기였던 칡뿌리가 땅 속으로 깊이 들어가며 어른 팔뚝만큼 굵어집니다. 동무와 함께 칡뿌리를 힘껏 당겨보지만, 갑자기 힘이 균형을 잃고 쏠리면서 칡뿌리를 잡았던 손을 놓치고 산비탈 아래로 나동그라집니다. 멋쩍게 동무가 누런 이를 보이며 씩 웃습니다. 흙구덩이에는 칡뿌리만 박혀 있습니다. 흙을 더 파내야 하는 노동의 대가와 흙 속에 몸을 감추고 있는 칡뿌리의 가치를 가늠해 보다가 이쯤에서 낫으로 칡뿌리 밑동을 잘라내기로 합니다. 마침내 우리들의 다리 길이만 한 칡뿌리를 얻어냅니다. 동무는 흙투성이가 된 칡뿌리를 어깨에 메고,

나는 낫과 괭이를 들고 의기양양하게 산기슭을 내려옵니다. 개울물에서 칡뿌리를 씻으며 바짓가랑이에 묻은 흙도 털어냅니다. 개울물의 차가운 냉기가 손끝을 타고 올라옵니다. 벌건 황톳물이 흘러내리는 개울물로 번져갑니다.

　집으로 돌아와서 괭이와 낫을 헛간에 두고, 칡뿌리를 작두로 썰어 대략 새끼손가락 길이로 토막을 냅니다. 하얗게 잘린 칡뿌리 단면이 갈색으로 변하면서 어슴푸레 나이테가 드러납니다. 나무토막 같은 칡뿌리에서 한약 같은 내음이 올라옵니다. 토막 낸 칡뿌리를 모아서 동무와 나눕니다. 가무잡잡한 겉껍질을 이로 베어 물어 벗겨내고, 하얀 속살을 한입 베어 물고 잘근잘근 씹어봅니다. 쌉쌀한 쓴맛이 먼저 올라오지만, 씹다 보면 달착지근한 녹말이 입안에 배어 나옵니다. 오소리 똥 같은 찌꺼기를 뱉어내고, 다시 한입 베어 물어 자근자근 씹어 맛을 음미합니다.

2

　계단식으로 이어져 떼어 낸 시루떡 같은 다랑논이 먼발치 산허리까지 펼쳐져 있습니다. 이른 봄의 뽀얀 햇살이 다랑논에 스며들어 생기를 보탭니다. 논둑에는 노란 꽃을 피워 올린 민들레가 듬성듬성 자리하고, 다랑논 사이로 졸졸 흐르는 도랑가에는 갯버들이 자라고 있습니다. 물이 오른 가지마다 털로 덮인 잿빛 버들개지가 소담스럽게 피어나 봄을 알립니다. 다랑논을 두르고 있는 논둑에는 연한 살구색의 뱀밥이[2] 마른 잔디 사이로 뾰쪽하게 올라옵니다. 논둑을 따라 걸어가는 우리의 발길에 뱀밥이 차이면, 먼지 같은 포자가 봄바람에 날립니다. 논둑 여기저기에서 쑥이 뽀얀 털을 뒤집어쓰고, 어린아이 젖니 같은 초록빛 이파리를 올립니다.

잘린 벼 포기만 남아 있는 논에는 겨우내 얼었던 물이 녹아 홍건히 괴어 있고, 그 속에서 꽉꽉 울어대던 개구리들이 인기척에 놀라 폴짝폴짝 뛰어 저만치 달아납니다. 물에 잠긴 논고랑에는 통조림 속 포도 알맹이 같은 개구리알 무더기가 여기저기에 흐물흐물 엉켜 있습니다. 갑자기 골짜기에서 꿩 우는 소리가 '꿕꿕' 하고 울려 퍼집니다. 울음소리는 골짜기를 따라 메아리치며 이른 봄날의 고요를 깨웁니다.

3

산비탈 양지쪽 무덤가에 할미꽃 한 줄기가 올라와 있습니다. 뽀얀 털로 덮인 자줏빛 꽃이 수줍게 고개를 숙이고 있습니다. 밭고랑 근처 무덤가에 고수풀도[3] 올라와 있습니다. 이파리를 뜯어 입에 넣고 씹어보니, 새콤한 맛에 저절로 눈이 질끈 감깁니다.

퍼석한 돌이 굵은 모래로 풍화되어 가는 산자락에 다복솔이[4] 듬성듬성 자라고 있습니다. 다복솔을 품고 있는 산을 지나 옆산으로 건너갑니다. 소나무 그늘 아래로 분홍빛 진달래꽃이 드문드문 피어 있습니다. 야들야들한 진달래꽃을 따서 한 입 먹어 봅니다. 떫은 맛에 살짝 새콤한 맛이 곁들여 있습니다. 진달래꽃을 한 줌 꺾어 손에 쥐고, 산을 내려와 집으로 돌아옵니다. 사이다 병에 물을 담고 진달래꽃을 꽂아 앉은뱅이책상 위에 올려둡니다. 집 울타리 옆에 서 있는 살구나무에서 연분홍 꽃잎들이 봄바람에 실려 눈송이처럼 하얗게 흩날립니다. 장독대의 옹기 항아리 덮개 위 오목한 곳에 빗물이 고여 있습니다. 하늘이 담겨 있는 빗물 위로 연분홍 살구 꽃잎들이 살포시 내려앉아 있습니다.

4

산기슭의 논과 밭에 푸른 새싹들이 조용히 얼굴을 내밀고 있습니다. 무덤가에서는 할미꽃이 하얀 백발을 날리고 있고, 우리는 논둑에 쪼그리고 앉아 삐비를[5] 뽑습니다. 자줏빛 삐비가 대꼬챙이처럼 올라와 있는데, 손으로 살짝 잡아당기면 부드럽게 쏙 빠져나옵니다. 돌돌 말린 껍질을 살살 벗기면, 햇살에 하얗게 빛나는 속살이 드러납니다. 부드러운 삐비의 속살을 입에 넣고 씹으면, 연한 풀맛과 은은한 단맛이 입안에 녹아 나옵니다. 뽑은 삐비를 한 손에 움켜쥐고 논둑을 따라가며 삐비를 찾아서 한 줌을 모읍니다. 활짝 핀 삐비는 너무 질겨서 뽑지 않습니다. 군데군데 핏빛이 감도는 쇠어버린 삐비도 솜을 씹는 것처럼 질기기 때문에 몽땅 버려집니다.

5

도랑가에 자라난 버드나무 가지에 물이 올라 새순이 돋아납니다. 손을 뻗어 매끈한 버드나무 가지를 꺾어 옵니다. 가지를 손으로 살짝 비틀어 보면, 껍질과 속줄기가 쉽게 분리됩니다. 하얀 속줄기를 조심스럽게 빼내면, 대롱처럼 텅 빈 껍질만 남습니다. 손가락 길이로 잘라내어 한쪽 끝을 손으로 눌러 모양을 잡고, 손톱으로 겉껍질을 살짝 벗겨내면 버들피리가 완성됩니다. 입으로 버들피리를 힘껏 불어보니, 둔탁하면서도 낮게 울리는 피리 소리가 흘러나옵니다. 피리를 부는 입안으로 버드나무의 떫은 맛이 올라옵니다. 산 아래 덤불에서 꼬랑지를 세우고 있는 조팝꽃이 눈부십니다.

6

집 울타리에 골담초⁽⁶⁾ 한 그루가 자라고 있습니다. 몽우리를 맺은 노란 골담초꽃이 마치 버선을 닮은 듯 앙증맞고 귀엽습니다. 노란 바탕에 핏빛 빨간 줄무늬가 돋보이는 꽃들도 드문드문 섞여 있습니다. 가시에 찔리지 않도록 조심스럽게 골담초꽃을 한 움큼 따 입에 넣어보면, 아삭하면서도 달콤한 맛이 입안에 퍼집니다.

⑴ 응달지다: 그늘지다의 전라도식 표현.

⑵ 뱀밥: 쇠뜨기 포자의 줄기로 우리나라 사람들의 살색과 비슷한 연분홍색을 띰.

⑶ 고수풀: 싱아를 이르는 전라도 사투리.

⑷ 다복솔: 가지가 많이 뻗고 동그랗게 수형이 이루어진 어린 소나무.

⑸ 삐비: 외떡잎식물인 볏과에 속하는 다년생초로 띠의 어린 이삭. 뻘기의 전라도 사투리.

⑹ 골담초(骨擔草): 뼈를 책임지는 풀이란 뜻의 나무로 뿌리를 한약재로 쓰고 있음. 나비 모양의 노란색 꽃이 피고, 보통 민가의 양지바른 돌담 옆에 심겨 있음. 뿌리혹박테리아를 가진 콩과 식물이라 척박한 땅에서도 잘 자람.

봄날은 간다

1

　온 천지에 봄이 무르익었습니다. 물결치는 초록빛 보리가 들판을 점령하고 있으며, 산 여기저기에는 산벚꽃이 하얗게 피어납니다. 산골 수풀은 불그죽죽한 색부터 싱싱한 연두색까지 이어지며 자신만의 고유의 색조를 만들어 냅니다. 따사로운 봄볕은 온 사방에 연한 파스텔 톤의 풍경을 펼쳐보입니다. 산에 피었던 진달래가 지고 나면, 분홍빛 철쭉이 산기슭에서 꽃망울을 터뜨립니다.

2

　산 아래에 사방공사(沙防工事)로 심어 놓은 은사시나무 군락이 봄바람에 반짝입니다. 진초록 잎사귀들이 뒷면에 나타나는 하얀색과 짝하여, 햇살을 물비늘처럼 조각조각 부숴 놓습니다. 은사시나무 아래 붉은 황토밭에는 싱그런 어린 고추와 강낭콩이 줄지어 자라고 있습니다. 홀딱새[1]소리가 네 박자 리듬으로 청아하게 산골에 울려 퍼지며 고요를 흔들어 깨웁니다. 산들바람이 산자락을 스치고 지나갈 때마다, 먼지일 듯이 소나무에서 노란 송홧가루가 일시에 퍼져 나갑니다. 빗물이 머물다 간 장독대 옹기 항아리의 덮개 위에 송홧

가루가 기름 막처럼 넓게 번져 봄날의 흔적을 남깁니다.

3

진한 청색 몸에 길고 붉은 부리를 가진 청호반새 한 마리가 강가의 나뭇가지에 앉아 강물 속을 뚫어지게 응시합니다. 갑자기 포르릉 날아오르더니, 화살처럼 물속으로 꽂히듯이 들어갑니다. 잔잔하던 수면에 파문이 일고, 물방울이 사방으로 튀어 오릅니다. 청호반새가 앉았다 떠난 나뭇가지가 조용히 흔들리며 여운을 남깁니다. 잠시 후, 물속에서 솟아오른 청호반새 붉은 부리 끝에는 은빛 물고기가 물려 있습니다. 앉아 있었던 나뭇가지 위로 청호반새가 다시 돌아와 앉더니 날개를 퍼덕이며 강물에서 달고 나온 물방울을 털어냅니다. 청호반새의 파란 몸뚱이가 햇살에 눈부시게 빛납니다. 청호반새는 물고기를 나뭇가지에 서너 번 부딪혀서 때린 후, 나뭇가지에 물고기 무게만큼의 진동을 남기고 어디론가 날아갑니다.

4

도랑물이 맑은 소리를 내며 산골짜기를 돌아 비탈진 밭과 계단식 논을 비껴가며 흘러내립니다. 그늘이 드리워진 개울물에 들어가 물고기를 잡아보기로 합니다. 물이끼로 덮인 개울의 바위를 타고 내려온 물줄기가 제법 깊은 웅덩이를 만들고, 산골짜기 아래로 급하게 달려오던 물길을 잠시 멈춰 세웁니다. 물이끼가 낀 물속의 어둑한 바위 위로 다슬기들이 엉덩이를 쳐들고 느릿느릿 지나갑니다.

손가락만 한 크기의 물고기들이 떼를 지어 물속을 이리저리 쏘다닙니다. 물 밖의 바위 위에 검정 고무신을 벗어 두고, 바짓가랑이를 무릎 위까지 돌돌 말아 걷어 올립니다. 벗어 둔 고무신 한 짝을 손에 쥐고, 살금살금 물속으로 발을 내딛습니다. 갑작스러운 침입에 놀란 물고기들이 재빨리 돌틈 사이로 숨어버립니다. 발걸음을 옮길 때마다 수면이 흔들려 물속 모습이 어른거리지만, 말아 올린 바짓가랑이가 젖지 않을 정도의 깊이까지만 들어갑니다. 수면에 일었던 물결이 잦아들기를 조용히 서서 기다리며, 청호반새처럼 물속을 응시합니다. 제법 큰 버들치 한 마리가 물속에 잠긴 바위 밑으로 숨어 들어가는 것을 포착합니다. 버들치가 숨어 들어간 바위 아랫쪽에 검정 고무신을 살며시 대고, 다른 손으로 바위 밑을 살살 더듬어봅니다. 물고기가 놀라 달아나다가 고무신 안으로 들어가기를 기대하지만, 눈 깜짝할 사이에 바위 아래서 튀어나온 버들치는 쏜살같이 다른 바위 아래로 달아납니다. 물이 깊어져 더는 따라 들어갈 수 없기에 버들치 잡기를 포기합니다.

이제는 얕은 물가에서 조그만 돌멩이들을 천천히 들춰보며 다른 물고기가 있는지 찾습니다. 매끄럽지 않는 돌을 밟고 서있으니 발바닥이 조금씩 아파옵니다. 천천히 발을 옮기며 물속을 들여다봅니다. 물풀 사이에서 새우가 뒷걸음질로 달아나는 모습이 보입니다. 달아나는 방향에 검정 고무신을 대고, 다른 손으로는 새우를 신발 속으로 몰아갑니다. 신발 속으로 들어가자마자 재빠르게 신발을 들어 올려 새우를 확인합니다. 회색 새우 한 마리가 신발 속에서 팔딱입니다. 드디어 잡았다는 성취감으로 기분이 들뜹니다. 물가 가장자리에 쌓인 모래를 손으로 파내어, 손바닥만 한 작은 물웅덩이를 만듭니다. 이 작은 물웅덩이 안으로 물이 스며 들어와 조그만 임시 어항이 생깁니다. 잡은 새우를 고무신에서 꺼내 물웅덩이에 넣어둡니다. 도랑을 뒤져 새우 몇 마리를 더 잡습니다. 까만 알들이 배에 다닥다닥 붙어 있는 암컷 새우도 보입니다.

얕은 물가에서 조그만 돌멩이를 들추자, 어른 손가락만 한 미꾸라지 한 마리가 몸을 흔들며 후다닥 달아납니다. 달아나던 미꾸라지가 멈추고 조그만 돌 아래에서 숨을 고릅니다. 다시 살금살금 다가가 손에 쥔 검정 고무신을 대고, 다른 손으로 고무신 안에 미꾸라지를 살살 몰아갑니다. 몇 번의 시도 끝에 미꾸라지를 잡아냅니다. 생김새는 영락없는 미꾸라지인데, 몸통에 줄무늬가 나 있는 양수래미[2] 한 마리도 잡아서 모래로 된 물웅덩이 안에 넣어둡니다. 물웅덩이에 갇힌 미꾸라지와 양수래미는 수염이 둘러 나 있는 주둥이를 연신 뻐끔거립니다.

이제 집으로 돌아갈 시간입니다. 양손을 모아 새우와 미꾸라지,

그리고 양수래미를 물웅덩이에서 건져내어 물이 담긴 고무신에 옮겨 담습니다. 놀란 미꾸라지와 양수래미가 좁은 검정 고무신 속을 이리저리 헤집으며 다닙니다. 한쪽 신발만 신고, 다른 쪽은 맨발인 채로 물고기와 새우가 담긴 검정 고무신을 조심스럽게 들고, 길 위로 올라갈 출구를 찾아 도랑을 건너갑니다. 걸음을 옮길 때마다 검정 고무신 안에서 물이 출렁입니다. 미꾸라지와 양수래미와 새우들도 물이 흔들리는 대로 검정 고무신 속에서 좌우로 움직입니다.

그러다 '어'하는 짧은 순간, 몸이 공중이 뜨는 것 같습니다. 그리고 바위 위를 흐르는 개울물 속으로 엉덩방아를 찧습니다. 고무신 속의 물고기와 새우에 온 신경이 쏠려 있을 때, 물때가 낀 바위를 밟았던 발이 주욱 미끄러지며 넘어진 것입니다. 손에서 벗어난 고무신이 저만치 날아가고, 고무신 안에 있던 물고기와 새우가 너럭바위 위를 펄떡이다가 물속으로 사라집니다. 물고기와 새우를 잃은 것보다 바지가 흠뻑 젖은 것이 더 걱정입니다. 바짓가랑이 아래로 물이 줄줄 흐릅니다. 엉덩이에 찰싹 달라붙은 바지를 손으로 떼어내고, 바지를 입은 채로 몸을 한껏 뒤틀어 엉덩이 쪽을 두 손으로 짜내 봅니다. 물에 불어 쪼글쪼글해진 손바닥에서 물고기 비린내가 납니다. 날아간 고무신 한쪽을 찾아서 발에 꿰어 신고, 도랑 위에 난 길로 올라와 집으로 향합니다. 물을 먹은 신발에서 걸음마다 찌걱대는 소리가 납니다.

(1) 홀딱새: 여름 철새인 검은등뻐꾸기를 부르는 말로 울음소리가 '홀딱 벗고'처럼 들려서 홀딱새로 불림.

(2) 양수래미: 물고기인 참종개 또는 기름종개를 일컫는 사투리.

봄비

정영훈 2024. 2. 4.

1

 부슬부슬 하루 종일 봄비가 내리는 날, 마루 끝에 앉아 초가지붕에서 토방 끝으로 떨어져 내리는 집시랑 물을[1] 우두커니 바라봅니다. 처마 끝의 지푸라기 끝동에서 제 나름의 리듬에 맞춰 주기적으로 물방울들이 떨어집니다. 어떤 물방울은 느긋하게 모양을 만들고, 또 다른 것은 부지런히 물방울을 만들어 냅니다. 물기 어린 온 세상이 동그랗게 농축되어, 물방울 하나하나 속에 거꾸로 갇혀 있습니다. 매달린 물방울들은 낙하의 순간을 기다리며 중력과 표면장력 사이에서 조용히 줄다리기를 벌입니다. 줄다리기가 끝나면 물방울은 토방 끝을 따라 흐르는 집시랑 물 위로 연달아 내려와 몸을 부수고, 허공으로 수많은 분신들을 날립니다. 가끔은 은구슬 같은 물방울이 물 위를 잠시 배회하다가, 이내 물속으로 사라지기도 합니다. 낙숫물로 내려온 빗물은 집시랑을[2] 따라 흐르다가 두엄자리에서 흘러나오는 커피색 두엄물을 만나고, 마당을 휘돌고 담벼락 아래 수챗구멍으로 사라집니다. 하늘에서 내려온 하얀 비안개가 앞산에 번져 있는 초록색을 천천히 지워갑니다.

2

처마 밑의 흙벽에 제비가 둥지를 틀고 새끼들을 키우고 있습니다. 진흙과 마른 풀을 섞어 켜켜이 쌓아 만든 제비집 안에는 네댓 마리의 새끼들이 벌겋게 벌거벗은 채 서로 부둥켜안고 꼬물거리고 있습니다. 아직 눈도 뜨지 못한 새끼 제비들은 노란 주둥이가 무거운 듯, 지갑 같은 주둥이를 다문 채 머리를 처박고 있습니다.

갑자기 허공을 가르며 쏜살같이 처마 밑으로 어미 제비가 날아듭니다. 어미 제비가 미끄러지듯 날아와 제비집에 앉자, 일제히 새끼들이 노란 부리를 열고 서로 먹이를 달라고 보챕니다. 어미 제비는 물고 온 먹이를 아우성치는 새끼들의 노란 부리 이곳저곳에 넣어 보다가, 이내 작정한 듯 한 새끼의 주둥이에 넣어줍니다. 먹이를 넙죽 받아 힘겹게 삼킨 새끼가 엉덩이를 돌려 제비집 밖을 향해 하얀 솜덩이 같은 똥을 누면, 어미 제비가 재빠르게 주둥이에 물고 집 밖으로 날아갑니다. 소란스럽던 제비집에 다시 고요한 평화가 찾아옵니다.

비에 젖은 바지랑대가 현수교의 주탑(主塔)처럼 물기를 먹은 빨랫줄을 지탱하고 있습니다. 마당을 가로지르는 빨랫줄에서 빗방울들이 나란히 맺혀 있다가 떨어지기를 반복합니다. 주황색으로 목을 두른 제비 부부는 종일 비가 오는데도 부지런히 먹이를 물어 나르다가, 잠시 빨랫줄에 앉아 쉽니다. 빗물에 젖은 제비들의 홀쭉한 모습이 더욱 가냘프게 보입니다. 제비들이 젖은 날개를 부리로 다듬고 나서 몸을 털자, 빗물이 사방으로 흩어집니다. 그 순간, 빨랫줄에 일렬로 맺혀 있던 물방울들도 물기 흥건한 마당 위로 일제히 떨어집니다.

3

봄비가 보슬보슬 내리는 날, 어머니와 할머니는 산나물을 뜯으러 산으로 갑니다. 제비처럼 적삼이 흠뻑 젖은 모습으로 집으로 돌아와 늦은 점심밥을 먹습니다. 질퍽거리며 신고 온 어머니와 할머니의 고무신에는 산속에서 달고 나온 풀 이파리와 진흙이 지꺼분하게 잔뜩 묻어 있습니다. 마루 위에 펼쳐 놓은 보자기에는 물기를 먹은 취나물, 고사리, 분대가⁽³⁾ 담겨 있습니다. 봄비에 촉촉히 젖은 나물에서 풀향기와 함께 따끈한 열기가 서서히 올라옵니다. 보자기 속에는 산에서 캐 온 더덕 뿌리, 도라지 뿌리, 그리고 딱주⁽⁴⁾ 뿌리도 보입니다. 산나물을 데쳐 툇마루 한쪽에 널어 두어 물기가 가시게 말립니다. 뒤안의⁽⁵⁾ 낮은 굴뚝에서는 흘러나온 연기가 안개처럼 장독대 옆으로 낮게 깔립니다. 촉촉하게 봄비 내린 오후가 천천히 저물어 갑니다.

⑴ 집시랑 물: 지붕에서 떨어지는 낙숫물을 의미하는 전라도 사
투리.

⑵ 집시랑: 낙숫물이 떨어진 자리.

⑶ 분대: 산나물의 일종인 수리취로 잎의 앞면은 진초록이고 뒷
면은 하얀색을 띠고 있으며 말렸다가 송편이나 떡을 만들 때
사용함.

⑷ 딱주: 잔대의 전라도 사투리. 초롱꽃과의 여러해살이 약초로 도
라지와 비슷한 뿌리를 가지고 있으며, 뿌리는 약용과 식용으로
쓰임.

⑸ 뒤안: 뒤란의 전라도 사투리. 집 뒤의 울안. 뒤꼍.

정적(靜寂)

토요일 점심 무렵, 학교 수업이 끝나자마자 부랴부랴 서둘러 집으로 향합니다. 집으로 가는 신작로 양옆으로 미루나무가 열병하듯 퍼런 제복을 입고 긴 줄로 서 있습니다. 오월의 살랑바람이 나뭇잎을 흔들고 지나갑니다. 나뭇잎들은 나무에 매달려, 서두르지 말라고 연신 좌우로 고개를 젓습니다. 버스 한 대가 신작로를 지나자, 오월 하늘에 흙먼지가 뭉게구름처럼 일어나 버스 뒤를 졸졸 따라 달려갑니다. 흙먼지 바람에 한순간 숨쉬기가 힘들어지자 들판 보리밭 사이로 난 샛길로 발길을 돌립니다. 산들바람에 빛바랜 초록 물결이 출렁이며 들판을 가로질러 흘러갑니다.

평소 같으면 오월의 햇살 아래 엷은 녹색으로 올라오는 보리 이삭이 팬 샛길을 걸으며, 보리밭에서 머리가 까만 깜부기를 뽑아 보리피리를 만들어 불어볼 생각도 있었겠지만, 오늘은 똥이 마려워 그럴 여유가 없습니다. 쉬는 시간에 학교 변소에서 똥을 누어야 했지만, 꾹 참고 집으로 가는 중입니다. 교사(校舍)에서 얼마간 떨어져 지어 놓은 오두막 같은 변소에서는 항상 코를 찌르는 암모니아 냄새가 올라옵니다. 소변을 누는 벽에는 낡은 벽화처럼 하얗고 누런 얼룩이 오줌의 흔적으로 남아 있습니다. 쉬는 시간에 아이들이 한꺼번에 변소로 몰려가면, 아이들의 웅성거림이 비누 거품처럼 넘칩니다. 변소 칸에 들어가 쪼그리고 앉으려고 하면, 문고리가 망가져 구멍이 나 있고, 여기저기 문을 두드리는 소음에 마음을 가라앉히고 똥을 눌 수가 없으므로, 오늘은 참고 부산하게 집으로 가는 것입니다. 잔뜩 긴장한 탓에 얼굴에서 땀이 흘러내리고, 책가방이 더욱 무겁게 느껴집니다. 집 마당에 들어서자마자, 책가방을 마루 위로 휙 던져 놓고, 곧장 칙간으로[1] 달려갑니다. 바지를 내리고 쪼그리고 앉아 급한 일을 해결하고 나면, 앉은 채로 여유를 즐길 수 있습니다.

온 집안에는 정적이 감돕니다. 어른들은 모두 들일을 하러 나갔나 봅니다. 멀리서 낮닭 우는 소리가 바람결에 실려옵니다. 나무판자와 통나무로 걸쳐진 똥통 아래서부터 똥오줌이 썩는 냄새가 올라오고, 쉬파리와 벌처럼 생긴 날벌레들이 왱왱거리며 칙간 여기저기를 분주하게 날아다닙니다. 쌀 튀밥 같은 하얀 고자리들도[2] 나름대로 방향을 잡고 스프링처럼 몸을 늘였다 줄였다를 반복하면서 꼬물꼬물 똥통을 따라 열심히 기어오르고, 어딘가로 끊임없이 행진합니다. 칙간 구석에는 쟁기와 써레가 흙이 묻은 채로 놓여 있고, 그 위로 먼지가 엉켜 붙은 거미줄이 주렁주렁 매달려 있습니다. 칙간의 뒤쪽 흙 담벼락이 무너져 내려, 수수깡과 막대기가 드러난 구멍으로 햇살이 새어 들어와 칙간의 한쪽을 밝힙니다. 그 눈부신 구멍으로 선선한 바람이 들어와 먼지 먹은 거미줄을 흔듭니다. 칙간을 가리고 있는 거적때기에는 낡은 대바구니가 걸려 있고, 그 속에 신문지와 낡은 노트를 잘라 만든 휴지 조각이 들어 있습니다.

뒷동산 어딘가에서 들려오는 뻐꾸기 울음소리가 고요한 마을 위를 가로질러 갑니다. 칙간을 나서면 마당에 널어놓은 연두색 보리풀이[3] 햇살에 바래면서 상큼한 풀 냄새를 날립니다. 칙간에서 나와 바삭거리는 보리 풀을 밟고 지나 마루로 올라갑니다. 책가방을 밀치고, 마루에 벌렁 드러눕습니다. 마루의 서늘한 촉감이 등을 타고 온몸으로 퍼져오며, 갑자기 안도감이 고요 속에서 밀물처럼 흘러들어옵니다.

저자 주

⑴ 칙간(측간, 厠間): 안채와 떨어진 헛간 옆에 있는 재래식 화장실. 전라도에서 칙간으로 불림.

⑵ 고자리: 구더기의 전라도 방언

⑶ 보리풀: 늦봄이나 초여름에 산에서 연한 가지나 풀을 베어와 말린 다음 썩혀서 가을에 논에 거름으로 뿌려 가을보리를 심음. 늦봄이나 여름에 가축 사육용이 아닌 거름용 풀을 보리풀이라고 부름.

보리 타작

1

오늘은 논에서 거두어 마당 한쪽에 쌓아 놓았던 보리를 타작하는 날입니다. 나락을 훑을 때나 밭곡식을 털 때도 기계의 힘을 빌리지 않는데, 오직 보리 타작만큼은 기계의 힘을 빌립니다.

보리 타작하는 날이 되면 발동기와 탈곡기가 마당으로 쉽게 들어올 수 있도록 대문을 활짝 열어 둡니다. 동네 어른 몇 명이 달구지에 보리 탈곡기를 실어 가져와 마당에 내려놓은 뒤, 다시 가서 발동기를 싣고 마당으로 들어옵니다. 탈곡기를 쇠말뚝으로 땅바닥에 단단히 고정하고 나서, 달구지에서 마당으로 발동기를 내립니다. 나무로 만들어진 탈곡기에 비해서 쇳덩이로 만들어진 발동기가 무거워서 장정 여러 명이 달려들어 지렛대로 달구지에서 내립니다.

발동기와 탈곡기 사이에 적당한 거리를 두고, 피댓줄을 엑스(X)자로 꼬아 팽팽히 연결합니다. 땅바닥에는 쇠말뚝을 깊이 박아 발동기를 지면에 단단히 고정해 탈곡 작업 중에 흔들리지 않도록 합니다. 검불과 보리알이 떨어질 곳에는 덕석을[1] 깔아 보리 낱알이 흙에 닿지 않도록 준비를 마칩니다. 이어 우물물을 길어와 발동기 엔진을 감싸고 있는 공간에 냉각수로 채워 넣고, 하지감자를[2] 그물망에 담아 냉각수 안으로 넣어둡니다.

발동기 주인이 시동을 걸기 시작합니다. 한 손으로는 발동기 코라 불리는 밸브를 누르고, 다른 손으로는 맷돌처럼 묵직한 쇳덩어리 플라이휠을 힘껏 돌립니다. 처음에는 몇 번 시큰거리는 엔진 소리가 나더니, 탄력을 받지 못하고 멈춥니다. 다시 온 힘을 다해 돌리면, 소음기가 쾅쾅거리는 요란한 소리를 내며 밸브가 거친 숨을 뱉어냅니다. 마침내 발동기가 거센 힘을 발산하기 시작합니다. 소음기에서는 매캐하고 뜨거운 연기가 뿜어져 나와 마른 보릿대 냄새와 섞이며 마당 가득 퍼집니다. 발동기가 거친 숨소리를 토해 내며 벌떡거리자, 발동기 꼭대기에 붙어 있는 윤활유통 안에서 청록색 윤활유가 발동기 호흡에 맞춰 출렁입니다. 동시에 보리 탈곡기 안에 구부러진 쇠 가시가 촘촘히 박힌 둥근 통이 빠르게 돌아가기 시작합니다.

쌓아 두었던 보릿단을 탈곡기 옆으로 옮기면, 노란 보릿대에서 구수하게 익은 보리 내음이 납니다. 머리에 흰 수건을 두른 일꾼이 탈곡기 옆에서 보릿단을 하나씩 풀어 힘차게 돌아가는 탈곡기 안으로 밀어 넣습니다. 보릿단이 탈곡기 속으로 빨려 들어가면서, 폭포수 소리같이 '쏴아' 하고 보리 알갱이가 떨어지는 소리가 들립니다. 발동기의 통통거리는 소리와 탈곡기에서 나는 소음으로 귀가 먹먹하여, 사람들의 목소리는 탈곡기와 발동기의 소음에 묻혀 버립니다.

보릿단이 탈곡기 속으로 들어갈 때마다 옹골진 보리알이 탈곡기 아래로 수북이 쏟아집니다. 부모님의 땀방울이 곡식으로 알알이 맺혀 떨어지는 순간입니다. 탈곡기는 여름 더위가 묻어 있는 보릿대를 탈곡기 밖으로 뱉어냅니다. 보릿대 한 무더기가 탈곡기 밖으로 날아가 덤불이 되어 쌓이고, 자잘한 보리 꺼끄락이[3] 하늘 높이 날아오르다가 여기저기로 흩어집니다. 땀으로 젖은 일꾼들의 얼굴과 몸에 보리 꺼끄락이 달라붙어 짜증을 불러옵니다. 탈곡기에서 나와 쌓인 헝클어진 보릿대는 갈퀴로 모아져 헛간으로 옮겨지고, 부엌의 땔감으로 쓰입니다. 한편, 보리 검불과 보리 알갱이가 뒤섞여 있는 덕석 위에서 갈퀴질로 검불들을 추려낸 다음, 키에 담아 다시 탈곡기에 쓸어 넣으면 보리 알갱이만 남게 됩니다. 마지막에는 키질로 보리 꺼끄락을 바람에 날려버리고, 보리 알갱이만 골라내어 가마니에 담습니다. 시간이 지나면서 타작마당 한쪽에는 보리가 가득 채워진 가마니들이 줄지어 늘어갑니다.

마침내 보릿단이 바닥을 드러내고, 보리 타작도 끝이 납니다. 통통거리며 힘차게 돌아가던 발동기가 멈추고, 탈곡기 소리도 멎습니다. 온 세상이 갑자기 조용해지자, 그동안 발동기 소리로 먹먹했던 귀가 제자리로 돌아옵니다.

2

발동기에서 막대를 꽂아 막아 두었던 냉각수 통을 열고 수대를 연결해서 물을 빼냅니다. 뜨거운 김이 모락모락 피어오르는 냉각수가 수대 안으로 콸콸 쏟아져 나오자 얇은 기름막이 무지개 빛으로 냉각수 위에 덮입니다. 수대에 받은 냉각수를 들어 옮겨 수챗구멍에 붓자, 더운 김이 모락모락 올라옵니다. 냉각수가 담겨있던 발동기 엔진 통에서 하지감자가 담긴 그물망을 조심스레 꺼냅니다. 뜨거운 냉각수 속에서 부드럽게 익은 감자를 일꾼들과 간식으로 나누어 먹으며, 한나절의 고된 수고를 달랩니다.

보리 탈곡이 끝난 뒤, 보리 꺼끄락이 여기저기 날려 집 안 곳곳이 뿌연 먼지로 덮입니다. 마당 옆에 서 있는 매실나무와 감나무 이파리 위에도 보리 먼지가 잔뜩 내려앉아 있습니다. 탈곡기와 발동기를 실은 달구지는 다른 집의 보리 탈곡을 위해 떠납니다. 집안 식구들은 마당에 깔아 두었던 덕석을 걷어내고, 집안 구석구석에 쌓인 보리 먼지를 털어냅니다. 탈곡기와 발동기가 떠난 마당에는 쇠말뚝을 박았던 상처와 발동기에서 흘러나온 기름으로 생긴 커다란 검은 얼룩이 남아 있습니다. 아버지는 탈곡기 사용료로 방금 탈곡한 보리를 말로 되어 가마니에 담아 건넵니다.

<u>3</u>

보리 탈곡이 끝나면, 아버지는 탈곡한 보리를 가마니에 담아 수레에 싣고 동네 방앗간으로 가서 방아를 찧어 옵니다. 보리쌀을 실은 리어카가 마당으로 들어올 수 있도록 대문을 활짝 열어둡니다. 리어카에 실려 온 보리쌀 가마니와 겨를 담아온 가마니에서는 따끈따끈한 온기가 새어 나오고, 가마니 틈새로 그윽한 보리 향기가 흘러나옵니다. 누릇누릇하고 폭신한 보릿겨는 장독에 있는 큰 항아리에 옮겨 담아 두었다가, 겨우내 쇠죽을 쑬 때 뿌려주는 소의 양식으로 사용됩니다. 마당에 덕석을 펴고, 방금 찧어온 보리쌀을 널어 햇볕에 말립니다. 끝이 뾰족하던 누런 보리가 동글동글해지고 뽀얀 알맹이로 바뀌어 마치 분필 가루를 뒤집어쓴 듯 보입니다. 나는 덕석 위에 쏟아 놓은 보리쌀을 당그래로[4] 고르게 펼친 뒤, 맨발로 들어가 빙글빙글 돌아가며 얇게 퍼진 보리쌀에 고랑을 냅니다. 이렇게 하면 햇볕이 골고루 스며들고, 바람이 잘 통하여 보리쌀이 잘 마르게 됩니다. 맨발에는 보릿겨 가루가 묻어, 마치 하얀 덧버선을 신은 듯이 보입니다. 하루 동안의 햇볕으로 잘 말린 보리쌀을 거두어 장독에 있는 옹기 항아리에 넣어두면, 우리 식구가 한 해 동안 먹을 양식의 절반이 마련된 셈입니다. 마당 끝 화단에서 붉은 작약꽃이 환한 웃음을 보입니다.

저자 주 _____

(1) 덕석: 곡식을 널거나 집안에서 큰일을 치를 때 마당에 깔기 위해 짚으로 네모지게 엮어 짜서 만든 큰 멍석.

(2) 하지감자: 감자를 하지 무렵에 수확한다고 하여 통상적으로 하지 감자로 불렀음.

(3) 꺼끄락: 까끄라기의 전라도 사투리.

(4) 당그래: 고무래를 가리키는 방언. 논밭의 흙을 고르고 씨를 뿌린 후에 밭의 흙을 덮으며, 곡식이나 재 따위를 긁어모으거나 펴서 너는 데 쓰이는 농기구의 하나. 긴 네모꼴의 널조각에 긴 자루를 박아 T자 모양으로 만듦.

모내기

1

유월에 보리 베기가 끝나면 본격적으로 모내기가 시작됩니다. 보리를 수확한 논에는 잘리고 남은 보릿대가 아버지의 까칠한 수염처럼 삐죽삐죽 올라와 있고, 그 사이로 누렇게 말라버린 독새기가[1] 깔려 있습니다. 쟁기질한 논이 군데군데 늘어나면서 들녘은 시나브로 누런 색에서 진한 흙색으로 바뀌어 갑니다.

2

아버지는 지게에 바작을[2] 얹고, 지난해 썩혀 둔 보리풀 거름을 가득 담아 논 여기저기에 쏟아붓습니다. 들녘에 퀴퀴한 거름 냄새가 퍼집니다. 쏟아 놓은 보리풀 거름으로 논바닥이 거뭇거뭇 곰팡이 핀 식빵처럼 보입니다. 논에 거름을 낸 아버지는 집으로 돌아와 지게에서 바작을 내려놓고 쟁기를 얹습니다. 외양간에 묶어 두었던 쇠고삐를 풀어 소를 앞세우고, 들길을 따라 논으로 향합니다. 소가 발걸음을 옮길 때마다 목에 걸린 워낭이 땡그랑거리는 소리를 냅니다.

아버지가 소를 앞세워 쟁기로 논을 갈아엎기 시작합니다. 물기를 머금은 논이 떡 썰리듯 보습에[3] 갈리고, 쟁기의 볏을[4] 따라 올라온 흙이 뒤집히면서, 거뭇거뭇한 속살을 드러냅니다. 술바닥이[5] 지나간 자리에는 촉촉하고 매끈한 흙이 드러나 햇빛에 반짝입니다. "좌로 서", "우로 서", "좌로좌로", "워워" 하며 소를 모는 소리가 우렁차게 들판에 울려 퍼집니다. 논 갈기에 힘이 부친 소는 거친 숨을 몰아쉬며, 쟁기가 지나간 곳과 남겨진 논의 경계를 따라 천천히 쟁기를 끌고 갑니다.

쟁기질에 놀란 개구리가 논둑의 풀숲에서 튀어나와 오줌을 찍 갈기며 폴짝폴짝 뛰어 달아납니다. 쟁기질 방향을 바꿀 때마다, 소는 논둑에 퍼렇게 돋아난 풀을 뜯으려 하지만, 시간에 쫓기는 아버지는 고삐줄을 흔들어 소를 재촉합니다. 물을 댄 윗논에서는 개구리들이 꽉꽉 울어대고, 제비들은 처마 밑에 흙집을 지으려고 쟁기질한 논으로 날아와 진흙을 물어 나릅니다. 논갈이가 끝나면 아버지는 물꼬를 터서 논에 물을 가득 댑니다. 부서진 논흙 사이로 물이 흘러들어 쟁기질한 논을 흥건하게 적십니다. 논흙에 숨어 살던 거미와 작은 벌레들이 갑작스러운 홍수에 놀라 흙 속에서 기어 나와 흙탕물 위를 헤엄치며 사방으로 달아납니다.

3

다음 날, 물을 먹어 부드러워진 흙을 잘게 부수고 논을 고르기 위해 아버지가 소를 앞세워 써레질을 합니다. 소 뒤를 따라가는 아버지가 발걸음을 옮길 때마다 물창이[6] 튀며 첨벙거리는 소리가 들판에 울려 퍼집니다. 써렛발에는 논에 남아 있던 보릿대 찌꺼기와 독새기가 엉켜 붙습니다. 아버지는 잠시 써레질을 멈추고, 써렛발에 엉킨 것들을 떼어내어 논둑 너머로 멀리 내던집니다. 써레질을 끝낸 아버지는 논둑에 자란 쇠뜨기와 쑥대를 낫으로 베어내고, 논물이 새어 나가지 않도록 미장이가 시멘트를 바르듯 논둑을 정성껏 다듬습니다. 그런 다음, 물이 차 있는 논을 가로질러 다니며, 화학비료를 비닐에 담아 옆구리에 끼고 골고루 뿌립니다. 비료가 논물 속으로 스며들며 '싸르륵싸르륵' 소리를 냅니다. 이제 논에 모를 심을 준비가 되었습니다.

4

모를 심기 위해서 먼저 모판에서 자란 모를 쪄와야 합니다. 물을 댄 논 한구석에는 잔디 같은 모들이 초록빛 쑥절편을 가지런히 얹어 놓은 모양으로 곱게 자라고 있습니다. 모 위에 쳐 놓은 거미줄에는 알알이 맺힌 이슬이 아침 햇살을 받아 보석처럼 반짝입니다. 오늘 모내기를 하기 위해 놉으로[7] 얻은 동네 아주머니들과 아저씨들이 우리 논에 모를 심을 일꾼들입니다. 남자 일꾼들은 머리에 밀짚 모자를 쓰고, 여자 일꾼들은 머리에 수건을 둘렀습니다. 일꾼들은 신발을 논둑에 벗어두고, 팔에는 토시를 낍니다. 손에는 나무로 만든 앉을개와[8] 짚 다발을 들고 물을 댄 논으로 들어옵니다. 일꾼들은 논물 속에 앉을개를 넣고 깔고 앉아, 한 뼘 정도 자란 모를 모판 한쪽부터 쩌냅니다. 쩌낸 모의 뿌리에 붙어있는 진흙을 떼어내려고 일꾼들은 한 움큼의 모를 잡고, 논물 속에서 위아래로 흔들어 댑니다. 그러면 모에 붙어 있던 흙이 물에 풀어져 누런 흙탕물로 사라집니다. 일꾼들은 진흙을 털어낸 모를 지푸라기로 묶어 못다발을 만들고, 논물 속으로 연신 밀쳐둡니다. 나와 동생은 머리털을 움켜잡듯이 못다발의 윗부분을 잡고 써레질한 쪽으로 날라와, 일꾼들이 가까이에서 모를 쉽게 집어 심을 수 있도록 골고루 던져 놓습니다. 못다발을 무논 여기저기로 던질 때마다 첨벙거리는 소리가 나고, 못다발은 자석에 쇠붙이가 달라붙듯 무논 위에 찰싹 달라붙습니다.

5

써레질을 마친 무논은 펄처럼 미끈거려 걷기가 쉽지 않습니다. 나는 일꾼들이 모를 쩌 밀쳐 놓은 못다발을 발이 푹푹 빠지는 논에서 뒤뚱거리며 나릅니다. 발을 옮길 때마다 물컹거리는 논흙 속에서 빠직대는 소리가 납니다. 못다발을 나르면서 나는 연신 장딴지를 살펴봅니다. 혹시 거머리가 달라붙었나 싶어, 진흙이 묻은 발을 논물에 담가 흔들어 봅니다. 그런데 어느새 장딴지에 거머리 한 마리가 달라붙어 꿈틀대고 있습니다. 거머리를 손으로 떼어내려 하니, 거머리는 몸을 움츠려 공처럼 둥글게 말아 버립니다. 아직 배를 채우지 못한 거머리는 장딴지에 붙어서, 내 손에 잡히지 않으려고 자벌레처럼 몸을 휘었다 늘이기를 반복합니다. 고무줄처럼 몸을 늘였다 줄이는 재주가 대단해 보입니다. 어렵사리 손으로 거머리를 떼어내 재를 담아 논물 위에 띄어 놓은 바가지에 던져 넣습니다. 거머리가 달라붙어 있던 장딴지에서 검붉은 피가 흘러나옵니다. 아버지가 거머리가 물었던 자리에 담뱃가루를 붙여 주지만, 찝찝한 기분이 쉽게 가시질 않습니다. 다른 거머리 한 마리가 논의 흙탕물 속에서 사인(sine) 곡선으로 헤엄치며 사람들의 장단지를 찾아 다닙니다.

6

모찌기[9] 작업이 끝나면 본격적으로 논에 모를 심기 시작합니다. 막대기에 감겨 있던 못줄을 풀어 논을 가로질러 펼칩니다. 모를 심을 위치는 빨간 헝겊이 배배 꼬여 있는 못줄에 일정한 간격으로 끼워져 표시되어 있습니다. 일꾼들은 한 손에 못다발을 들고, 운동회 달리기의 출발선에 서 있는 아이들처럼 못줄 뒤로 나란히 섭니다. 나와 동생은 논 양편에서 못줄을 잡습니다. 일꾼들이 못줄을 팽팽하게 당기라고 성화를 냅니다. 힘을 주어 못줄을 팽팽하게 당겨 잡으면 모심기가 시작됩니다. 일꾼들은 허리를 굽히고 빠른 손놀림으로 모를 하나씩 심어갑니다. 먼저 모심기를 끝낸 일꾼이 허리를 펴고 한 발 뒤로 물러선 뒤, 자신의 발이 들어갔던 움푹 팬 논바닥을 발로 다듬어 다음 줄에서 모심기가 편하도록 준비합니다. 못줄을 떼어 옮겨 잡으면, 일꾼들은 다시 일제히 허리를 굽히고 한 손에 모를 잡은 채 부지런히 다른 손으로 모를 떼어 심기 시작합니다. 일꾼들이 허리를 펴고 마지막 일꾼이 모를 심고 나면, 나는 "어이!" 하고 소리를 질러 건너편에 있는 동생에게 못줄을 떼라는 신호를 보냅니다. 좌우로 늘어선 일꾼들은 못줄을 따라 갈지(之)자로 발을 옮겨가면서 모를 심습니다. 못줄을 뗄 때, 일꾼들은 굽은 허리를 펴고 잠깐이나마 노동의 고통을 덜어냅니다.

7

유월의 햇살이 따갑게 온 들녘에 내리쬡니다. 아침에는 차가웠던 논물이 점차 따끈하게 데워집니다. 방죽처럼 밋밋했던 논에 일꾼들이 모를 입혀갑니다. 못줄을 잡는 일이 점점 지겨워지면, 논에 모가 언제쯤 다 채워질까 가늠해 봅니다. 논의 폭이 넓어질수록 못줄을 떼는 속도가 느려집니다. 일꾼들은 바쁜 손놀림 속에서 노래를 흥얼거리거나, 때로는 우스갯소리와 농(弄)을 흘리며, 고된 노동의 고통을 잊으려 합니다. 들녘에 한바탕 웃음소리가 터져 나옵니다.

<u>8</u>

해가 중천에 이르면 논에 제법 많은 모가 심어지고, 점심밥을 먹을 때가 됩니다. 멀리서 어머니가 논둑길을 따라 광주리에 점심거리를 이고 오는 모습이 보입니다. 한 손으로 머리에 인 광주리를 잡고, 다른 손으로는 막걸리 주전자를 들고 있습니다. 너무나 반가운 모습에 기운이 납니다. 어머니가 광주리를 논둑에 내려놓으면, 이제야 일꾼들은 고된 노동에서 벗어나 달콤한 휴식을 취하며 점심을 먹을 수 있습니다.

일꾼들은 모심기를 잠시 멈추고 굽혔던 허리를 뒤로 젖히며 신음하듯 작은 목소리로 "아이고 허리야"하고 내뱉습니다. 이어 푹푹 빠지는 무논을 지나 논둑으로 올라옵니다. 나도 못줄을 놓고 미끈거리는 좁은 논둑길을 따라 걸어 큰길로 올라옵니다. 일꾼들은 큰길 옆으로 난 도랑물에 들어가 다리와 손에 묻은 진흙과 찌꺼기를 대강 씻어냅니다. 도랑물은 따뜻했던 논의 흙탕물과는 달리 청량하고 시원합니다. 팔다리를 씻으면서 몸에 끈적하게 배어 있던 더위도 함께 덜어냅니다. 바람에 날리는 긴 머리카락처럼 도랑물에 잠긴 물풀이 흐르는 물결에 따라 좌우로 흔들리며 흐느적거립니다. 일꾼들은 팔에 끼었던 토시와 발에 신었던 나일론 스타킹도 벗어버립니다.

점심으로 감자를 썰어 넣은 갈치조림과 흰 쌀밥이 나왔습니다.

흰 쌀밥을 스텐[10] 그릇에 고봉으로[11] 퍼 담아 일꾼들에게 돌립니다. 일꾼들은 알루미늄 찬합을[12] 열고, 반찬을 곁들여 논둑에 걸터앉아 허기를 채웁니다. 식사가 끝나면 막걸리도 한 잔씩 곁들입니다. 남자 일꾼들은 논 옆의 둑방에 줄지어 앉아, 담배를 태우며 한나절의 고단함을 잠시 잊습니다. 식사를 끝낸 나는 논 여기저기에 뿌려진 못다발을 적당한 간격으로 던져 놓습니다.

9

휴식이 끝난 일꾼들이 다시 논으로 들어갑니다. 못줄을 떼라는 외침 소리와 함께 물 댄 논에 초록빛 어린 모가 입혀집니다. 처음에 심어둔 모는 벌써 몸살을 하느라 잎이 돌돌 말리고 힘이 없이 말라가지만, 방금 심은 모는 여전히 초록빛 생기가 가시지 않았습니다. 아버지는 못자리를 했던 곳도 쟁기질과 써레질을 해서 모를 심을 수 있도록 준비해 두고, 얕게 심거 물 위로 뜬 모를 때웁니다.

모심기를 하던 일꾼들이 논에서 나와 잠시 휴식을 취합니다. 일꾼들은 어머니가 내온 막걸리 새참으로 먹먹하게 짓누르는 허리 통증을 달랩니다. 새참이 끝나면 논으로 내려가 모심기를 이어갑니다. 산능선으로 기나긴 유월의 해가 서서히 기울어 갑니다. 해가 서산으로 넘어갈 무렵, 언제 끝날까 했던 논에 모가 줄에 맞춰 가득 심어져 있습니다. 마음 깊은 곳에서 뿌듯함이 솟아오릅니다. 일렬로 늘어선 모들이 마치 군인들을 사열하는 광경 같습니다. 고된 하루의 노동이 드디어 마무리됩니다.

10

흙탕물이 가라앉은 논물에 석양이 비칩니다. 유월의 더위를 머금은 붉은 해가 논물 속의 모 포기 사이에서 뿌옇게 빛납니다. 모 포기 사이로 멀리 있는 산이 거꾸로 잠겨 실루엣으로 비칩니다. 나는 도랑물 속으로 들어가 흙이 묻은 못줄을 씻어 막대에 감습니다. 손발과 논둑길에 벗어 두었던 고무신도 깨끗이 씻은 후에 논둑으로 올라옵니다. 햇볕에 그을리고 주름진 일꾼들의 얼굴에도 이제야 웃음이 번집니다. 엉거주춤 허리가 굽은 일꾼들은 모를 찔 때 앉았던 흙탕물이 말라붙은 앉을개도 흐르는 도랑물에 씻습니다. 그리고 햇빛을 가렸던 머릿수건과 밀짚모자도 벗어 논둑에 올려둡니다. 하루 종일 논에서 묻었던 흙 찌꺼기를 털어내고, 도랑물에 세수를 하며 팔다리도 깨끗이 씻습니다. 일꾼들은 오늘 심었던 모가 뵌지 성근지를 가늠하고, 내일은 누구네 논에 가서 모를 심어야 하는지 확인해 봅니다.

논둑길을 따라 일렬로 걸어서 집으로 돌아오는 농사꾼들의 물먹은 고무신에서 연신 찌걱거리는 소리가 납니다. 산기슭에 홀로 서 있는 오동나무의 보라색 꽃에 석양빛이 드리워집니다. 살랑대는 바람결에 논둑에 알사탕처럼 둥글게 핀 하얀 민들레 씨앗들이 부서져 흘러가는 구름처럼 흩어집니다.

저자 주

(1) 독새기: 독새풀 또는 뚝새풀의 전라도 사투리. 한 뼘 정도의 크기로 자라는 잡초의 일종. 볏과 뚝새풀 속의 한해살이 또는 두해살이풀로 뱀이 나옴 직한 곳에서 자란다고 하여 이런 이름이 붙었음.

(2) 바작: 싸리를 촘촘히 엮어 두 개의 반원형 모양으로 만든 용기. 표준어로는 발채.

(3) 보습: 땅을 갈아 흙덩이를 일으키는 데 쓰는 삽 모양의 쇳조각으로 쟁기 제일 앞부분에 해당함.

(4) 볏: 보습 위에 비스듬하게 덧댄 쇳조각. 보습으로 갈아 넘기는 흙을 받아 한쪽으로 떨어지게 함.

(5) 술바닥: 쟁기 술의 밑바닥에 땅과 일직선으로 되어 있는 쇠붙이. 땅을 갈 때, 균형감을 주어 일직선으로 똑바로 갈 수 있도록 조정자 역할을 함.

(6) 물창: 정지된 물에 물건이나 사람이 들어가 물 위로 튀기는 물방울을 가리키는 전라도 사투리.

⑺ 놉: 하루하루 품삯과 음식을 받고 일을 하는 품앗이 일꾼.

⑻ 앉을개: 논이나 밭에 앉아 작업을 할 수 있게 만든 공(工)자 모양
의 높이가 낮은 나무 의자.

⑼ 모찌기: 모를 심기 위해서 모판에서 모를 뽑아 못다발을 만드
는 일.

⑽ 스텐: 스테인리스를 통상적으로 일컫는 말.

⑾ 고봉: 밥을 담을 때 그릇 위로 수북하게 담는 것.

⑿ 찬합: 밥이나 반찬을 여러 층으로 담아 이동할 수 있도록 만든
그릇.

대나무

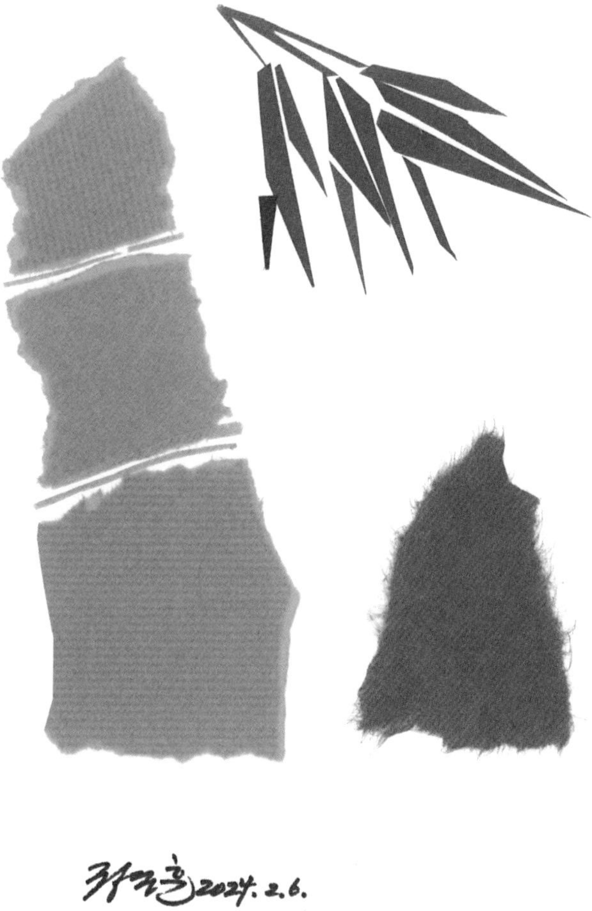

<u>1</u>

우리 집의 뒷터에는 바람이 지나가는 울창한 대나무 숲이 있습니다. 사시사철 푸르른 대숲 속은 한낮에도 어두컴컴합니다. 대숲 속에 들어서면, 스머드는 바람에 푸르디푸른 댓잎들이 서로 부딪히며 사그락거리는 소리를 냅니다. 여기저기 베어낸 대나무의 그루터기들이 조심스럽게 지나가는 발걸음을 멈추게 합니다. 그 모습은 마치 잊힌 무덤처럼, 한때 그 자리에 서 있던 자신의 존재를 조용히 알리는 듯합니다.

대나무 숲 깊은 곳 바닥에 작은 새 한 마리가 누워 있습니다. 가까이 다가가 살펴보니 새의 눈이 감겨 있습니다. 막대기로 살짝 건드려 뒤집어 보아도, 새는 이미 빳빳하게 굳어 마치 돌멩이를 뒤집는 듯한 느낌입니다. 얼마나 오랫동안 눅눅한 대숲 바닥에 누워 있었는지 알 수 없지만, 깃털에는 여전히 반질거리는 윤기가 남아 있습니다. 그러나 그 새가 왜 죽었는지는 알 수 없습니다. 뜻밖에 마주한 죽음이 마음을 스산하게 만듭니다.

유월에 대나무 밭에서는 죽순이 땅을 뚫고 솟아오릅니다. 땅에서 올라온 죽순은 마치 거꾸로 세운 쇠말뚝처럼 보입니다. 진한 갈색의 죽순에는 까칠한 수염과 꼭지가 달려있습니다. 연한 죽순을 혹여 밟을까 봐 조심스럽게 발밑을 살펴가며 걸음을 내딛습니다. 크기가 제각각인 죽순들은 촛대만 한 것부터 작대기만 한 것까지, 올라온 순서대로 서로 다른 크기를 자랑합니다. 먼저 올라온 죽순은 갈색 옷을 벗어내고 진초록 속살을 드러내며, 며칠 만에 하늘로 솟아 제 키를 빠르게 높입니다. 땅속에 깊이 숨겨 두었던 대나무의 등뼈가 여기저기서 솟아올랐다가 땅속으로 사라집니다. 땅 위로 서둘러 밀어 올린 죽순의 커가는 모습이 궁금했던 모양입니다.

초여름의 보슬비가 지나간 대숲에는 망태버섯이 하얀 망사 치마를 입고 올라옵니다. 어둑한 대숲에 올라온 망태버섯들이 눈부시도록 희게 빛납니다. 대나무 사이로 스며드는 바람은 차가운 습기를 머금고 있습니다. 살랑살랑 부는 산들바람이 댓잎을 흔들어 대숲 가장자리에 드리운 그늘 속에 햇빛의 파편들을 어지럽게 흩어 놓습니다. 그러나 허망하게도 망태버섯들은 하루 만에 시들고 녹아서 자취도 없이 사라지고 맙니다.

2

겨울밤에 내린 눈으로 대나무는 무겁고 하얀 짐을 머리에 이고 등이 휩니다. 지나가는 찬바람이 머리에 쌓였던 눈가루를 아래로

흩뿌립니다. 겨우내 나무 울타리 사이를 비집고 다니던 작은 굴뚝
새들은 눈보라를 피해 대숲에서 잠시 쉬어 갑니다. 댓잎이 속삭이
는 소리가 새들의 재잘거리는 작은 소란에 묻혀 버립니다.

3

다시 봄이 돌아오자 대나무들이 갑자기 꽃을 피우기 시작합니
다. 지금까지 한 번도 보지 못했던 광경입니다. 대숲 전체에서 일시
에 벼꽃 같은 메마른 꽃들이 노란 꽃술을 달고 피어납니다. 꽃을 피
운 댓줄기는 초록빛을 잃고 누렇게 변해 가며, 댓잎도 점차 색이 바
래고 말라갑니다. 늘 푸르고 무성했던 대숲이 갑자기 생기를 잃어
가며, 대나무꽃들은 마른 지푸라기처럼 변해갑니다. 진초록으로 올
라오던 죽순은 검게 변하며 스스로 몸을 꺾고 서서히 죽어갑니다.
대나무꽃들은 씨앗도 남기지 못하고 대숲이 점점 사라져 갑니다.
대숲에서 새가 왜 죽어 있었는지 모르는 것처럼, 대나무들이 왜 한
순간에 모두 죽어가는지 알 수 없습니다.

4

대나무는 오랜 세월 집안 뒤편에서 우리 집을 지켜주었고, 일상
에 필요한 것들을 아낌없이 내어주었습니다. 뒤안 장독대 곁에 묻어
둔 항아리 안에서 동치미 국물을 덮어주는 덮개로, 정지의[1] 살강[2]

위에 놓인 채반으로, 울타리와 사립문으로, 닭장을 막는 가리개와
닭을 가두어 두는 달기가리로[3], 할아버지의 곰방대와 내가 가지고
노는 딱총, 물총, 그리고 낚싯대로…

훗날 자신이 더 이상 사람들에게 필요하지 않을 것을 예감한 듯,
어느 날 대나무들은 꽃을 피워 스스로를 죽이고, 우리 곁에서 홀연
히 사라져갔습니다.

저자 주

(1) 정지: 재래식 부엌을 일컫는 말.

(2) 살강: 재래식 부엌에서 그릇을 얹어 놓을 수 있도록 부엌의 벽 중
턱에 가로 드린 시렁.

(3) 달기가리: 닭을 가두어 두기 위해 싸리나무나 대나무로 엮은 반
구형 기구.

장마

1

하늘에 회색 구름이 드리워지더니, 이내 짙은 먹구름으로 변해 몰려듭니다. 후텁지근한 바람이 한차례 휩쓸고 지나가고, 빗방울이 '우두둑우두둑' 떨어지기 시작합니다. 곧 세찬 빗줄기가 마당을 적시고, 토담을 넘어 순식간에 텃밭으로 달려갑니다. 빗줄기가 담장을 막 넘어가는 오잇잎과 호박잎을 두드리고, 감나뭇잎을 요란하게 때립니다. 감나무 잎사귀 위에서 보호색으로 위장한 청개구리 두어 마리가 시끄럽게 울어댑니다. 초록 이파리를 두드리는 빗소리를 청개구리 울음소리가 삼켜버립니다.

잠시 후, 밭에 풀을 매러 갔던 할머니와 어머니가 헐레벌떡 가쁜 숨을 몰아쉬며, 호미를 들고 대문 안으로 들어옵니다. 어머니는 토방에 들어서자 머릿수건을 벗어 모시적삼에 엉긴 빗물을 털어내고, 몸뻬바지와 검정 고무신에 붙은 흙찌꺼기도 털어냅니다. 어머니 몸에서는 빗물에 젖은 땀내가 올라옵니다. 조금 후에 아버지는 바작에(1) 수북이 꼴을(2) 올려 쌓은 지게를 지고, 작대기를 가슴팍에 가로로 쥔 채 마당으로 들어옵니다. 지게의 무게를 버티느라 몸을 숙여서 상의는 덜 젖었지만, 누런 밀짚모자에서는 빗물이 줄줄 떨어집니다. 헛간 한쪽에 지게를 받치고, 바작에서 꼴을 내려놓습니다. 자신의 무게에 눌려 있던 꼴에서 습기를 머금은 더운 열기가 새어 나옵니다.

아버지는 헛간에서 작두로 물기를 먹은 꼴을 썰어 수북하게 쌓아 놓습니다. 흙냄새가 스민 꼴에서 풀의 풋내가 올라옵니다. 외양간 한쪽에 비스듬히 앉아서 침을 흘리며 되새김질하던 누런 소가 눈을 끔뻑이다가 식욕이 도는지 벌떡 일어나 고개를 흔들고 혀를 빼고 입맛을 다십니다. 외양간 옆에 매어 둔 검은 염소도 연신 울어 대며 꼴을 달라고 보챕니다. 삼태기에 담아온 꼴을 구시에⁽³⁾ 채우기도 전에 소가 달려와 물기 먹은 꼴을 와삭와삭 먹기 시작합니다. 염소에게도 꼴 한 삼태기를 담아 부어줍니다. 외양간의 주름진 슬레이트 지붕에서 빗물이 쉬지 않고 물줄기로 떨어지며 땅을 적십니다.

2

어른들이 누런 양은 대야에 물을 담아 수채 근처에서 세수를 하고, 손발을 대충 씻은 뒤 마루로 올라옵니다. 어머니는 헛간 한쪽에 쌓아 두었던 아이들 주먹만 한 하지감자를 소쿠리에 담아 내옵니다. 우물가에서 깨끗이 씻어 온 감자를 부엌 가마솥에 넣고 찌기 시작합니다. 부엌에서 매캐한 연기가 피어나고, 아궁이에서 퍼지는 불빛에 어둑했던 공간이 점차 벌겋게 밝아집니다. 감자가 익어가며 퍼지는 구수한 냄새가 온 집안을 감쌉니다.

3

집 모퉁이에 세워 둔 강낭콩대에서 길쭉한 꼬투리를 따서 소쿠리에 담아 와 마루에 쏟아놓습니다. 금세 강낭콩 꼬투리들이 마루 한쪽에 수북하게 쌓입니다. 식구들 모두 마루에 둘러앉아 강낭콩을 깝니다. 알록달록 무늬가 있는 강낭콩 꼬투리 속에서 붉은색, 분홍색, 자주색의 점박이 강낭콩들이 매끈하게 엄지손가락에 딸려 나옵니다. 손끝에서 콩 비린내가 납니다. 물기를 머금고 썩어가는 미끈거리는 꼬투리 속에서 장맛비에 힘을 얻어 뿌리를 뾰족하게 내민 강낭콩도 간혹 보입니다. 마루 한쪽에는 콩깍지가 차츰 쌓여가고, 양은그릇에는 강낭콩이 점점 차오릅니다. 물기가 번진 마당을 세찬 빗줄기가 쉼 없이 두드리고, 지면 위로 튀어 오르는 빗방울들이 초록빛 시야를 뽀얗게 문질러 흐려 놓습니다.

마루에 쌓였던 콩깍지를 삼태기에 쓸어 담아 외양간 구시에 부어줍니다. 앉아서 되새김질하던 소가 벌떡 일어나 새로운 간식을 즐깁니다. 양은그릇에 모아둔 강낭콩을 안방 아랫목에 펼쳐 말립니다. 감자를 삶으려고 땐 군불 덕분에 방바닥이 보송보송해집니다. 따뜻한 기운이 방 안에서 눅눅했던 습기를 덜어내며, 온 식구들의 마음을 차분하게 녹여줍니다. 삶은 하지감자를 양푼에 담아 내오면, 온 식구가 강낭콩이 자리를 차지한 아랫목을 비켜 옹기종기 모여 앉아서, 뜨거운 감자를 쇠젓가락에 끼워 호호 불어가며 껍질을 벗기고 한입씩 베어 먹습니다. 뜨거운 열기에 혀가 살짝 데어 아립니다.

4

세차게 퍼붓던 장맛비가 잠시 잦아 들고, 하얀 운무가 하늘에서 내려와 앞산을 적시고 천천히 지나갑니다. 하늘과 땅의 경계가 흐릿하게 뭉그러져, 모든 풍경이 물안개 속에 잠긴 듯합니다. 비가 멈춘 틈을 타 장화를 신고 집 밖으로 나가봅니다. 고샅 옆 고랑으로 붉은 황토물이 쉬지 않고 흘러내리다가 길섶 풀들을 헤치고 나와 고샅 위로 넘쳐흐릅니다. 담을 넘어 길게 가지를 뻗은 감나무 아래로 떨어진 손톱만 한 어린 감들이 빗물에 쓸려 사방으로 흩어져 있습니다. 이웃집 텃밭에서 무리를 지어 펼쳐진 어린 토란잎 위에서 물방울들이 술에 취한 듯 흐느적거리다가, 몸을 돌돌 말아 땅으로 뛰어내립니다.

갈맷빛 텃논에서는 제법 튼실하게 자란 볏잎들이 빗방울을 털어냅니다. 한 줄기 바람이 초록빛 융단을 쓰다듬고 지나가자, 푸르디푸른 물결이 일렁이며 이 논에서 저 논으로 파도처럼 달려갑니다.

논물에 갇혀 둥둥 떠 있던 개구리밥들이[4] 다닥다닥 엉겨 붙어있다가, 불어 넘쳐흐르는 빗물에 산산이 갈라져 물꼬를 넘어 정처 없는 여행을 시작합니다. 논도랑의 물결을 따라 떠내려가는 생이가래[5] 위에 동글동글 맺힌 물방울들이 어지럽게 춤을 춥니다. 비가 갠 서쪽 하늘에 먹구름 사이로 주홍빛 노을이 낮게 드리워져 갑니다.

저자 주

(1) 바작: 지게에 얹어 짐을 싣는 데 쓰는 소쿠리 모양의 물건. 싸리나 대오리로 둥글넓적하게 조개 모양으로 걸어서 접었다 폈다 할 수 있게 만들어져 있음. 표준어로 발채라고 부름.

(2) 꼴: 소, 염소, 토끼나 말 같은 초식동물에게 먹이는 풀. 전라도 사투리로 '깔'이라고 불렀음.

(3) 구시: 구유의 전라도 사투리. 소와 같은 가축에게 먹이를 담아주는 그릇.

(4) 개구리밥: 연못이나 논물에 떠서 자라는 팥알 크기의 일년생 물풀.

(5) 생이가래: 논이나 연못 등의 물 위에 떠서 자라는 일년생 물풀. 아카시 잎과 유사한 우상복엽(羽狀複葉) 구조로 여러 개의 잎이 마주나기로 붙어 있음.

여름밤

DONK 82. 12月

1

이글대던 해를 향해 하루 종일 악을 써가며 울어대던 매미들이 해거름이 되면 죽나무에서[1] '쌔릉쌔릉' 쉰 목소리를 냅니다. 몰려오는 어둠이 차츰 매미 소리를 거두어 갑니다. 어머니는 옹기 물동이를 이고, 동네 우물로 물을 길으러 나섭니다. 고모는 걸레를 대야에 담아 허리에 끼고 우물가 옆을 흐르는 개울로 향합니다. 우물가에서는 동네 아낙들이 모여 채소를 헹구고 보리와 쌀을 씻으며 이야기꽃을 피웁니다. 개울물 소리와 함께 흘러나오는 이야기를 벗삼아 하루의 노동을 이어갑니다.

뒤안 화단에 노란색과 빨간색 분꽃들이 접어두었던 꽃잎을 하나둘 열기 시작합니다. 먼저 피었던 꽃자리에 토끼 똥처럼 까만 씨앗이 촘촘히 붙어 있습니다. 아침에 피었던 나팔꽃들은 분홍색 꽃잎을 개고 쭈그러진 채로 넝쿨에 매달려 있고, 주근깨가 다닥다닥 붙은 주황색 참나리 꽃은 기다란 꽃술을 게워 내고 있습니다.

집 앞 울타리 위에는 거미가 하늘을 향해 그물을 던져놓고, 오랜 기다림 속에서 조용히 매달려 있습니다. 이미 해는 지고 살어둠이 깔렸지만, 여름날의 더위가 채 가시지 않은 하늘에는 거미와 거미줄의 실루엣이 성좌(星座)처럼 고요히 새겨져 있습니다. 뒷동산 어딘가에서 '쪽쪽쪽쪽' 하고 우는 머슴새[2] 울음이 머슴이 소를 몰고 오는 소리처럼 들립니다.

해거름이 되면 된장잠자리들이[3] 잠자리를[4] 찾으려고 고샅의[5] 나무 울타리를 따라 바쁘게 이리저리 날아다닙니다. 이윽고 어둑해진 고샅에서 잠자리들이 울타리에 있는 마른 나뭇가지나 골목에 난 풀가지에 줄지어 매달려 잠을 청합니다. 저녁 어스름에 곤한 잠에 빠진 잠자리들은 손에 잡힐 때까지 깊은 잠에서 깨어나지 못합니다. 잠자리 몇 마리를 손으로 살며시 잡아, 한 마리씩 손가락 사이사이에 날개를 끼우고 집으로 돌아옵니다. 손가락 사이에 끼워진 잠자리는 잠에서 깨어나 몸통을 구부리며 손에 잡히는 대로 물어뜯으려고 발버둥칩니다. 집에 도착해서 장태문을[6] 열고, 잡아온 잠자리를 휙 던져주면 횃대 위에 올라가 잠을 자려던 닭들이 퍼덕거리며 일제히 간식을 낚아챕니다. 잠시 닭장 안이 잠자리 사냥으로 소란스럽다가 곧 조용해집니다.

2

마당에 밀짚으로 엮은 밀대 방석과[7] 짚으로 엮어 만든 덕석을[8] 깔고, 그 위에 도래상을[9] 펼쳐 저녁 끼니를 맞을 준비를 합니다. 부

옆에서는 할머니가 아궁이에 불을 지피고, 어머니는 부뚜막에 쪼그려 앉아 팥죽 같은 땀을 흘려가며 김이 모락모락 오르는 가마솥에 밀가루 반죽을 떼어 넣습니다. 고모는 엉거주춤한 자세로 기다란 나무 주걱을 솥단지 안에 넣고 휘휘 젓습니다. 수제비가 끓고 있는 솥단지 안으로 애호박도 숭숭 썰어 넣고, 간을 맞추기 위해 양념거리도 챙겨 넣습니다. 마루 위에 십 촉⁽¹⁰⁾짜리 알전등이 켜지면 희미한 빛이 마당을 어렴풋이 비춥니다. 수제비를 담아 내오고 온 식구가 둥그런 밥상에 둘러앉아 저녁 식사를 나눕니다. 뜨거운 수제비 그릇에서 김이 모락모락 오르고, 모두 후루룩 소리를 내며 수제비 한 그릇을 후다닥 비워냅니다. 땀을 흘리며 맛보는 수제비는 어느 때보다 맛있습니다.

<u>3</u>

저녁 설거지를 마친 고모와 어머니, 그리고 할머니가 동네 이웃 아주머니들과 함께 대야에 수건을 담아 들고, 하루 내내 더위에 찌든 몸을 씻으러 어둠 속 냇가로 갑니다. 저녁 식사를 끝낸 나는 동네 앞을 가로지르는 다리를 향해 어두운 고샅길을 달려 내려갑니다. 길가의 나무 울타리와 뒷동산 언덕배기 풀숲 사이를 흘러 다니는 반딧불들이 파란빛을 깜빡이며 초사흘 어둠 속을 스치듯 떠다닙니다. 마치 뒷동산 무덤 속에서 새어나온 영신(靈神)들 같습니다. 갑자기 무서운 생각이 들자 어두운 고샅길을 더욱 빠르게 달려 내려갑니다. 지난 장맛비로 고개를 내민 돌부리들 때문에 발걸음이 뒤뚱거립니다. 길가 어두운 풀숲에서 벌레들이 저마다 고유의 음색으로 우리가 모르는 교신을 합니다.

"끽끽끼끼, 찌리찌리, 쓰르르르"

다리에 도착하니 동네 어른들은 다리 난간에 걸터앉아 도란도란 이야기를 나누며, 지난 육이오 전쟁과 왜정[11] 때 호된 인생살이를 반추(反芻)합니다. 어른들은 대나무 살을 세로로 쪼개고 벌린 다음 종이를 발라 만든 부채로 여기저기를 탁탁 쳐가며 모기를 쫓습니다. 부채 소리에 도란거리는 목소리가 끊기다가 잔잔한 이야기가 이어집니다. 어둠 속에서 어렴풋이 나타나는 어른들의 주름진 얼굴에 새겨진 세월의 흔적을 보며, 험난했던 삶의 여정에 푹 빠져들어 갑니다. 다리 아래로 시원한 물이 흐르고, 고샅 한쪽에서는 아이들이 끼리끼리 어둠 속을 몰려 쏘다니며 소란을 피웁니다.

4

어두운 밤길을 되짚어 집으로 돌아오면, 날벌레와 모기가 달려들지 않도록 마루 위에 켜두었던 알전등은 이미 꺼져 있습니다. 잠시 후에 냇가로 목욕을 나갔던 할머니, 고모와 어머니가 대야를 허리에 끼고, 물먹은 고무신 소리를 내며 집으로 돌아옵니다. 알전등을 다시 켜고, 식구들은 어둑한 마당에 펼쳐진 덕석에 둘러앉아 쪄 놓은 하지감자와 삶은 강냉이를 먹으며 도란도란 옛이야기를 나눕니다. 덕석 위에 몸을 누이면 새끼줄의 울퉁불퉁하고 딱딱한 감촉이 등을 타고 전해옵니다. 누워있는 내게 베짱이가 날아들고, 땅강아지도 어둠 속을 날다가 길을 잃고 발등 위로 떨어집니다. 날아든 벌레들을 집어서 어둠 속으로 내던져 날려 보냅니다. 마당 한쪽, 외양간 옆에 지난 초여름 보리 타작 때 모아둔 보릿대 찌꺼기로 모깃불을 피웁니다. 보릿대가 타면서 내는 매캐한 냄새가 마당 전체에 퍼지고, 모깃불에서 올라온 연기는 외양간과 나무 울타리 사이를 지나 죽나무 위로 올라가 어두운 밤하늘로 조용히 사라집니다. 깜깜한 외양간에서는 염소와 소가 뒤척입니다.

5

덕석 위에 누워 올려다보면, 어둠 속 깊게 잠긴 밤하늘에 잔잔하게 뿌려 있는 성상(星狀)들이 밤새도록 깜빡입니다. 밝고 또렷한 별들과 작고 희미한 별들이 곧 마당 위로 떨어질 듯이 무척 가깝게 보입니다. 간간이 꼬리를 단 별똥별이 깊은 밤하늘에 하얀 선을 그리며 천구(天球) 저편으로 사라집니다. "별똥별이 쫄깃하고 맛있다"는 할머니의 근거도 없는 말에 나도 모르게 침을 삼킵니다. 모깃불에서 솟아오르던 연기가 갑자기 불꽃으로 바뀌며 타오르자, 어둠 속에 감춰져 있던 형체들이 순간적으로 드러납니다. 외양간에서 소의 커다란 눈망울이 어둠 속에 반짝입니다. 모깃불에서 반짝이는 불티들이 하늘로 날아오르다가 흩어져 사라집니다. 나는 불꽃이 커지는 것을 보고 얼른 자리에서 일어나 불붙은 모깃불 위에 덜 마른 쑥대를 올려 불꽃을 잠재웁니다. 새하얀 연기가 어둠 속에서 솟구칩니다. 부채로 모기를 쫓는 소리가 잦아지면서 덕석 위에 누운 식구들도 하나둘씩 잠에 빠져듭니다. 밤하늘의 별들은 여전히 깜빡이며 온 마당을 에워싸고 있습니다.

"방으로 들어가 자거라"는 아버지의 목소리에 나는 졸린 눈을 비비며 마루에 올라가 알전등을 다시 켭니다. 호마키[12] 모기약을 찾아서 병에 꽂힌 빨대를 입으로 불어 방문과 벽 곳곳에 뿌립니다. 모기약이 희미한 전등 불빛 아래서 안개처럼 퍼져 나가면서, 콧속으로 화한 석유 냄새가 훅 치고 들어옵니다. 벽에 달라붙어 있던 모기들이 모기약을 맞고 하나둘 마루 위로 떨어집니다. 행성들이 태양을 돌듯이 알전등을 태양 삼아 빙글빙글 돌면서 요동치던 날벌레들도 모기약에 힘을 잃고 마루 위로 우수수 떨어집니다. 밤이 깊어지자 온 식구들이 몸을 낮추고 방안에 쳐 놓은 모기장 안으로 기어들어가 깊은 잠에 곯아 떨어집니다.

저자 주 _____

(1) 죽나무: 참죽나무를 가리키는 말로 전라도에서 쭉나무로 부름.

(2) 머슴새: 쏙독새를 가리키는 말로 전라도에서 머슴새로 부름.

(3) 된장잠자리: 몸통이 된장 색을 띠고 있는 잠자리로 지상 2~3미터를 무리를 지어 날아다님. 고추잠자리로 알려졌지만, 고추잠자리는 몸통이 빨간색을 띠고 있는 잠자리로 많은 개체가 한꺼번에 날아다니지 않음.

(4) 잠자리: 잠을 자는 곳. 곤충 잠자리와 동음 이의어.

(5) 고샅: 동네에 집과 집 사이의 좁은 골목길.

(6) 장태문: 닭장문의 전라도 사투리.

(7) 밀대 방석: 호밀 줄기로 엮은 깔개로 덕석보다 작음.

(8) 덕석: 곡식을 널어놓거나 잔치 때, 마당에 펼쳐 사용할 수 있도록 지푸라기로 엮은 사각형 모양의 넓은 방석으로, 사용하지 않을 때는 돌돌 말아서 보관함.

(9) 도래상: 커다란 둥근 밥상.

(10) 촉: 전기의 와트(watt)를 통상적으로 부르던 말.

(11) 왜정(倭政): 일제강점기.

(12) 호마키: 모기를 제거하는 데 쓰이는 가정용 살충제. 홈킬러(home killer)를 일본식으로 '호무키라(ホムキラ)'라 불렀는데, 나중에 호마키로 변형되어 불림.

단수수

정길효 2024. 2. 6.

1

단수수 옆에서 울타리를 타고 올라가던 나팔꽃 넝쿨이 분홍 꽃을 활짝 피우더니, 까치발을 딛고 울타리 너머 텃밭을 건너다봅니다. 담장 너머 텃밭에는 옥수수들이 줄지어 서서 붉은 수염을 바람에 날리며, 강냉이 열매를 업고, 대나무 빗자루 같은 뻣뻣한 수술 꽃대를 하늘로 올리고 있습니다. 그 아래로는 키를 낮춘 메주콩들이 초록 콩깍지 안에서 여물어 갑니다. 고추밭의 가장자리에서 참깻대가 웃음 같은 하얀 꽃들을 소담스럽게 매달고 있습니다.

2

단수수는 여름철에 우리가 즐겨 먹던 간식입니다. 생김새는 영락없이 수수와 꼭 닮았지만, 줄기에서는 단맛이 납니다. 매년 뒤안 울타리 옆에 단수수를 줄지어 심어 두고, 여름철이 되면 하나씩 베어 껍질을 까내고 줄기를 씹어 먹습니다.

울타리를 따라 늘어선 단수수의 이삭들이 거뭇거뭇 익어 고개를 숙이기 시작하면, 낫을 들고 뒤안으로 갑니다. 실한 단수수를 골라 베어서 외양간 가까이로 가져갑니다. 길게 늘어진 단수수 이파리들을 대강 낫으로 쳐서 외양간에서 되새김질하던 소에게 던져줍니다. 눈을 끔뻑거리면서 침을 질질 흘리며 졸고 있던 소가 벌떡 일어나 혀를 길게 빼고 던져주는 단수수 잎사귀를 맛있게 받아먹습니다.

잘라온 단수수의 잎사귀를 잘라내자 낚싯대처럼 기다랗고 매끈해집니다. 단수수를 마루에 올려놓고 부엌칼을 가져와 하얗게 줄이 간 마디 부분을 토막내어 자릅니다. 그리고 반짝반짝 검은색으로 윤이 나는 이삭을 잘라서 방 안쪽의 문지방 위에 걸어 둡니다. 이 이삭은 내년에 심을 단수수 종자로 쓸 셈입니다. 잎사귀가 미처 감싸지 못한 단수수 마디의 윗부분에 하얀 분이 묻어 있습니다. 한 뼘 정도로 자른 단수수 토막들을 동생들과 공평하게 나눕니다. 단단한 초록빛 껍질을 이로 물어 세로로 당기면 길게 벗겨집니다. 연한 녹색의 단수수 속 알맹이를 이로 톡톡 부러뜨려 씹으면, 상쾌한 단맛의 즙이 입안에 배어 나옵니다. 가끔 뻣뻣한 단수수 껍질을 이로 베어 물어 벗기려다 손이나 입술을 베이기도 합니다. 단수수 마디를 따라 올라가면 모가지 쪽에서는 살짝 비린 맛이 나고, 뿌리 쪽 마디에서는 단맛에 시금털털한 맛이 섞입니다.

3

단수수를 씹으며 배어나오는 달콤한 즙을 즐기고 난 후, 단물이 빠진 찌꺼기를 뱉어, 마루 한쪽에 모아두었다가 두엄자리에 버립니다. 뙤약볕 아래에서 개미들이 단맛을 찾아 단수수 찌꺼기에 시커멓게 몰려들고, 찌꺼기는 결국 시나브로 분해되어 깨끗이 사라집니다.

멱감기

1

햇살이 쨍쨍한 여름날에, 우리들은 동네 고샅에서 자갈이 박혀 있지 않고 모래나 흙으로 평평하게 다져진 곳을 찾아갑니다. 울타리나 담벼락이 만들어 주는 그늘진 땅바닥이나, 지붕 그림자가 드리워진 마당이 여름날 우리들의 놀이터입니다.

사내아이들은 여럿이 모여 땅바닥에 금을 그어 놓고 비석치기[1] 놀이를 하거나, 꽃표[2] 따먹기를 합니다. 그리고 개앗줌에[3] 자그락거리는 유리구슬을 넣어 가지고 와서, 흙바닥에서 구슬치기 놀이로 더운 여름날의 무료한 시간을 보냅니다. 투명한 새 유리구슬의 속에는 붉거나 푸른 무늬가 화석처럼 갇혀 있지만, 흙바닥에서 오랜 세월을 견딘 유리 구슬은 흐릿한 상처로 덮여 백내장 걸린 눈알처럼 변해 있습니다. 동무들과 땅바닥에서 즐기는 놀이에 푹 빠져 있다 보면, 아침나절에 잠깐 찾아왔던 선선한 기운은 어느새 증발해 버리고, 점차 무더위가 온 세상을 점령해 갑니다.

여자아이들도 삼삼오오 모여서 그늘이 내려앉은 집 마당이나 고샅에서 땅따먹기[4]놀이를 하고, 밤톨만 한 공깃돌을 마당 한구석에 수북하게 쌓아 두고 공깃돌 놀이도 즐깁니다. 어떤 여자아이들은 얇고 가느다란 검은 머리핀을 잔뜩 가져와 평상 위에서 손톱으로 팅겨가며 핀 따먹기 놀이를 합니다. 전리품으로 얻은 실핀을[5] 옷핀에 주름처럼 줄줄이 꿰어 가슴에 차고 훈장인 양 자랑합니다.

평상 아래서 낮잠을 자던 누렁이가 입이 찢어지도록 하품하고 나서, 혀를 길게 늘어 빼며 숨을 헐떡입니다. 모든 게 귀찮다는 표정이 역력합니다. 나무 울타리 그늘 아래 모여 있던 한 무리의 닭들도 땅까불을[6] 하다가, 무더위에 지쳐 부리를 벌리고 숨을 가쁘게 몰아 쉽니다. 울타리를 타고 넘던 호박 넝쿨이 생기를 잃고 부채만 한 이파리를 아래로 축 늘어뜨립니다. 담장 밑에 세워 둔 나뭇가지를 타고 오르던 오이 줄기도 용수철 같은 덩굴손을 뻗다가 지쳐 허공에 멈춰 있습니다. 화단에는 이른 아침에 활짝 부풀려 피었던 분홍빛 나팔꽃과 빨간 분꽃이 더위에 지쳐 구겨져 있습니다. 어디선가 날아온 밀잠자리 한 마리가 바지랑대[7] 끝에 앉아서 한참 동안 눈을 굴립니다. 잠시 쉬어 가려고 날개를 내려놓던 밀잠자리는 무엇에 놀랐는지 홀연히 울타리 너머로 날아가 버립니다.

흙바닥에서 놀이에 심취하다 보면, 온 세상을 덮고 있는 여름날 무더위로 얼굴과 몸에서 땀이 줄줄 흐릅니다. 땀에 젖은 온몸이 끈적거리지만 누구 하나 개의치 않습니다. 인절미에 달라붙은 콩가루처럼 팔과 다리에 마른 흙이 잔뜩 묻어도, 놀이에 정신이 팔려 있습니다. 검정 고무신, 반바지와 러닝셔츠로도 가리지 못하고 드러난 살갗은 햇볕에 그을려 구릿빛으로 변해 있습니다. 흑백필름처럼 발등에 남아 있는 신발 무늬와 판박이 그림으로 상체에 새겨진 러닝셔츠 자국이 여름 한복판을 지나고 있음을 알려줍니다.

2

흙바닥에서 신나게 놀다가 지치면, 우리는 한달음에 다같이 동네 앞을 흐르는 강으로 멱을 감으러 갑니다. 땀으로 범벅이 된 몸을 식히는 데는 이보다 더 좋은 방법이 없습니다. 강가 언덕배기에 모여 고무신을 가지런히 벗어 놓고, 벗은 옷에 흙이 묻지 않도록 신발 위에 조심스럽게 올려놓습니다. 그리고 바람에 옷이 날아가지 않도록 주먹만 한 돌멩이를 하나씩 올려두는 것도 잊지 않습니다. 강둑 근처에서 쑥을 뜯어 침을 발라 짓이기면 싸한 쑥 향기가 코끝을 스칩니다. 물이 귓속으로 들어가지 않도록 끈적한 쑥 범벅을 양쪽 귓속에 채워 넣습니다. 실오라기 하나 걸치지 않은 우리들은 아랫도리를 두 손으로 가리고 일렬로 줄지어 강둑 아래로 내려갑니다. 자갈이 박힌 흙바닥의 거친 촉감이 맨발바닥을 통해 전해옵니다.

가슴까지 강물이 차오르면, 갑자기 닿는 냉기로 팔에 소름이 돋고 몸이 저절로 움츠러듭니다. 흐르는 강물은 소용돌이를 이루며 눈앞으로 어지럽게 다가왔다가 몸통을 휘돌아 하류로 빠르게 달아납니다. 우리는 물장구를 치며 흐르는 강물에 몸을 맡기고 개헤엄으로 강물을 힘차게 가로질러 갑니다. 강 한가운데쯤 다다르면, 처음에는 차가웠던 강물이 갑자기 따뜻하게 변합니다.

상류에서 시작된 두 개의 물줄기가 윗동네에서 만나 한데 합쳐지며, 우리 동네 앞에서 한 몸으로 흘러갑니다. 멀리서 흘러온 강물은 여름 햇볕에 데워진 채 천천히 흐르다가, 유역변경식(流域變更式) 수력발전소 송수관에서 내려오는 찬물과 마주치지만, 아직 완전히 섞이지 않은 두 물줄기로 우리 동네 앞을 나란히 지나갑니다. 발전소에서 흘러나오는 강물은 옥정호 취수구(玉井湖 取水口)에서 산속 터널을 타고 내려와서, 발전소 수차를 돌리고 흘러오기 때문에 한여름에도 솔찬히[8] 차갑습니다. 그리하여 우리는 차가운 강물과 따뜻한 강물을 오가며 냉온탕 멱감기를 즐깁니다.

강물 속에서 오래 놀다 보면, 더운 여름날이더라도 강물의 냉기로 추위를 느끼기에 우리들은 차가운 강물 쪽보다는 따뜻한 건너편 강물 쪽에서 노는 것을 더 좋아합니다. 건너편 강가에 다다르면, 강물에서 올라와서 벌거벗은 채, 두 손으로 아랫도리를 가리고 맨발로 강둑 위쪽 방향으로 뛰어갑니다. 맨발바닥에서 느껴지는 거친 돌멩이의 아픈 자극으로 뛰어가는 자세가 흐트러지며, 유난히 하얀 궁둥이들이 실룩거립니다. 강둑길에서 솟아오른 돌멩이와 강둑길에 뿌려진 바짝 말라버린 쇠똥 무더기를 요리조리 피해 뒤뚱거리며 뛰어갑니다. 강둑길에 앉아 있던 갈색 송장메뚜기들이 나체족의 느닷없는 등장에 놀라서 이리저리 튀어 달아납니다. 여름 햇살에 따끈하게 데워진 강둑길의 뜨끈한 열기가 맨발바닥으로 고스란히 전해집니다. 강둑을 한참 달려 올라가다가 멈추고, 허리춤까지 자란 풀숲을 헤치며 강물로 내려갑니다. 한 무리의 벌거숭이들이 다시 물살에 몸을 맡기고 개헤엄으로 흐르는 강물을 타고 내려옵니다. 강물을 가로질러 비스듬히 떠내려가며 오르락내리락하는 동안, 우리는 한낮의 무더위를 완전히 잊으며 시간 가는 줄도 모르고 물놀이에 빠져듭니다.

어떤 아이들은 자전거포(自轉車鋪)에서 얻어온 버스 바퀴의 고무 튜브에 공기를 가득 넣고, 그 튜브 속에 몸을 끼워 강의 상류에서 하류로 둥둥 떠내려옵니다. 한편, 콘크리트 다리 위 난간에서 용감하게 뛰어내려 깊은 강물 속으로 다이빙을 하는 아이들도 있습니다. 물속으로 풍덩 빠지는 소리와 함께 아이들의 신나는 고함이 울려 퍼지며, 강가는 활기로 가득 차고 소란스러워집니다.

보(洑)에 막혀 잔잔히 머무는 강물에서 우리는 숨을 참고 잠수를 합니다. 물속에서 머리카락처럼 풀어 헤쳐진 물풀 다발이 흐느적거리며 발목을 휘감으면, 마치 물귀신 같은 물풀의 아래로 끌어당기는 듯한 차가운 촉감에 섬뜩 놀랍니다. 잠수해서 보는 강물 속의 세상은 온통 누런 갈색으로 보입니다. 물속에서는 발바닥에 자갈들이 부딪치는 소리와 흐르는 강물 소리가 섞여 꿈속처럼 아득한 기분이 듭니다. 더는 숨을 참지 못해 물 위로 머리를 내밀고, 얼굴에 흐르는 물을 양손으로 훔치며 거칠게 숨을 헐떡입니다. 콧속으로 들어간 물 때문에 싸한 통증이 콧속을 훑고 지나가고, 두 눈은 충혈되어 벌게집니다.

물속에서 한참을 놀다 보니 귓구멍을 막았던 쑥범벅이 물을 먹고 빠져나가고, 물이 귓구멍 속으로 들어가면 귓속이 둔탁한 울림으로 짓눌립니다. 물이 들어간 쪽 귀를 아래로 삐딱하게 고개를 젖혀 모둠 뜀뛰기를 반복해 보지만, 여전히 귓속이 무거운 것에 눌린 것 같이 답답하고 머릿속이 팅팅 울리기만 합니다. 강가 돌무더기에서 납작한 돌멩이를 하나 주워 물이 들어간 귀에 대면, 햇볕에 뜨겁게 달궈진 돌멩이의 열기가 귓바퀴로 전해집니다. 고개를 다시 젖히고 모둠 뜀뛰기를 시도하던 순간, 갑자기 따끈한 한 줄기의 물이 귓구멍을 타고 흘러나옵니다. 머릿속에 돌멩이라도 박혀 있는 것 같았던 묵직한 느낌이 한순간에 사라지면서 귓속이 개운해집니다.

다리 위에 서서 흘러가는 강물을 멀거니 쳐다봅니다. 강물은 소용돌이를 만들며 흐르다가 교각(橋脚)에 부딪혀 끊임없이 회전하는 또 다른 소용돌이를 만들어냅니다. 교각을 사이에 두고 번갈아 가며 만들어지는 소용돌이가 교각에서 떨어져 나와 강물에 실려 아래로 흘러갑니다. 물길을 한참 동안 내려보고 있으면, 어느 순간 정신이 아득해지면서 다리가 나를 싣고 강물을 따라 계속 위로 올라가는 듯한 묘한 착각에 빠집니다.

3

오랜 물놀이에 지친 우리는 새파래진 입술을 떨며 강물에서 나와 따끈하고 널찍한 바위 위에 몸을 기대고 햇볕을 쬡니다. 하늘에서 수직으로 쏟아지는 햇살에 눈이 부셔서 미간을 찡그리며 눈을 감습니다. 갈색으로 그을린 몸에서 흘러내린 물방울이 바위 위로 뚝뚝 떨어지며, 뜨겁게 달궈진 바위 표면에 작은 점을 찍었다가 사라져 갑니다. 따사로운 햇살과 바위의 온기가 물놀이로 식은 몸을 서서히 데워 줍니다.

몸이 마르면 벗어 두었던 옷을 주섬주섬 찾아 입고, 검정 고무신도 챙겨 신은 후, 동무들과 함께 강가에서 물수제비 뜨기 놀이를 합니다. 동글납작한 돌을 골라 수면 위로 낮게 던지며 누가 돌을 더 많이 수면 위로 튕기게 하는지를 겨룹니다. 돌이 수면에 닿는 자리마다 동심원의 파문이 수면 위로 빠르게 번져 나갑니다. 강물 위를 통통 튕겨가던 돌멩이가 사르르 물속으로 사라집니다. 물수제비 뜨기 놀이가 끝나면, 아이들은 냇가 옆 수로의 콘크리트 난간에 나란히 걸터앉아 묵찌빠 놀이를[9] 합니다.

4

 날이 저물어 어둑해질 즈음, 강둑을 따라 걸어가다 보면 멀리 강물 아래쪽에서 동네 어른이 몸을 씻는 모습이 보입니다. 소에게 줄꼴을 바작에[10] 가득 베어 오거나, 논에서 김을 매고 난 뒤, 땀으로 범벅이 된 몸을 강물에 담가 하루의 고단함을 흘려보내려는 것입니다. 검푸른 저녁 강물에 드리운 몸이 물빛 속에서 더욱 하얗게 돋보입니다. 어른의 사타구니에 난 짙은 음모가 멀리서도 눈에 들어옵니다. 솜털조차도 없던 우리에게 이 모습은 외설(猥褻)스럽기보다 생경하고 낯설게 다가옵니다. 강가에 늘어선 미루나무에서 저녁 매미가 '쌔룽쌔룽' 긴 숨을 토해냅니다.

저자 주 _____

(1) 비석치기: 납작한 돌을 세워 두고 다른 돌을 가지고 여러 가지 방법으로 맞히는 놀이.

(2) 꽃표: 원형(圓形)의 두툼한 딱지가 나오기 전에 시중에서 팔았던 사각형으로 된 얇은 딱지로 동그란 딱지보다 작은 것이 특징임.

(3) 개앗줌: 호주머니의 옛말. 본래 우리나라 옷에는 호주머니가 없었는데, 개화기 우리나라 옷에 호주머니가 생기기 시작하면서 개

화주머니가 개앗줌으로 변형되어 부르기 시작했지만, 지금은 사
라진 말.

⑷ 땅따먹기 놀이: 땅에 동그란 금을 그어 놓고 조그마한 돌멩이를
팅겨서 땅을 차지하는 놀이.

⑸ 실핀: 어린 여자아이들이 머리카락을 고정하는 데 사용하는 가느
다란 검은색 쇠붙이 머리핀. 실처럼 가늘어서 실핀이라 불렀음.

⑹ 땅까불: 닭이 흙구덩이에서 비비적거리며 하는 흙 목욕.

⑺ 바지랑대: 빨랫줄을 받치는 기다란 막대기.

⑻ 솔찬히: 꽤 많이라는 뜻의 전라도 사투리.

⑼ 묵찌빠 놀이: 가위바위보의 세 가지의 다른 손 모양을 내밀어 승
부를 정하는 놀이.

⑽ 바작: 지게 위에 얹어서 거름이나 풀이 지게 아래로 새지 않도
록 해주는 대나무나 싸리나무로 엮은 반달형 용기. 표준어로 발
채라 부름.

소나기

온 세상이 진초록으로 물들어 있습니다. 더운 여름날, 서너 명의 동무들과 함께 냇물에서 멱을 감습니다. 우리들은 송장헤엄을 치며 흐르는 냇물에 몸을 맡기고 물결을 따라 떠내려옵니다. 햇빛에 눈이 부셔 실눈을 뜨고 올려다본 남서쪽의 쪽빛 하늘에 뭉게구름이 하얀 솜뭉치처럼 몽실몽실 피어오릅니다. 구름은 마치 하얗게 튀겨진 팝콘 같기도 하고, 빨래터에서 올라오는 거품처럼 보이기도 합니다.

산능선 위로 빠끔히 얼굴을 내밀었던 하얀 구름 덩어리가 점점 하늘 높이 솟구치면서, 아래쪽은 먹물이 번지듯 점점 어두워집니다. 잠시 후에 멀리 보이는 들판과 산등성이가 뿌옇게 흐려집니다. 밀물이 밀려오듯, 빗줄기를 매단 구름이 우리 쪽으로 몰려옵니다. 멀리서 천둥 우는 소리가 간간이 지나갑니다. 이제 비가 우리에게도 곧 쏟아질 것 같은 긴장감이 돕니다. 우리는 냇물에서 서둘러 나와 옷과 신발을 벗어두었던 강둑을 향해 뒤뚱거리며 맨발로 달려갑니다. 우르릉거리는 천둥소리가 점점 가까워지더니, 마침내 빗방울이 후드득후드득 떨어지기 시작합니다.

강물 위에는 수많은 동심원이 어지럽게 얽히며 번져갑니다. 들판과 먼 산이 김이 서린 창문으로 보는 것처럼 흐릿해집니다. 떨어지는 빗방울이 유리구슬처럼 큼지막합니다. 강을 따라 길게 뻗은 강둑길에서 빗방울이 듣는 자리마다 바짝 말랐던 흙이 돌돌 말립니다. 햇볕에 뜨겁게 달구어진 돌멩이 위에 빗방울이 큼지막한 멍자국을 남깁니다.

우리는 서둘러 검정 고무신만 신은 채, 물이 뚝뚝 떨어지는 알몸으로 옷을 겨드랑이에 끼고, 콘크리트 다리 밑을 향해 힘껏 달립니다. 발을 옮길 때마다 고무신 속에서 물이 찌걱대는 소리를 냅니다. 정신없이 뛰다가 고무신 안에서 발이 미끄러져 신발이 벗겨질 뻔합니다. 우리는 헐떡이는 숨을 몰아쉬며 콘크리트 다리 밑 물이 닿지 않은 곳으로 내려가서 쪼그려 앉아 비를 긋습니다. 들고 온 옷을 다리 밑에 놓인 돌멩이 위에 올려둡니다. 빗줄기에 묻어온 매캐한 흙냄새가 바람결에 코끝으로 흘러듭니다.

세차게 쏟아지는 빗줄기가 지면에 닿을 때마다 뿌연 흙탕물 파편이 튀어 오릅니다. 번쩍하고 번개가 눈앞을 가르며 지나가자 우리들은 깜짝 놀라 몸을 웅크립니다. 곧이어 '빠각빠각 우르릉' 하고 하늘이 우렁차게 울어댑니다. 아까까지 파란 하늘에 피어올랐던 하얀 뭉게구름은 어느새 흔적도 없이 사라지고, 잿빛으로 어두워진 하늘에서 이따금 송곳 같은 불빛을 쏘아 댑니다.

멀리서 소낙비를 맞으며 허겁지겁 뛰어오는 아낙의 모습이 보입니다. 밭에서 김을 매다가 갑작스런 소나기에 장독 뚜껑을 닫으러 집으로 뛰어가고 있나 봅니다. 들판에서 김을 매던 남정네는 소를 앞세우고, 반 뜀박질로 들길을 내달려 옵니다. 멀리 강둑에 매여 있던 황소가 갑작스러운 소나기에 놀라 몸을 비틀며 이리저리 왔다 갔다 하면서 '음매~~'하고 웁니다.

다리 밑에 모여 있는 우리는 입술이 파래지고 한기로 온몸이 오들오들 떨립니다. 물속에 체온을 흘려보낸 상태에서 갑작스러운 추위를 잠재우려고 서둘러 옷을 입기로 합니다. 하지만 채 마르지 않은 몸에 윗도리가 들어가기를 거부합니다. 물기에 붙들린 옷이 등판에서 뻑뻑해지며 몸통에 붙들려 좀처럼 들어가지 않으려고 합니다. 그래도 추위에 떠는 것보다 옷을 입는 것이 낫겠다 싶어, 우리는 이리저리 몸을 비틀며 힘겹게 옷을 끼워 넣습니다.

더웠던 땅바닥의 열기가 흩어지고, 거세게 쏟아지던 빗줄기가 점점 가늘어집니다. 마침내 소나기가 완전히 그치고, 서쪽 하늘이 맑고 파랗게 열립니다. 여름 햇살에 데워진 습기 먹은 바람이 스쳐 지나갑니다. 저 멀리 논 위를 왜가리 몇 마리가 서성이더니, 이내 날개를 펴고 하늘로 날아오릅니다. 그리고 동쪽 하늘에 홀연히 무지개가 섭니다.

"야, 무지개다!"

동무가 소리칩니다. 우리는 다 함께 다리 위로 올라갑니다. 영롱한 무지개가 동쪽 잿빛 하늘과 초록색 산을 둥글게 이어줍니다. 강둑길을 따라 움푹 팬 곳마다 누런 흙탕물이 고여 있습니다. 빗줄기로 세수한 듯, 온 세상이 진한 초록색으로 새롭게 단장을 합니다. 물기를 머금은 강둑의 풀잎과 하얗게 핀 개망초꽃에서 햇살이 반짝입니다.

모정(茅亭)

정경철) 고향풍경, 칫솔판 1989. 4. 9

1

동네 뒷동산 자락에 작은 모정[1] 하나가 동네를 내려다보고 서 있습니다. 모정 뒤로는 푸른 산이 병풍처럼 버티고 있고, 그 아래쪽 언덕 비탈에는 열댓 그루의 아름드리 상수리나무들이 무성한 잎사귀를 드리우며 자리를 지키고 있습니다. 모정 아래로는 초가집들이 옹기종기 모여 마치 바닷가 바위에 다닥다닥 붙어 있는 굴 껍데기처럼 보입니다. 여름 햇살에 바랜 초가지붕 너머로 펼쳐진 들판은 한여름 초록빛으로 가득합니다.

아침밥을 먹고 난 동네 할아버지들이 한낮 더위가 몰려오기 전, 헐렁한 모시옷 차림으로 모정에 하나둘 모여듭니다. 손에는 기름 먹인 누런 종이로 만든 부채나 접부채를 들고 있습니다. 풀을 먹여서 빳빳하고 까슬한 하얀 모시옷의 소매 안으로는 토시가[2] 끼어 있어 바람이 모시옷 안으로 솔솔 들어갑니다. 할아버지들의 손등에는 핏줄이 칡넝쿨처럼 불거져 있습니다. 마른 장작개비 같은 불그죽죽한 두 손으로 하얀 수염을 쓰다듬으며 농사일이나 세상 돌아가는 이야기를 나눕니다.

한 할아버지는 윗도리 쌈지 주머니에서 얇은 습자지(習字紙)를 꺼내 명함 크기로 접어 가장자리에 침을 발라 손으로 네모나게 자릅니다. 그런 다음 쌈지에서 봉초를[3] 꺼내어, 썰어 말린 가루담배를 꺼내 잘라놓은 습자지 위에 올리고 김밥처럼 돌돌 말아 궐련을 만듭니다. 침을 발라 습자지 끝을 붙이고, 삐져나온 가루담배를 손으로 꾹꾹 눌러 정리합니다. 이미 빠져버리고 남은 몇 개의 치아가 세월의 흔적으로 누렇게 바랜 모습이 입술 사이로 보입니다.

옆에 앉아 있는 다른 할아버지는 곰방대를 꺼내 모정 난간에 톡톡 쳐서 안에 쌓인 담배 찌꺼기를 털어냅니다. 그리고 쌈지에서 가루담배를 꺼내 도토리 깍지 같은 곰방대의 담배통 안에 손으로 꾹꾹 눌러 채워 넣습니다. 부싯돌을 꺼내 마른 쑥가루에 대고 탁탁 몇 번 칩니다. 불똥이 튄 쑥가루에서 연기가 모락모락 피어오르자, 입술을 모아 후후 불어가며 불씨를 살려냅니다. 이렇게 붙인 불씨를 곰방대 담배통에 옮겨 담배를 피우고, 그 불씨는 다른 할아버지에게로 건네집니다. 빠진 어금니 탓에 곰방대를 빠는 할아버지의 볼이 깊게 푹 꺼져갑니다. 동네 할아버지들이 누리는 여름날의 여유처럼 담배 연기가 천천히 흩어져갑니다.

'쓰시야 쓰시야' 하고 끊임없이 이어지는 매미들의 합창이 모둠 버섯처럼 솟아 있는 뒷동산 상수리나무를 덮어 버립니다. 산 위에서 부는 바람이 모정을 무심히 흘러 지나갑니다.

2

아이들은 신발을 모정의 댓돌 위에 벗어 두고, 맨발로 모정 마루에 올라와서 놉니다. 어른들이 모정에 있을 때, 아이들은 어른들의 야단을 맞지 않으려고 한쪽 구석에서 조용하게 놉니다. 우리는 모정 근처 풀밭으로 내려가 질경이 이삭 줄기를 뜯어 옵니다. 각자의 소견에 가장 질기고 튼튼한 놈을 골라 옵니다. 그리고 짝을 지어 모정 마루 위에 마주 앉아, 질경이 이삭 줄기 끊기 놀이를 합니다. 줄기를 엇걸고 서로 힘껏 잡아당기다 보면, 어느 순간 줄기가 끊어지면서, 잡아당기던 반동으로 한 아이가 뒤로 벌렁 나가떨어집니다. 줄기가 끊어지지 않아 이긴 아이는 승리의 기쁨을 잠시 누리며, 곧바로 다음 상대를 찾아 대결하여 최후의 승자를 가립니다.

모정의 마룻바닥에는 못으로 긁어 그린 고누판이 남아 있습니다. 아이들은 막대기를 꺾어오거나 작은 돌멩이를 주워 와서 고누놀이를[4] 합니다. 마룻바닥에 쪼그려 앉아 고누놀이에 열중하다 보면, 앞에 앉은 상대방 동무의 반바지 가랑이 사이로 불알이 삐죽이 보입니다. 그 시절 아이들에게는 팬티 같은 거추장스러운 속옷은 입지 않는 게 일상이었기 때문입니다.

3

뜨거운 햇빛이 모정 마룻바닥의 남쪽 가장자리를 훑고 지나갑니다. 동네 할아버지들은 마루 가장자리의 턱을 목침(木枕) 삼아 코를 골며 낮잠을 즐깁니다. 잠자리 한 마리가 모정으로 날아듭니다. 이리저리 방황하다가 햇살이 닿는 모정 마루의 가장자리에 살며시 내려앉습니다. 반질반질 윤기가 나는 커다란 눈알을 이리저리 굴리며 주변을 살피던 잠자리는 안심되는지 날개를 다소곳이 내려놓고 쉽니다. 그 모습을 본 동무가 잠자리를 잡으려고 살금살금 집게손을 만들어 다가갑니다. 하지만 잠자리는 어느새 눈치를 채고 가볍게 날개를 펼쳐 훌훌 날아가 버립니다.

4

아이들은 모정 아래 언덕배기에 서 있는 상수리나무로 우르르 몰려갑니다. 아이들이 가까이 다가가자, 상수리나무에서 요란하게 울던 매미 소리가 갑자기 뚝 끊깁니다. 아이들은 숨죽이며 살금살금 상수리나무로 다가가 매미가 어디에 붙어 있는지 찾아봅니다. 보호색 덕분에 매미는 쉽게 눈에 띄지 않지만, 아이들은 한참을 살피다 나무 줄기 위에 붙어 있는 매미 한 마리를 찾아냅니다. 아이들은 낮은 목소리로 매미의 위치를 서로 알려주고, 몸이 가벼운 아이를 무등(5)태워 살며시 접근시킵니다. 무등을 탄 아이가 조심스럽게 손을 뻗어 매미를 덮치려는 순간, 매미는 날카로운 비명을 지르며 오줌을 찍 갈기고 재빠르게 날아 달아나 버립니다.

허탈하게 매미를 놓친 아이들은 대신 풍뎅이를[6] 잡기로 합니다. 상처 난 상수리나무 줄기에서 흘러나오는 시큼한 수액 냄새에 끌린 곤충들이 그들만의 어수선한 오찬을 벌입니다. 알록달록한 나비가 사발시계[7] 속에 동그랗게 말린 용수철 같은 주둥이를 늘여 수액을 빨아 먹다가, 풍뎅이들이 거칠게 방해하자 마지못해 자리를 옮깁니다. 기다란 안테나를 세운 하늘소는 상수리나무가 마련해 준 만찬을 독차지하려 들자, 여러 구멍벌들도 날아들어 끊임없이 서로 수액을 차지하려는 소란이 벌어집니다.

곤충들의 어수선한 다툼 속에서, 식탐에 빠진 곤충들을 잡는 일은 식은 죽 먹기입니다. 아이들은 등에 점무늬가 박힌 풍뎅이와 촉수가 길게 늘어지고 주둥이가 니퍼(nipper)를 닮은 하늘소를 잡습니다. 손안에서 발버둥치는 풍뎅이 다리의 까칠한 촉감이 따갑게 느껴집니다. 하늘소는 머리 위로 솟아난 두 개의 안테나 같은 더듬이를 아울러 한 손으로 움켜잡고서 모정으로 되돌아옵니다. 낮잠을 즐기던 동네 할아버지들은 점심을 먹으러 집으로 갔는지 아니면 소에게 여물을 주러 갔는지, 모정이 텅 비어 있습니다.

아이들은 생포해 온 곤충들을 모정 마룻바닥에 모아 놓고 놀이를 시작합니다. 풍뎅이의 다리 중간을 떼어 내고, 머리를 180도로 돌려 달아나지 못하게 만든 후, 마룻바닥에 눕혀 날갯짓을 하도록 합니다. 아이들은 "손님 온다 마당 쓸어라!"라고 주문처럼 외치며, 검지로 누워 있는 풍뎅이 주위를 뱅뱅 돌려가며 마룻바닥을 문지릅니다. 마치 주문에 걸린 듯이 풍뎅이들은 여기저기서 빠르게 날갯짓을 시작합니다. 풍뎅이는 날갯짓으로 선풍기처럼 윙윙거리고, 마치 마룻바닥을 쓸어 내는 것 같은 착각을 일으킵니다. 아이들은 자기 풍뎅이가 더 잘 날갯짓하도록 응원하며 손뼉을 칩니다. 풍뎅이는 불구의 몸으로 모정의 마룻바닥에 누워 푸른 하늘을 날고 있다고 착각하고 있는지, 아니면 다리가 잘리고 목이 돌아간 고통을 날갯짓으로 표현하는지 모르지만, 잠시 쉬었다가 다시 날갯짓을 이어갑니다. 마당 쓸기에 흥미를 잃은 아이들은 풍뎅이를 집어 얼굴 가까이 대고 풍뎅이 선풍기가 만들어 내는 바늘귀 같이 가냘픈 바람을 느껴봅니다. 마침내 힘을 소진한 불쌍한 풍뎅이들은 결국 풀밭에 버려집니다. 풍뎅이 놀이를 끝나자 아이들은 잡아온 하늘소로 힘겨루기를 합니다. 그러나 서로 싸우던 하늘소들이 갑자기 날개를 펴서 멀리 날아가 버립니다.

5

곤충을 가지고 노는 일에 싫증이 난 아이들은 모정의 기둥을 타고 들보 위로 오르내리며 장난을 치다가 결국 지쳐서 마룻바닥에 누워서 뒹굽니다. 누운 채로 올려다본 상량(上樑)에는 한자로 적힌 먹글씨가 보이지만, 아이들은 관심조차 없습니다. 심심해진 아이들이 무료함을 숨바꼭질로 달랩니다. 가위바위보로 술래가 된 아이가 모정의 나무 기둥에 매미처럼 붙어서 큰 소리로 "무궁화꽃이 피었습니다!"하고 외칩니다. 나머지 아이들은 모정 마룻바닥 아래로, 기둥 뒤로, 근처의 풀숲과 상수리나무 뒤로, 심지어 모정 근처 무덤 뒤까지 뿔뿔이 흩어져 몸을 숨깁니다. 숨을 죽이고 숨어 있는 동안 들려오는 술래의 발소리에 아이들은 웃음을 참느라 애씁니다. 숨바꼭질이 한창 진행되는 도중, 집에서 점심밥을 먹으라는 기별이 들려옵니다. 이제는 날된장에 풋고추를 찍어 먹고, 시원한 열무김치에 보리밥을 먹으러 갈 시간입니다.

저자 주

(1) 모정: 짚이나 새 따위로 지붕을 이은 정자로 방은 없이 마루로 되어 있음. 더위를 피하고자 동네 근처 산 아래나 물가 또는 들판에 지었음.

(2) 토시: 얼기설기 대나무를 사용하여 원통형으로 만든 용구로, 여름용으로 만든 토시는 팔목 부근 모시옷에 넣어 통풍을 도와주는 생활용품으로 사용됨.

⑶ 봉초(封草): 봉지에 들어 있는 담배라는 뜻으로 종이를 발라 담배 까치로 만들기 전 상태로써 잘게 썰어 말린 담뱃잎을 가리킴. 1960년대에 풍년초(豊年草)라는 상품으로 나왔었음.

⑷ 고누놀이: 땅이나 종이, 나무판 위에 말밭을 그려 놓고 나무나 돌로 말을 삼아 하는 놀이.

⑸ 무등: 목말을 가리키는 사투리.

⑹ 풍뎅이: 전라도 사투리로 둥구라고 불렀으며, 이 글에서 풍뎅이라고 서술한 둥구는 풍뎅이가 아니고, 사실은 꽃무지나 풍이에 가까운 곤충임.

⑺ 사발시계: 사발 모양으로 만들어진 둥근 탁상시계.

풍뎅이

1

짙은 초록색으로 등이 반짝반짝 빛나는 둥구가[1] 뒷동산 언덕에 서 있는 상수리나무에서 수액을 빨아 먹고 있다가 매미채에 덮쳐 잡혔습니다. 갈색 바탕에 하얀 점이 듬성듬성 박힌 평범한 둥구보다, 짙은 초록빛을 띠는 둥구가 더 탐이 나지만, 초록빛 둥구를 찾지 못하고 갈색 둥구를 잡아옵니다. 한 손에는 매미채를 들고, 다른 손에는 방금 잡은 갈색 둥구를 손아귀에 조심스럽게 움켜쥔 채 집으로 발걸음을 재촉합니다. 둥구가 손아귀에서 빠져나가려고 몸부림을 치는 바람에, 까칠한 발끝이 손바닥을 할큅니다. 손바닥이 아프지만, 손을 꽉 쥐면 둥구가 눌릴 것 같고, 느슨하게 쥐면 손아귀에서 달아날까 봐 손가락 끝에만 힘을 주어 쥐고 집을 향해 줄달음질합니다.

2

헛간에 얼른 매미채를 휙 던져 놓고, 방 안으로 들어가 선반에 얹혀 있는 반짇고리를 내려놓습니다. 반짇고리에서 실꾸리를 찾아 한 손으로 실타래를 풉니다. 풀어진 무명실을 이로 끊어서 풍뎅이의 뒷다리를 묶어 둡니다. 둥구를 쥐고 있던 손바닥에 땀이 배고 둥구 특유의 구린내가 납니다. 뒷다리에 실이 묶인 둥구가 날갯짓을 시작하자마자, 실을 달고 마루 위로 날아오릅니다. 하지만 실의 길이를 벗어나지 못하고 손끝에 잡혀 빙글빙글 원을 그리며 날아다닙니다. 마루에서 마당으로 나가면 둥구는 무명실에 매달린 채 손의 움직임에 따라 하늘을 맴돕니다. 시간이 지나자, 지친 둥구는 달아나겠다는 몸부림을 멈추고 반투명 날개를 개어 갈색 등껍질 안으로 접습니다. 결국, 무명실이라는 운명에 묶여 손끝에 끌려다니는 처지가 됩니다.

나는 혹시라도 둥구가 달아날까 걱정되어, 무명실 끝에 작은 나무 막대기를 묶어 두고 안심합니다. 그러나 잠시 방심한 사이, 실 끝을 놓치자 둥구는 온 힘을 다해 날갯짓을 하며 마당 위로 날아갑니다. 실에 묶인 나무 막대기가 울타리 가장자리에 걸리는 바람에, 실에 묶인 둥구의 뒷다리가 떨어져 버립니다. 둥구는 하늘을 나는 자유의 대가로 가장 길고 힘이 있던 뒷다리 하나를 나무 막대기가 매달린 무명실에 남겨두고, 여름 햇빛이 반짝이는 시냇물 너머로 멀리 날아갑니다.

3

둥구를 가지고 놀던 마루 위에서 어머니와 고모가 마주 앉아 다듬이질을 합니다. 다듬잇돌 위에 곱게 개어 놓인 하얀 옷감을 방망이로 박자에 맞춰 똑딱똑딱 두드립니다. 다듬잇돌과 옷감 사이에서 경쾌한 소리가 리듬감 있게 울려 퍼집니다. 다듬이질이 끝나자, 광목 이불 홑청을[2] 당겨 주름이 가시도록 폅니다. 고모와 어머니가 홑청에 스냅을 주어 동시에 힘차게 당기다가, 호흡이 어긋나 고모가 앞으로 거꾸러지고, 어머니는 뒤로 벌렁 넘어갑니다. 서로 멋쩍은 웃음을 흘립니다. 홑청을 정리하고 나서, 어머니는 아버지의 두루마기를 다림질합니다. 벌건 숯불이 담긴 다리미가 펼쳐진 구깃구깃한

옷 위를 천천히 지나가며 매끈한 자국을 남깁니다. 어머니가 대접에 떠온 물을 간간이 입으로 뿜어 두루마기에 고루 뿌립니다. 다리미가 젖은 천 위를 지날 때마다 '칙칙' 소리가 나며 하얀 김이 올라옵니다.

저자 주

⑴ 둥구: 풍뎅이나 꽃무지 또는 풍이를 가리키는 전라도 사투리.
⑵ 홑청: 요나 이불의 겉을 싸는 한 겹으로 된 천.

엿과 아이스께끼

1

한여름 삼복더위에 엿장수 아저씨가 수레 위에 납작하고 네모난 엿판을 올려놓고, 동네 고샅으로 끌고 다닙니다. 어떤 엿장수 아저씨는 엿판을 지게에 짊어지고, 헐렁하고 넓적한 가위를 철컥거리며 동네 고샅을 누비고 다니기도 합니다. 엿장수 아저씨는 플라스틱 영화필름을 잘라 테를 두른 밀짚모자를 쓰고, 목에는 수건을 둘러 흘러내리는 땀을 연신 훔치며 다닙니다. 돌돌 말아 올린 잠방이를 입고 있는 그의 풀어 헤친 적삼 안에는 구멍 난 러닝셔츠가 엿처럼 누렇게 바랬습니다.

마루에서 낮잠을 자다 가도 엿장수의 가위 소리가 들리면 후다닥 일어나 집 안을 뒤지고, 모아 두었던 구리줄이나 쇳조각, 깡통, 신문지, 머리카락, 빈 병, 헌 책을 찾으려고 헛간에 들어갑니다. 그 가운데서 엿으로 바꿀 만한 것을 찾아 들고 나옵니다. 고샅을 지나는 엿장수를 불러 세우고, 가져온 것들을 엿장수 아저씨에게 건네며 그의 얼굴을 살핍니다, 내가 가져온 폐품들을 조금이라도 후하게 쳐주어 엿가락 한 조각이라도 더 받을 수 있기를 바라는 간절한 마음을 담습니다. 하지만 기대는 늘 기대일 뿐, 생각보다 후하게 쳐

준 적은 거의 없습니다. 그래도 가장 높은 값을 쳐주는 것은 어머니
가 밭을 매다가 주워 온, 푸르스름하게 녹슨 육이오 전쟁 때의 구
리 탄피들이나 호미에 감아온 구리 철사 토막입니다. 엿장수 아저
씨는 가져온 폐품을 받아 수레의 엿판 아래로 던져 넣습니다. 그리
고 하얀 밀가루를 듬뿍 뿌린 납작한 엿판에 주걱 같은 쇠칼을 대고
철컥거리던 헐렁한 가위로 '탁탁탁' 두드려 손가락만 한 크기로 기다
랗게 엿을 떼어냅니다. 떼어낸 엿을 밀가루 위에 두어 번 굴려 신문
지에 돌돌 싸주면, 울툭불툭한 엿가락을 들고 집으로 후다닥 뛰어
와 동생들과 나누어 먹습니다. 입 안에 넣자마자 엿이 녹아내리며
끈적끈적하게 입안을 감싸고, 뻑뻑한 단맛이 혀를 압도합니다. 가
득히 짓이겨 나오는 단맛에 취해서 입가에 묻은 밀가루를 보면서도
우리는 마냥 행복해합니다.

2

더운 여름 한낮에 마루에 앉아 대나무 살에 종이를 발라 만든
부채를 부치며 더위를 식힙니다. 그때 고샅에서 "아이스께끼[1] 얼음
과자!"를 외치는 소리가 들립니다. 지난 가을에 매어 두었던 수수
빗자루 하나를 들고 가서 아이스께끼 장수를 불러 세웁니다. 아이
스께끼 장수는 열서너 살쯤 되어 보이는 앳된 나이의 상고머리[2] 소
년입니다. 그의 네모난 나무 사각 통에 하늘색 페인트가 칠해져 있
고, 그 위에 하얀 눈이 소복하게 내려앉은 얼음 빙(氷)자가 그려져

있습니다. 얼굴에는 땀이 송글송글 맺힌 얼음과자 장수는 건넨 빗자루를 받아 들고, 묵직한 얼음과자 통을 땅바닥에 내려놓습니다. 사각 통의 뚜껑을 열어 얼음주머니를 헤치며 아이스께끼 세 개를 꺼내 건네줍니다. 하얀 서리가 낀 아이스께끼에서 엷은 김이 피어오릅니다. 양손에 아이스께끼 막대를 쥐고 얼른 집으로 달려가서 동생과 나누어 먹습니다. 입에 넣는 순간, 시원한 단맛이 한순간에 더위를 물리칩니다. 단맛을 오래 즐기려고 아이스께끼를 서두르지 않고 혀로 핥아 가며 천천히 녹여 먹습니다. 그러나 얼마 지나지 않아 아이스께끼에서 녹아내린 팥물이 손에 묻어 끈적거립니다. 손가락에 묻은 단물을 혀로 닦아 내며 마지막 한 방울까지 놓치지 않으려 애씁니다. 아이스께끼를 다 먹고 나서도 남은 신우대[3] 막대를 연신 핥아 가며 아쉬움을 달랩니다.

3

아이스께끼로도 누그러뜨리지 못한 더위는 냉수에 탄 미숫가루로 쫓아 보려 합니다. 부엌에서 스텐 양푼을 가져와 우물가로 갑니다. 동그란 우물 속을 들여다보면, 여름날의 열기가 가득한 바깥 세상이 어둠 속에서 보름달처럼 뜹니다. 불볕 더위가 침범하지 못한 우물통 안으로 동그란 수면이 뜨고 어둑한 저편에 우물 안을 내려다보는 내 모습이 나타납니다. 층층이 쌓아 올린 돌들은 사시사철 초록 이끼를 입고 있고, 돌 틈에 고사리를 닮은 풀포기가 뾰족이 머리를 내밀고 있습니다. 우물통에 걸쳐진 두레박을 우물 속으로 천천히 내리면 저쪽 우물 안에서도 두레박이 멀리서 올라옵니다. 두 개의 두레박이 수면에서 맞닿는 순간, 잔잔했던 물 위의 그림이 첨벙 소리와 함께 흔들려 사라지고, 손끝에 전해져 오던 두레박의 무게가 갑자기 텅 빈 진공처럼 가벼워집니다. 두레박줄을 흔들어 두레박을 물속으로 가라앉히고, 서너 번 두레박줄을 당겼다 놓으며 두레박이 물속에 충분히 잠겼다고 무게 짐작이 되면, 천천히 두레박줄을 끌어 올립니다. 두레박줄에서 손으로 전해오는 팽팽한 무게가 긴장감을 주고, 두레박에서 떨어지는 청량한 물방울 소리가 우물통에 울림으로 퍼집니다.

양푼에 받아온 우물물을 마루 위에 가져다 놓습니다. 양푼의 차가운 표면에는 잔 물방울이 뽀얗게 맺힙니다. 찬장 옆 유리병에 담긴 보리 미숫가루 한 그릇을 퍼오고, 찬장 안쪽에 세워두었던 사카린이[4] 든 비닐봉지도 꺼내옵니다. 쌀알 크기의 투명한 마름모꼴 사카린 알갱이 대여섯 개를 양푼에 넣고 숟가락으로 휘휘 저어 녹입니다. 숟가락으로 사카린 녹인 물을 떠 맛보며 단맛이 적당한지 가늠합니다. 그런 다음, 볶은 보리 미숫가루를 숟가락으로 양푼에 퍼 넣습니다. 고소한 볶은 보릿가루향이 마루에 은은하게 퍼집니다. 물 위에 둥둥 떠 있는 보릿가루가 찬물과 섞이기를 거부합니다. 천천히 숟가락을 휘휘 저어 엉긴 보릿가루를 물에 풀어갑니다. 따로 놀던 보릿가루가 차츰 찬물에 섞여 들어가고, 여름 무더위를 덜어줄 고소한 간식이 완성됩니다. 양푼에 가득 담겼던 미숫가루 물은 사발로 나눠 식구들에게 건넵니다. 미숫가루 물을 한 모금 들이켜면 고소한 맛과 함께 서늘한 청량감이 입안에 퍼집니다. 비록 미숫가루의 까끌까끌한 뒷맛이 입안에 남기는 하지만, 한결 더위가 수그러듭니다. 두레박으로 길어 올린 시원한 물을 마당에 끼얹어 한낮의 열기를 식힙니다.

저자 주

(1) 아이스케키: 아이스케이크(ice cake)를 일컫는 말로 팥물에 설탕이나 사카린을 넣어 만든 재료에 나무막대기나 신우대를 꽂아 얼린 얼음과자.

(2) 상고머리: 옆머리와 뒷머리를 치올려 깎고 앞머리는 몽실하게 그대로 둔 채로 정수리는 평평하게 깎은 머리.

(3) 신우대: 산에서 자라는 줄기가 가느다란 대나무로 높이는 1~2m임. 줄기는 조리를 만들거나 아이스께끼 손잡이 막대로 사용됨. 조릿대라고도 부름.

(4) 사카린: 사카린나트륨으로 불리는 사카린은 단맛을 내는 데 쓰이는 감미료의 하나. 설탕이 귀하던 시절에 인공감미료로 오랫동안 사용되어 왔음.

백로(白露) 무렵

1

아침밥을 먹고 책가방을 챙겨 학교로 향합니다. 강둑 위로 난 길을 따라 걷다 보면, 맑고 서늘한 기운이 감도는 하늘이 눈에 들어옵니다. 어느덧 여름이 지나고, 식어버린 이슬을 머금은 눅눅한 아침 공기가 반소매와 반바지 사이로 스며들어 가을의 시작을 알립니다. 한 해 농사를 강둑에 의지해 장마철 강물의 처분만 기다리던 둔치의 논에도 연두색으로 벼 이삭이 패어갑니다. 강둑의 맞바라기에 줄지어 서 있는 은사시나무에서 가을 매미가 지루한 소리를 쉬지 않고 토해냅니다. 단조로운 매미 소리가 강물의 도란거리는 소리를 삼킵니다. 강둑길을 따라 걸으면, 내 그림자가 나를 한 발짝 앞서 나갑니다. 벼 포기 위로 스쳐 지나가는 머리 그림자의 여백에는 뽀얀 이슬이 맺혀 아침햇살을 받아 눈부신 후광(後光)을 만듭니다. 길을 따라 걷는 동안 찌르륵거리는 풀벌레 소리가 쉬지 않고 내 발길을 졸졸 따라옵니다. 풀벌레들은 수풀 속 어딘가 몸을 숨기고 상큼한 초가을 아침 시간을 준비하고 있나 봅니다. 벌어진 젓가락처럼 씨앗이 여물어 가는 바랭이와[1] 몽실몽실한 털이 돋은 강아지풀 이삭이 아침 이슬을 머금고 있습니다. 강아지풀이 엄지만 한 이삭을 동그랗게 말아 풀밭 속에서 고개를 내밀고 있습니다. 그 위로 습기를 머금은 가느다란 거미줄이 달라붙어 아침햇살에 하얗게 반짝입니다. 나팔꽃 덩굴이 강둑에 올라온 풀줄기를 따라 감아 올라가고, 활짝 핀 하늘색 나팔꽃들이 돌돌 감긴 덩굴에 매달려 있습니다. 밤새도록 활짝 벌어졌던 노란 달맞이꽃이 물기 어린 노란 꽃가루를 잔뜩 머금고, 눈부신 아침햇살에 얼굴을 가립니다.

2

학교에서 집으로 돌아오는 참에 같은 동네 동무들과 함께 비탈진 산길을 따라 걸어갑니다. 산길 아래로 펼쳐진 벼랑 톱⁽²⁾ 아래로 강물이 살여울을⁽³⁾ 이루며 흘러갑니다. 우리는 집으로 돌아오는 길에 해찰을⁽⁴⁾ 부립니다. 아직 해가 많이 남아 있습니다. 산비탈 자드락⁽⁵⁾ 콩밭 가까이에 있는 쑥대 덤불에 샛노란 새삼 덩굴이 실타래처럼 엉켜 있습니다. 새삼은 끝을 모르고 뻗어나가는 욕망처럼 황금빛 줄기를 늘이며 주변의 풀들을 휘감아 영양분을 빼앗아 먹습니다. 산길을 가로지르는 도랑물이 풀숲 아래로 숨어 흐르다가 들켜버린 곳에 자줏빛 물봉선꽃 한 무더기가 피어나기 시작합니다. 배가 볼록한 사마귀가 물봉선꽃 근처에 숨어 몸을 도사리고 먹잇감을 기다립니다. 가을은 산비탈 여기저기에 기름새와⁽⁶⁾ 나도개피와⁽⁷⁾ 조개풀과⁽⁸⁾ 솔새들을⁽⁹⁾ 길러냅니다. 산길 양쪽으로 그령과⁽¹⁰⁾ 수크령이⁽¹¹⁾ 무성하게 자라 씨를 맺어갑니다.

땅과 같은 갈색이라 눈에 잘 띄지 않던 송장메뚜기가[12] 우리들의 발소리에 놀라 퍼드덕 포물선을 그리고 날아가며 저만치 길 앞에 내려앉습니다. 우리는 호기심에 가던 길을 따라 송장메뚜기 근처로 다가갑니다. 또다시 송장메뚜기는 다시 날아오르며 길 앞쪽으로 연신 달아납니다. 걸어가던 길 앞 풀숲에서 갑자기 날렵한 초록빛 때때기[13] 한 마리가 '때때때때' 비상벨 소리를 내며 놀라 날아오릅니다. 때때기가 내려앉은 풀숲을 눈으로 뒤져 기어이 찾아냅니다. 마침내 눈에 들어온 때때기를 잡으려고 손을 뻗는 순간, 다시 요란한 소리를 내며 비탈길 아래로 멀리 달아나 버립니다. 풀숲과 비탈길 사이에서 벌어지는 추격전은 우리의 발걸음을 더디게 합니다. 그들은 만만하게 우리의 손길을 허락하지 않습니다.

먼발치에서 조무래기 여자아이들이 뒤따라오는 것이 보입니다. 우리들은 슬며시 작당을 꾸미며 장난을 시작합니다. 산길 양쪽으로 자란 그령의 이삭 끝을 여기저기 묶어두고, 자줏빛 꽃이 사그라진 자리에 콩깍지 같은 꼬투리 열매가 달린 칡덩굴 뒤에 쪼그리고 앉아 여자아이들이 다가오기를 기다립니다. 앞장서서 걸어오던 아이가 묶어둔 그령에 드디어 발이 걸려 앞으로 고꾸라집니다. 그 아이가 들고 있던 책가방이 길 앞쪽에 내동댕이쳐집니다. 우리들은 그것을 보고 재미있어 키득거립니다. 넘어진 아이가 길에서 일어나 옷을 툭툭 털어내며 사방을 두리번거립니다. 키득거리는 우리들을 발견하고 다른 아이들과 함께 우리들을 향해 욕을 쏘아댑니다. 우리는 산길에서 멀찌감치 달아납니다.

3

가을의 바짝 마른 햇살이 산기슭 밭에 가득합니다. 미영[14] 밭에는 연노란 목화꽃이 피어 있습니다. 우리는 손톱 크기로 자란 초록빛 목화 다래를[15] 따서 손톱으로 껍질을 깝니다. 눈이 부시도록 하얀 다래 속에서 촉촉한 물기가 올라오고, 솜으로 채 완성되지 못한 하얀 목화 다래 열매를 맛봅니다. 달착지근한 맛이 혀끝에 남습니다. 미영밭 옆에서 고구마 줄기가 넝쿨져 밭을 한가득 채우고, 밭둑을 건너 탈출합니다. 그 옆 콩밭에서는 연둣빛 콩깍지가 조용히 여물어 갑니다. 말라가는 개망초, 망초, 여뀌, 바랭이와 가라지들이 밭고랑 가장자리를 둘러싸고, 콩밭 옆으로는 토란 잎들이 여름철 해운대 파라솔처럼 무리를 지어 초가을 햇살을 받고 있습니다. 널찍한 비탈밭에서는 가무잡잡한 흙 위로 배추가 손바닥만큼 자라 서너 장의 잎을 펼쳐 놓았고, 밭고랑에는 무가 일렬로 줄지어 서서 푸른빛을 더해 갑니다. 길섶 밭에서는 다람쥐 꼬리를 닮은 노릇노릇한 서숙이[16] 가을바람에 흔들리며 춤을 추고, 수수는 갈색 머리를 꼿꼿이 세우며 하늘에 칠해 놓은 엷은 조개구름을 올려다보고 있습니다.

산길 옆 고랑을 따라 피 이삭들이 고개를 들고 있어, 걸어가는 우리들의 손등을 따갑게 스칩니다. 우리는 길가에서 여물어 가는 피 이삭을 뽑아내 아래쪽 이삭을 따내고, 끄트머리에 밥풀 만한 이삭만 남겨 둡니다. 이제 개구리 낚싯대가 간단하게 완성되었습니다. 우리는 도랑가로 가서 폴짝거리며 달아나는 개구리에 살금살금 다가가 피 이삭으로 만든 낚싯대를 살며시 들이댑니다. 피의 줄기 끝에 달린 이삭이 개구리 코 앞에서 조용히 흔들거립니다. 개구리가 순식간에 혀를 내밀어 이삭을 입에 넣는 순간, 얼른 낚싯대를 재빠르게 들어 올려 낚아챕니다. 묵직하게 낚싯대를 따라 올라왔던 개구리가 공중제비 돌기를 하더니 수풀 속으로 떨어집니다. 우리들의 장난에 깜짝 놀란 개구리가 황급히 달아납니다. 우리들은 키득거리며 아쉬운 탄성을 내지릅니다.

<h1 style="text-align:center">4</h1>

멀찌감치 고추밭 위로 하얀 수건이 움직입니다. 수건을 머리에 두르고 고추를 따는 아낙의 모습입니다. 빨간 고추가 가득 담긴 비닐 비료 포대를 농부가 칡줄기로 묶어 지게에 지고 산길을 따라 내려옵니다. 감나무 밑 호박넝쿨 아래에서 동글납작하고 노랗게 익은 호박이 넓적한 호박잎 사이로 살짝 얼굴을 내밀고 있습니다. 감나무 그늘 아래 돌멩이 위로 떨어져 으깨진 홍시에서는 단내가 올라옵니다. 탐스럽게 핀 노란 호박꽃 위로 감나무 그늘이 해시계처럼 천천히 움직이며 지나갑니다. 밭 가장자리, 비탈진 돌무더기 위에는

허수아비가 낡은 밀짚모자를 눌러 쓰고 두 팔을 벌린 채 서 있습니다. 허수아비의 가느다란 손이 낡은 삼베옷 사이로 삐죽이 튀어나와 있습니다. 누리끼리하게 변한 들깻잎에서 싸한 가을 냄새가 올라옵니다. 따사로운 햇볕을 즐기던 장지 도마뱀 한 마리가 돌 틈 사이에서 잠시 멈추더니, 인기척을 느끼고 후다닥 시야에서 사라집니다. 강 건너 눈부신 들판에 계절이 교차합니다.

저자 주

(1) 바랭이: 볏과에 속한 한해살이 잡초로 전라도 사투리로 바라구라 불러왔음.

(2) 벼랑 톱: 벼랑이 죽 늘어선 곳.

(3) 살여울: 급하고 빠른 여울물.

(4) 해찰: 일에 집중하지 못하고 쓸데없이 다른 짓을 하는 것.

(5) 자드락: 낮은 산기슭의 비탈진 땅.

(6) 기름새: 다년생 볏과 식물로 가을에 씨가 맺음.

(7) 나도개피: 다년생 볏과 식물로 가을에 씨가 맺음.

(8) 조개풀: 볏과의 한해살이풀로 음지에서도 잘 자람.

(9) 솔새: 다년생 볏과 식물로 건조하고 양지바른 곳에서 자람.

(10) 그령: 다년생 볏과 식물로 논둑이나 산길에 자람. 암크령이라

고도 함.

(11) 수크령: 다년생 볏과 식물로 논둑이나 산길에 자람. 숫그령에서 온 말로 그령보다 잎이나 이삭이 크고 가을에 다람쥐 꼬리를 닮은 이삭이 생김.

(12) 송장메뚜기: 메뚜깃과의 곤충으로 붉은 갈색이나 갈색을 띠며 크기는 보통 벼메뚜기보다 몸집이 약간 큼.

(13) 때때기: 방아깨비의 수컷을 말하는 전라도 사투리. 암컷인 방아깨비보다 몸집이 매우 작음.

(14) 미영: 무명의 전라도 방언. 전라도에서는 목화를 일컫는 말로도 사용됨.

(15) 목화 다래: 아직 피지 않은 목화 열매.

(16) 서숙: 곡식의 하나인 조를 일컫는 말.

2008. 11. 24 김명환

가을날

1

학교로 가는 길에 뽀얀 아침 안개가 자욱하게 깔립니다. 물을 머금은 화선지에 먹물이 번지는 것처럼, 안개는 어스름 새벽녘 어둑한 강으로부터 스미듯이 올라와 강줄기를 따라 솜털처럼 부드럽게 온 세상을 감싸 안습니다. 수묵화 같은 풍경이 뽀얀 쌀뜨물에 잠긴 듯 희미하게 실루엣으로 비칩니다. 자갈이 깔린 신작로를 따라 걸어가면, 자그락거리는 발소리가 고요한 들판을 흔들어 깨웁니다. 시야에서 멀어져 간 흐릿한 풍경 너머에는 아무것도 없는 무한한 세상이 펼쳐 있을 것 같습니다. 신작로 양쪽으로 늘어선 미루나무와 길가에 늘어선 여릿여릿한 코스모스도 아직은 잠에서 덜 깬 듯 보입니다.

2

학교 수업을 마치고 운동장을 가로질러 집으로 향합니다. 학교 담장을 따라 줄지어 선 플라타너스 나무에 매달린 넓적한 잎들이 지난 시간을 머금고 벌겋게 녹슬어갑니다. 바싹 마른 가을 햇볕에 말라 오그라든 플라타너스 낙엽들은 우수수 운동장으로 내려와,

소슬바람에 이리저리 굴러다니다, 더러는 싸리비 끝에 걸려 결국 하얀 연기로 사라집니다. 교사(校舍) 옆에 서 있는 은행나무의 잎들은 새벽녘에 내려앉은 차디찬 이슬에 물이 빠지면서 진초록색에서 연녹색으로 바뀌고, 서늘한 가을바람에 이제는 노랗게 바래갑니다. 콩알 같은 열매를 주렁주렁 매달고 있는 벽오동 나무가 서 있는 직사각형 화단에 빨간 깨꽃이[1] 소담스럽게 피어 있고, 화단 가장자리를 따라 과꽃과 맨드라미꽃이 하양, 분홍, 보라, 진한 노랑과 붉은 빛깔로 가득 차 있습니다. 파랗고 깊은 가을 하늘에는 새털구름이 빗자루로 쓸고 간 흔적처럼 흩어져 있습니다. 그 사이로 비행기가 뱉고 지나간 하얀 자국이 신작로처럼 곧게 남아 있습니다.

집으로 귀가하는 큰길 양쪽으로 집들이 다닥다닥 늘어서 있습니다. 대문이 활짝 열려 있는 집의 마당에 펼쳐진 멍석 위에서 고추가 가을 햇살에 붉게 말라갑니다. 툇마루에 놓인 채반에는 눈이 부시도록 하얀 호박고지가 동글동글한 물방울 무늬로 남아있습니다. 길가 담장 옆에 서 있는 감나무에서는 살랑이는 바람에 부서진 햇살 조각들이 돌담 위로 내려와 나풀거립니다. 양지바른 돌담 아래에는 봉숭아 네댓 그루가 씨앗을 털어낸 뒤 돌돌 말린 노란 씨앗 주머니를 주렁주렁 달고 있고, 오그라든 꼬투리 위로 어설프게 빨간 봉숭아꽃 서너 개를 붉히고 있습니다.

3

봄철에 신작로 양쪽 가장자리를 따라 심었던 코스모스가 하얀, 분홍, 빨간색 꽃을 섞어가며 피우고 있습니다. 솔잎처럼 여위어 갈라진 코스모스 이파리들이 소슬바람에 살며시 흔들리고, 색색으로 어울려진 코스모스 꽃들이 일제히 하늘거립니다. 코스모스 꽃길 아래에 펼쳐진 논에서는 나락이 여물어갑니다. 노랗게 익어가는 나락 모가지가 고개를 숙이고 있습니다. 신작로를 따라 껀정하게(2) 줄지어 늘어선 미루나무도 노란 가을빛으로 물들어 갈 때, 살랑대는 산들바람에 이파리들이 나풀거리며 가을 햇살을 흔듭니다.

집으로 돌아오는 신작로에서 우리는 책가방을 땅바닥에 잠시 내려놓고, 코스모스 꽃을 꺾어와 꽃잎따기 놀이를 합니다. 무리를 지어 오던 동무들과 짝을 이루고, 가위바위보로 이긴 사람이 먼저 코스모스 꽃잎을 손가락으로 튕겨 따냅니다. 가위바위보에서 이기고도 손가락을 잘못 튕겨서 꽃잎을 따지 못하자 상대방이 좋아라 손뼉을 칩니다. 욕심을 내어 한 번에 두 장의 꽃잎을 따려고 하다가 실패해서 한 장의 꽃잎도 못 따는 경우도 있습니다. 노란 꽃술만 남기고 먼저 꽃잎을 다 따낸 동무가 승리자가 됩니다. 놀이에서 진 동무의 이마를 손가락으로 튕겨 딱밤을 때릴 차례입니다. 놀이에서 진 동무의 이마 가운데를 향하여 손가락을 가까이 대면 눈을 찡그리며 맞을 준비를 합니다. 그래도 이긴 동무의 매서운 손끝에 잠깐

자비를 빌어보는 순간, 이마에 아픈 충격이 섬광처럼 스쳐 지나갑니다. 이긴 동무가 깔깔댑니다. 이마를 맞은 동무는 머리를 감싸고 숙이면서, 아픈 이마를 손으로 문지르며 달랩니다. 그렇게 몇 번의 놀이가 끝나고, 이마가 벌겋게 달아오른 채 우리들은 집으로 돌아옵니다.

4

바람이 없고 가을 햇살이 집안에 가득 드리운 오후, 낡고 흠이 나 더러워진 방문의 창호지를 온 식구가 합심하여 뜯어내고 새로 바르기로 합니다. 바둑판 격자 모양의 문살만 남기고, 때가 탄 창호지에 물을 발라 깨끗이 벗겨냅니다. 창호지가 뜯긴 방문은 갈비뼈가 앙상하게 드러난 비루먹은⁽³⁾ 소 같아 보입니다. 문살에 내려앉은 시간의 침전물을 털어내고, 광에서 꺼내 온 교자상(交子床)을 펴서, 그 위에 창호지를 올립니다. 갓 쑤어 낸 밀가루 풀을 창호지에 바른 다음, 문살에 대고 풀비로 쓸어 새 옷을 붙여 입힙니다. 초가을에 뜯어 책갈피 속에 눌러 두었던 코스모스 꽃과 이파리를 꺼내다가 창호지에 붙여 넣고, 다른 조각 창호지를 덧대어 붙입니다. 방문에 박제된 코스모스가 은은하고 옅은 색감의 꽃과 가냘픈 이파리로 되살아납니다. 방 안으로 환한 가을볕이 낮은 포복으로 슬며시 들어왔다가 꼬리를 감춥니다.

(1) 깨꽃: 샐비어(salvia)꽃을 지칭하는 말.

(2) 껀정하다: '껑충하다'의 전라도 사투리. 사물이 멋없이 긴 모양을 나타내는 말.

(3) 비루먹다: 피부가 헐어서 털이 빠지고 볼품이 없음.

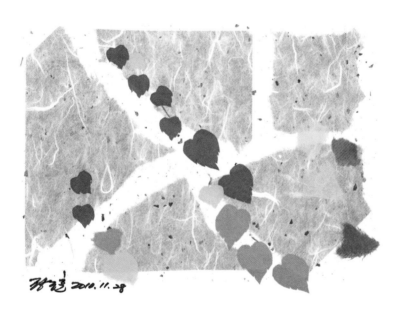

가을 운동회

1

오늘은 국민학교에서[1] 가을운동회가 열리는 날입니다. 전교생은 광목천에 검정 물을 들인 반바지에 흰색 나일론 반소매 셔츠를 입고 학교 운동장에 모입니다. 교무실 근처의 플라타너스 나무에서 시작된 줄이 운동장 맞은편의 플라타너스 나무까지 부챗살처럼 높다랗게 펼쳐지고, 그 줄에 만국기가 걸려 파란 가을 하늘을 배경으로 산들바람에 나부낍니다. 아침부터 운동장에는 신나는 음악이 쩌렁쩌렁 흘러나옵니다. 잠시 후에 전교생에게 운동장에 집합하라는 선생님의 안내 방송이 메아리를 달고 나옵니다. 조회대 옆으로 하얀 천막이 줄지어 세워져 본부석이 되고, 천막 위에는 국민학교 이름이 큼지막하게 박혀 있습니다. 천막 안에서는 하얀 운동모자를 쓴 선생님들이 운동회를 준비하고, 몇몇 선생님은 의자에 앉아 대기를 합니다. 학교 창고에서 꺼내온 운동회에 쓸 장비들이 본부석 뒤에 가지런히 정리되어 차례를 기다리고 있습니다.

2

운동장에 청군과 백군으로 전교생을 나누고, 학년별로 줄을 맞쳐 세웁니다. 이어서 교장 선생님의 훈시와 개회 선언이 있습니다. 스피커에서 쏟아져 나오는 훈시가 메아리와 겹쳐 운동장에 큰 소리로 웅웅거립니다. 훈시가 끝나자, 전교생이 양팔 간격으로 벌려 음악과 구령에 맞춰 선생님들과 마주 보며 보건체조를 합니다. 체조가 끝난 후, 전교생을 본래 대형(隊形)으로 다시 모으고, 본부석에서 멀리 떨어진 운동장 맨바닥에 앉도록 합니다. 본부석과 학생들 사이에 널따란 운동장 무대가 생깁니다. 하얀색 초크 가루를 돌돌돌 흘려 내보내는 기계가 바쁘게 움직이며 운동장에 달리기 트랙을 그어 놓습니다.

3

응원을 맡은 아이들이 커다란 청기와 백기를 흔들며 청군과 백군 무리 앞에서 목이 터져라 소리를 지르며 응원합니다. 가장 먼저 1학년 꼬마들이 본부석의 지시에 따라 운동장으로 우르르 몰려나옵니다. 달려 나오는 무리에 흙먼지도 그림자처럼 따라옵니다. 종횡으로 줄을 맞추는 데 서툰 어린아이들을 선생님들이 여기저기 돌아다니며 도와줍니다. 모내기 논에 모들이 줄지어 심기듯, 아이들이 간격을 두고 서서 음악에 맞춰 포크댄스 군무(群舞)를 합니다.

4

　달리기 경기가 시작되면, 학년에 따라 여덟 명씩 트랙에 좌우로 줄지어 섭니다. 한 아이가 총소리가 나기도 전에 먼저 치고 달려 나가다가 되돌아와 다시 줄을 섭니다. 힐끔힐끔 옆에 선 동무들을 곁눈질로 견제하며, 앞으로 튀어 나갈 준비를 합니다. 총소리가 울리자마자 달리기가 시작됩니다. 몇몇 아이들은 고무신을 양손에 움켜쥐고 맨발로 달려나갑니다. 운동장 모퉁이를 돌다가 앞서가던 두 아이가 부딪쳐 넘어집니다. 3등을 달리던 아이가 어부지리(漁父之利)로 1등으로 치고 나갑니다. 결승선에 도착한 1등과 2등을 한 아이는 공책 한 권과 연필 한 자루를 부상으로 얻어 희희낙락합니다. 달리다가 넘어진 아이는 울상을 짓고 절뚝거리며 본부석으로 가면, 양호 선생님이 상처 난 무릎에 빨간 아까징끼를[2] 발라줍니다. 흘러내리는 빨간 약이 상처를 과장해서 보여줍니다. 마이크 소리가 운동장에 크게 울리고, 본부석 옆에 놓인 간이 칠판에 청군과 백군의 점수가 기록됩니다. 달리기 경기에 놀이가 덧붙여진, 빠르게 걷는 경보, 과자 따먹고 달리기, 사다리 통과하고 달리기, 그리고 뜀틀 장애물 넘어 달리기 등과 같이 변형된 달리기도 합니다.

5

　운동장 한가운데에서는 6학년 남자아이들이 줄을 서서 선생님의 호각 소리에 맞추어 곤봉 체조를 합니다. 양손에 하나씩 든 곤봉을 요리조리 흔들 때마다, 곤봉에 매달린 여러 가닥의 술이 따라서 춤을 춥니다. 다음에는 커다란 바구니에 오재미를[3] 넣는 경기와 기마전도 청백팀으로 대결을 합니다. 그리고 커다란 대나무 살에 흰 종이와 파란 종이를 발라 만든 공을 굴리는 시합을 합니다. 청군과 백군이 줄지어 있다가 반환점을 돌고 나온 공을 두 명씩 짝을 이루어 힘을 모아 굴려 갑니다.

6

점심 무렵이 되면 운동장 가장자리의 플라타너스 나무 아래 그늘과 교사(校舍)의 그늘진 곳으로 동네 어른들이 하나둘 모여듭니다. 어머니들은 정성껏 점심을 준비하고 찬합에 담아 보자기에 싸서 들고 옵니다. 운동회의 오전 행사가 끝나면, 어른들은 점심을 함께 먹으려고 여기저기서 아들딸의 이름을 부릅니다. 가족과 이웃이 함께 땅바닥에 둘러앉아 찬합에서 꺼낸 점심을 나눕니다. 반찬으로는 나물 몇 가지, 멸치조림, 계란부침이 있고, 다른 찬합에는 찐 고구마, 삶은 밤, 떫은 감을 침담가[4] 만든 우려낸 감도 들어 있습니다. 점심시간 동안 본부석에서 크게 틀어 놓은 경쾌한 음악이 운동장에 울려 퍼지고, 운동장에는 먹고 버린 밤껍질과 감씨들이 여기저기 흩어져 나뒹굽니다.

7

오후가 되면 5학년 남자아이들이 운동장 한가운데로 나와 조립체조를[5] 선보입니다. 여러 명씩 짝을 지어 호각 소리에 따라 무릎 위에 아이를 세우기도 하고, 이층탑과 삼층탑도 쌓아 올립니다. 아래에서 받치고 있는 아이는 목을 밟고 서 있는 동무의 무게를 이를 악물고 버티며 신음을 냅니다. 목을 딛고 올라선 아이는 불안한 다리로 균형을 잡으려 애씁니다. 그러나 균형이 깨지면 인간탑은 와르르 무너지고, 방과 후마다 연습했던 노력이 아쉽게도 헛수고가 됩니다. 운동장 중앙에서는 조립체조의 대미를 장식할 사층탑이 쌓아집니다. 가장 아래층에서는 무릎을 꿇고 엎드려 기초를 만들고, 그 위로 두 번째 층은 네 명이 빙 둘러 어깨동무를 하고 앉습니다. 세 번째 층에는 두 명이, 마지막으로 가장 몸집이 작은 아이가 꼭대기에 조심스럽게 올라앉습니다. 선생님의 호각 소리에 맞춰 쪼그려 앉았던 몸을 하나씩 올려 탑을 점점 높여 갑니다. 응원석에 앉아 있던 아이들이 숨을 죽이고 묘기를 지켜봅니다. 마침내 맨 꼭대기에 올라 쪼그리고 앉았던 아이가 몸을 일으키고 두 팔을 벌려 가장 높은 인간탑을 완성합니다 응원석의 아이들과 본부석의 선생님들이 아낌없는 박수로 공든 탑을 환호합니다.

8

청군과 백군으로 나뉘어 릴레이 달리기가 시작됩니다. 네 명의 주자가 바통을 손에 쥐고 운동장 트랙을 힘차게 내달립니다. 발을 내디딜 때마다 벌겋게 달아오른 아이들의 볼때기가 출렁이고, 입을 꾹 다문 채 전력으로 달리는 아이들의 진지한 얼굴에 땀이 송골송골 맺힙니다. 운동장 반대편에서 같은 팀의 다음 주자가 초조한 마음으로 기다리며, 앞으로 튀어나갈 자세로 대기합니다. 하지만 어느 순간, 주자들이 바통을 주고받는 과정에서 실수로 주자들이 뒤엉킵니다. 바통을 운동장 바닥에 떨어뜨리면서 순간적으로 순위가 바뀌고, 응원석에서는 아이들의 기쁨의 환호와 아쉬움의 탄성이 뒤섞입니다.

9

줄다리기가 시작됩니다. 굵고 기다란 줄이 운동장 한가운데 길게 늘어놓이고, 양쪽에는 청군과 백군이 오십 명씩 일렬로 나란히 마주 보고 섭니다. 모두 손에 줄을 단단히 쥐고 서로의 비장한 눈빛이 부딪히는 순간, 긴장감이 흐릅니다. 호루라기 소리가 울리자마자, 양 팀은 "영차! 영차!" 하고 외치며 박자에 맞춰 힘껏 줄을 당깁니다. 응원석에서는 커다란 깃발이 휘날리며, 목이 터져라 응원하는 소리가 운동장에 울려 퍼집니다. 줄 중간에 매여 있는 붉은 끄

나풀이 서서히 한쪽으로 쏠립니다. 한쪽 팀의 선수들이 점점 땅바닥에서 끌려 나가며, 운동장에 뿌연 흙먼지를 일으킵니다. 이긴 팀의 응원석에서는 아이들이 양팔을 치켜들며 환호성을 터트립니다. 승패가 갈리자 운동장은 호루라기 소리, 마이크 소리, 그리고 아이들의 함성으로 뒤덮입니다.

10

해가 뉘엿뉘엿 저물면서 하루 종일 이어진 가을운동회도 마무리됩니다. 간이 칠판에 적힌 점수로 청군과 백군의 승패가 판가름납니다. 점수가 발표되자 이긴 팀에서는 만세의 함성이 터져 나오고, 진 팀은 아쉬운 마음을 담아 박수를 보냅니다. 승리한 팀은 의기양양한 표정으로 서로를 격려하며 기쁨을 나눕니다.

시원한 가을바람이 불어오고, 반바지와 반소매 안으로 스며들어 서늘한 기운이 느껴집니다. 마지막으로 교장선생님의 훈시가 이어지며, 모든 일정이 끝났음을 알립니다. 아이들은 동네별로 삼삼오오 모여 재잘거리며 집으로 발걸음을 옮깁니다. 운동장의 활기찬 소리들이 점점 멀어지면서, 하루의 열기가 서서히 가라앉고 평온한 초가을 저녁이 찾아옵니다.

(1) 국민학교: 국민학교는 1995년에 초등학교로 명칭이 바뀜.

(2) 아까징끼(赤いチンキ): 상처 소독약으로 쓰이는 요오드팅크(머큐로 크롬액)의 일본식 표현.

(3) 오재미: 오자미의 사투리.

(4) 침 담그기: 떫은 감을 항아리에 담고 따뜻한 물을 부어 하루 이틀 따뜻한 아랫목에 두어 감에서 타닌의 떫은 맛을 없애고 단맛만 남기는 처리 과정. 감 우리기의 표준어.

(5) 조립체조: 여러 사람이 손을 잡거나 무릎이나 어깨 위에 올라서는 동작으로 여러 모양을 만드는 체조.

나락 거두기

1

들판의 연두빛이 시나브로 노란빛으로 바뀌어 갑니다. 신작로를 따라 하얀, 분홍, 빨간 코스모스 꽃들이 섞여 어우러져 가을바람에 하늘거립니다. 신작로 길가에 높다랗게 늘어선 미루나무 잎도 점차 노랗게 물들어갑니다. 멀리 보이는 산들도 점차 은은한 파스텔 색조를 띠며 가을의 깊이를 더합니다. 가을걷이가 시작되면 농부들의 손길이 바빠집니다. 늦게 익은 고추를 따서 말리고, 고구마를 캐어 나르며, 서숙과⁽¹⁾ 수수를 베어들이고, 팥과 메주콩을 거둬들이는 일이 이어집니다. 감나무에 주렁주렁 달린 감을 따고, 들깨를 베어와 타작까지 해야 해서 할 일이 태산입니다.

2

그래도 가을에 가장 중요한 일은 벼를 거두어들이는 것입니다. 벼를 베기 전에 아버지는 숫돌에 왜낫을⁽²⁾ 갈아 무딘 날을 세웁니다. 어머니는 머리에 수건을 두르고, 아버지는 밀짚모자를 쓰며 목에 땀을 닦을 수건도 두릅니다. 그리고 어른들이 낫을 들고 논으로 나가 목장갑을 끼고 벼를 베기 시작합니다. 산능선을 아래로 펼쳐진 다랑논들은 등고선 모양의 길쭉한 계단을 이룹니다. 저만치 산비탈 밭고랑에 허수아비가 팔을 벌리고 우스꽝스러운 모습으로 서 있습니다. 참새들이 짹짹거리며 이 논에서 저 논으로 떼를 지어 날다가, 아직 벼가 남아 있는 논으로 파고듭니다. 노란색이 감도는 연두색 나락이 고개를 숙인 채 살랑바람에 출렁입니다. 논길 아래쪽 언덕배기 도랑가에 하얀 구절초꽃 서너 송이가 피어 있습니다. 풀숲에서 끊임없이 풀벌레 소리가 들려옵니다.

어른들이 논 가장자리부터 벼를 베기 시작합니다. 낫으로 벼 포기를 썩둑썩둑 베어낼 때마다, 향긋한 가을의 마른 풀향기가 코끝으로 올라옵니다. 낫질할 때 벼가 잘리는 손맛이 상쾌해 보입니다. 오래전에 깎은 수염처럼 잘린 벼포기의 흔적이 늘어갑니다. 벼포기를 움켜쥐면 메뚜기들이 놀라 톡톡 소리를 내며 사방으로 튑니다. 꼬들꼬들하게 말라가는 논바닥을 밟는 감촉이 부드럽습니다. 벤 벼를 가지런히 논바닥에 눕힙니다.

3

벼 베기가 끝나면 아이들은 논에서 메뚜기를 잡아 강아지풀의 이삭을 빼내어 만든 꿰지에[3] 줄줄이 꿰어갑니다. 메뚜기의 목에서 입으로 꿰지를 살살 꽂아 넣으면 메뚜기가 버둥거리며 갈색 타액을 뱉어냅니다. 메뚜기가 벼 이삭처럼 꿰지에 주렁주렁 매달립니다. 집으로 가져온 메뚜기 꿰지를 부엌에서 불을 때고 남은 숯불 위에 올려 익히면, 고소한 냄새가 부엌에 가득 퍼집니다. 까맣게 잘 구워진 메뚜기를 와삭와삭 씹어먹습니다.

4

벼를 베고 난 후에, 올깃쌀을[4] 만들어 먹으려고 나락 한 다발을 집으로 가져옵니다. 홀태로 나락을 훑어 가마솥에 쪄냅니다. 칙칙거리며 끓는 솥에서 나락이 익으며 풍기는 구수한 향이 솔솔 올라옵니다. 쪄낸 나락을 그늘에서 충분히 말린 후, 도굿통에[5] 넣고 찧습니다. 나락 껍질이 벗겨지며 연한 올리브색 올깃쌀이 도굿통 안에 수북하게 남습니다. 나락 껍질이 섞인 올깃쌀을 도굿통에서 꺼내어 키질을 합니다. 나락 껍질을 바람에 날리고 나면, 비로소 오롯이 곱디고운 올깃쌀만 남게 됩니다. 딱딱하게 굳은 올깃쌀을 한 움큼 집어 입에 넣고 오물오물 천천히 씹으면, 풀향기가 은은하게 배어 있는 누룽지의 고소한 맛이 입안에 가득 찹니다. 찬장 그릇에 넣어둔 올깃쌀을 솔래솔래[6] 가져다 씹으며 구수한 맛을 즐깁니다.

5

베어 놓은 벼를 사나흘 동안 가을 햇볕에 말리고 나면, 연두빛이 가시고 누렇게 변합니다. 식구들은 다시 논으로 가서 베어 놓았던 벼를 뒤집어서 골고루 말립니다. 논바닥 쪽으로 향하고 있던 벼는 논바닥에서 올라오는 물기를 머금고, 연두색이 채 가시지 않았습니다. 벼 뒤집기를 마치고 집으로 돌아옵니다. 풀숲 그늘 위로 뉘엇뉘엇 기울어 가는 금빛 햇살이 말라가는 풀잎에 갈라집니다.

6

베어 눕힌 벼가 충분히 마르고 나면, 어른들은 벼를 묶어서 볏단을 만들고 논에 차곡차곡 쌓아둡니다. 산골짝 다랑논에 소달구지가 접근할 수 없기 때문에, 아버지는 지게로 옮깁니다. 아버지는 지게 위에 얹혀 있던 바작을[7] 떼어내고, 대나무 받침대를 위로 세운 뒤 볏단을 차곡차곡 쌓아 올려 사람 키보다 높은 볏단을 지게에 지고 집으로 돌아옵니다. 아버지의 발걸음에 맞추어 지게 위 볏단의 이삭들이 일제히 위아래로 고개를 끄덕이며 춤을 춥니다. 집에 도착하면 볏단을 내리고 마당 한쪽에 탑처럼 높이 쌓아갑니다. 처음에는 낮게 쌓기 때문에 작업이 수월하지만, 점점 높아질수록 쌓는 일이 쉽지 않습니다. 이때 할아버지가 볏가리 꼭대기로 올라가서 아래에서 아버지가 던져 올려 주는 볏단을 받아 자리를 맞추며 차곡차곡 쌓아 갑니다. 그렇게 쌓인 볏단은 집채만 한 탄탄한 볏가리가 됩니다. 마지막으로 이엉으로 둘러서, 비가 오더라도 볏가리 속으로 빗물이 스며들지 않도록 마무리를 합니다.

7

콩, 고구마, 들깨와 수수의 가을걷이가 대강 끝나면, 이제 나락을 훑을 준비를 합니다. 아침밥을 먹고 나면 품앗이 일꾼으로 동네 어른들이 나락을 훑으러 마당으로 들어옵니다. 마당 중앙에 여러 장의 덕석을 가지런히 모아 널찍하게 편 다음, 가장자리에 빙 둘러 홀태를[9] 받쳐 세웁니다. 홀태가 커다란 얼레빗을 거꾸로 세워 놓은 것 같아 보입니다. 일꾼들은 마당에 쌓아 두었던 볏가리를 풀어내고, 볏단을 아래로 차곡차곡 내려놓습니다. 나는 볏단을 하나씩 날라 일꾼들의 홀태 옆에 쌓아둡니다.

드디어 나락을 훑기 시작합니다. 일꾼들이 나락 단을 풀어서 한 움큼씩 벼를 잡고 홀태에 걸쳐 잡아당기면, '싸르륵' 소리를 내며 나락이 홀태 아래로 모입니다. 나는 홀태 아래에 수북이 쌓인 나락을 당그래로[10] 당겨 모아 덕석 중앙으로 옮깁니다. 맨발로 밟는 나락의 까칠한 촉감이 느껴집니다. 나락과 함께 떨어졌던 검불들은 갈퀴로 긁어내 덕석 가장자리로 골라냅니다. 덕석 중앙에는 조그만 언덕처럼 옹골진 나락 더미가 쌓여갑니다. 그렇게 모인 나락을 모아 가마니에 담아서 마당 한쪽에 차곡차곡 세워 둡니다. 나락 가마니가 자꾸 늘어 가면서 지붕 높이까지 쌓였던 볏가리도 점점 키를 낮춰갑니다.

8

어머니가 새참으로 가마솥에 쪄 둔 고구마를 내옵니다. 고구마 눌은 구수한 냄새가 온 집안에 퍼져 넘칩니다. 일꾼들은 일을 잠시 멈추고, 마루에 걸터앉아 달보드레한 고구마를 김치와 함께 나누어 먹습니다. 반으로 갈라진 고구마의 노란 속살에서 가을 하늘의 새털구름 같은 엷은 김이 오릅니다. 잠시 뒤, 아버지가 초가지붕에 사다리를 놓고 올라가 빨갛게 익은 감을 소쿠리에 담아 내려옵니다. 가을에 따서 지붕 위에 올려두었던 땡감이[11] 서리를 맞아 달달하고 부드러운 홍시로 변한 것입니다. 일꾼들은 간식으로 홍시도 맛봅니다. 따사로운 늦가을의 햇살이 홀태가 늘어선 마당에 가득합니다.

9

벼 타작이 끝난 나락을 덕석 위에 퍼서 널고, 당그래로 평평하게 고릅니다. 덕석 위에 펼쳐진 누런 나락이 마른 풀향기를 흘리며 가을 햇살에 말라갑니다. 훑고 남은 지푸라기 다발을 묶어서 뒤안에 세워 말리면, 우리는 짚다발을 엄폐물로 삼아 동무들과 숨바꼭질을 합니다. 아버지는 다 말린 짚다발을 뒤안으로 가져다 차곡차곡 쌓아서 짚벼눌을[12] 만들고, 돌멩이를 새끼줄에 매달아 겨울바람에 날리지 않도록 단단히 묶어 둡니다. 짚다발은 겨울 동안 소여물을 만드는 데 쓰일 귀한 양식이자, 초가지붕을 덮을 이엉과[13] 용마름을[14] 만들 재료입니다. 고단했던 가을걷이가 마무리되면서, 한 해가 서서히 저물어갑니다.

저자 주

(1) 서숙: 곡식의 일종인 조를 가리키는 말.

(2) 왜낫: 대장간에서 만든 낫을 조선 낫이라고 하는데 칼날이 두툼 하여 나무를 할 때 주로 사용하고, 왜낫은 공장에서 생산한 낫으 로 날이 얇아 주로 풀이나 벼, 보리 등을 베는 데 사용함.

(3) 꿰지: 생선이나 곤충 등을 꿰기 위해 마련한 기다란 물건, 주로 풀의 이삭이 올라오는 대를 다듬어 만듦.

(4) 올깃쌀: 찐쌀의 방언.

(5) 도굿통: 돌로 만든 절구통을 가리키는 전라도 사투리.

(6) 솔래솔래: 조금씩 표시 나지 않게 빠져나가는 모양을 나타내 는 말.

(7) 바작: 지게 위에 올려서 풀이나 거름 등을 옮길 수 있도록 싸 리나무나 대나무 등으로 엮어 만든 농기구. 열대식물인 파리 지옥의 덫처럼 생겼으며 접었다 폈다 할 수 있음. 표준어로 발 채라고 함.

(8) 놉: 밥과 술을 먹이고 품삯을 주어 일을 시키는 일꾼을 가리키

는 말.

⑼ 홀태: 벼의 이삭을 훑어 내는 농기구. 벼훑이를 이르는 사투리. 훑다에서 나온 말로 '훑대'에서 '홀태'로 변한 것으로 추정됨.

⑽ 당그래: 곡식이나 잉걸불을 밀거나 당길 때 쓰기 위하여 나무로 만든 T자형 공구.

⑾ 땡감: 읽지 않은 떫은 감.

⑿ 짚벼눌: 추수하고 난 지푸라기를 모아 단을 만들어 쌓아 놓은 길게 차곡차곡 쌓아둔 것. 표준어로 '짚가리'라고도 함.

⒀ 이엉: 초가집의 지붕이나 담을 이기 위하여 짚으로 1자 모양으로 기다랗게 엮어 만든 물건.

⒁ 용마름: 초가집의 맨 위 용마루나 토담의 위를 덮기 위하여 짚으로 시옷(ㅅ) 모양으로 길게 틀어 엮은 이엉.

바가지

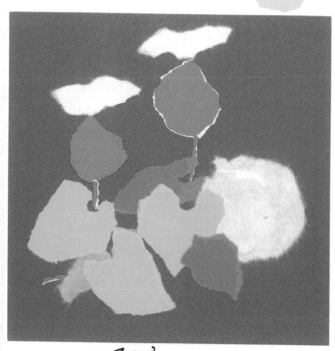

1

여름밤에 하늘을 향해 하얗게 피었던 박꽃들이 지고 나면, 그 자리에 달걀 만한 크기의 연녹색 박들이 솜털을 잔뜩 달고 매달립니다. 여름이 지나자 박들이 헛간의 빛 바랜 낡은 초가지붕 위에서 가을볕으로 단장하고 서서히 부풀어 올라 영글어 갑니다. 박이 자라가면 무게를 견디지 못해 지붕 아래로 굴러 떨어지지 않도록 지푸라기로 똬리[1] 모양의 받침대를 놓아 괴어 줍니다. 가을이 깊어져 줄기에 남은 박 이파리가 누런 색에서 갈색으로 오그라들고, 마지막에는 바짝 마른 줄기와 달덩이 같은 박들만 지붕을 엮은 새끼줄 사이사이에 남습니다.

2

아버지가 초가지붕에 사다리를 걸쳐 놓고 올라가 박을 따서 사다리 아래로 건네줍니다. 나는 박들을 조심스럽게 하나씩 받아서 마루 위에 가져다 놓습니다. 뒤안 울타리를 타고 올라간 조그마한 땅콩 모양의 조롱박들도 따다가 마루 위에 나란히 놓습니다. 아버지는 마루에 앉아서 박을 양쪽 발에 끼워 붙들어 잡고, 양손으로 톱을 잡아 조심스럽게 박을 탑니다. 잘리는 박의 틈새 아래로 하얀 톱밥이 모래알처럼 수북이 쌓이고 박에서 향긋한 풀 내음이 새어 나옵니다. 톱이 박 속으로 한 번에 들어가지 않으면, 박 껍질에 상처 처럼 긁힌 자국이 남게 됩니다. 갈라지는 두 조각의 박 크기가 얼추 같도록 신중하게 위치를 잡아 조심스럽게 톱질을 이어갑니다. 드디 어 박이 반으로 갈라집니다.

박을 타고 있으면, 박속이 어떻게 생겼을지 궁금하기 짝이 없습 니다. 박이 반으로 갈라지면, 안에는 덩어리진 하얀 박속이 들어 있 습니다. 마치 열어놓은 뇌 속 같다는 생각이 듭니다. 손을 박속 안 으로 넣어 씨앗이 든 덩어리를 떼어냅니다. 하얀 덩어리에 갈색으로 잘 여문 씨앗들이 가지런하게 촘촘히 박혀 있습니다. 떼어낸 씨앗 덩어리를 송곳으로 구멍을 뚫고 끈으로 묶어, 내년에 종자로 쓰기 위해 처마 밑에 매달아 말립니다.

3

가마솥에 약간의 물을 붓고, 두 쪽으로 갈라진 박 조각을 삶으 면, 올깃쌀 향과 같은 구수한 풀 냄새가 가마솥에서 올라옵니다. 푹 삶아진 박 조각을 꺼내고, 놋쇠 달챙이로[2] 수제비 모양으로 하 얀 박속을 떠냅니다. 물러진 박속에 고추장과 식초로 양념하여 무 쳐내면, 일 년에 딱 한 번만 먹을 수 있는 귀한 반찬이 됩니다. 바가지 안쪽의 무른 부분을 달챙이로 깔끔하게 긁어내고, 얇은 겉껍질도 깨끗하게 벗겨냅니다. 박이 이제 연한 올리브색으로 변신합니다. 바가지를 모아 툇마루 그늘에 엎어서 말립니다.

4

바가지에서 물기가 가시면서 표면이 차츰 옅은 갈색으로 바뀌어 갑니다. 툇마루에 줄줄이 엎어 말라가는 바가지들이 둥근 찐빵처럼 보입니다. 말린 바가지의 안쪽에서 까칠까칠한 촉감이 느껴집니다. 새 바가지에는 아직도 상큼한 풀향기가 은은하게 남아있습니다. 채 여물지 않은 박을 타서 만든 바가지는 건조될 때 가장자리가 돌돌 말리면서, 조금만 힘을 주어도 쉽게 부서집니다.

5

송곳으로 바가지의 꼭지 부분에 구멍을 내고, 실을 걸어 광의 벽에 바가지들을 줄줄이 걸어 둡니다. 깔끔한 맵시로 나온 새 바가지는 부엌과 쌀독에서 제대로 귀한 대접을 받습니다. 호리병 같은 작은 조롱박은 구멍을 내서 씨앗을 보관하거나, 반으로 잘라 간장 바가지로 씁니다. 쓰다가 한쪽이 떨어져 나가거나 금이 간 바가지는 왕 바늘에 굵은 실을 꿰어 기워서 씁니다. 이렇게 재생된 누더기 바가지는 물을 담을 수 없어 쌀겨나 여물을 담는 허드레 바가지로 쓰입니다. 세월이 지나며 갈색으로 늙어가던 바가지는 차츰 금이 가고 부서져 부엌의 아궁이나 두엄으로 갑니다.

저자 주

(1) 똬리: 머리에 물동이를 이고 나를 때, 머리와 물동이 사이에 얹는 짚으로 동그랗게 만든 고리 모양의 물건.

(2) 달챙이: 모지랑 숟가락의 전라도 사투리. 숟가락을 오랫동안 사용하여 한쪽이 닳아버린 것을 이르며, 부엌 가마솥에서 깜밥(누룽지의 전라도 사투리)을 긁거나 칼 대용으로 무와 당근이나 감자의 겉껍질을 벗길 때 사용됨.

깡통차기

1

저녁밥을 먹고 동네 공터에 아이들이 하나둘 모여듭니다. 초저녁 무렵에 즐기기 좋은 놀이는 술래잡기나 깡통차기가 제격입니다. 휘영청 밝은 달빛 아래 대여섯 명의 또래 아이들이 모였습니다. 투명하고 깊은 하늘에 달이 잠겨 있고, 동무 삼아 가까이에 별 하나가 빛나고 있습니다. 아이들은 다른 아이의 집 대문 앞에서 이름을 부르고, "친구야, 노올자!" 하고 외쳐가며 동무들을 더 불러 모읍니다. 찌그러진 깡통을 가져오고, 모두 모인 아이들은 가위바위보로 술래를[1] 정합니다.

찌그러진 깡통 안에는 서너 개의 돌멩이가 들어 있어서, 깡통을 발로 세게 내질러 찰 때마다 요란한 소리가 납니다. 공터 가운데 동그란 원을 그리고 그 중심에 깡통을 놓은 뒤, 술래가 옆에 서서 눈을 감고 "무궁화꽃이 피었습니다"하고 열 번 외칠 동안, 아이들은 어슴푸레한 어둠 속으로 뿔뿔이 흩어져 몸을 숨깁니다.

2

소란스럽던 공터가 갑자기 조용해집니다. 멀리서 개 짖는 소리가 들려옵니다. 살짝 이지러진 달이 산 위로 솟아오르며 맑은 하늘을 밝히고 있습니다. 달빛 속에 잠겨 있는 초가집들이 엷은 안개가 낀 풍경 같기도 하고, 꿈속의 풍경 같기도 합니다. 돌담 위로 인가의 불빛이 창호에 비쳐 은은하게 새어 나옵니다. 달빛이 돌담과 지붕 위로 살포시 내려 앉고, 그 위로 나뭇가지 그림자가 드리워져 있어, 밤이라기보다 대낮처럼 느껴집니다.

공터 옆, 밭에 세워 놓은 짚다발 뒤에 몸을 숨깁니다. 지푸라기에서 고소하고 향긋한 마른 볏짚 냄새가 올라옵니다. 까칠까칠한 지푸라기의 촉감이 느껴집니다. 짚다발 틈 사이로 고개를 살짝 내밀어 술래가 어디로 향하는지 지켜봅니다. 술래는 발소리를 죽이고 살금살금 이곳저곳을 살피며, 숨어있는 아이들을 찾습니다. 그러다 꺾인 골목에 몸을 숨기고 있던 아이를 찾아내고, 재빨리 깡통 쪽으로 달려가 깡통을 들어 세 번 땅바닥에 내리칩니다. 술래가 이겨서, 들킨 아이가 이제는 새로운 술래가 됩니다.

바뀐 술래가 눈을 감고 큰 목소리로 "무궁화꽃이 피었습니다!"하고 열 번을 외칩니다. 다시 공터에 정적이 감돕니다. 술래는 아이들이 숨어 있을 만한 곳으로 살금살금 다가가, 살며시 기웃거리며 살퍼봅니다. 늦가을의 찬바람이 등 뒤로 스치고 지나갑니다. 공터 옆집에서는 저녁에 끓였던 청국장 냄새가 나무 타는 매캐한 냄새와 섞여 솔솔 흘러나옵니다. 부엌에서 가마솥 뚜껑이 부딪치는 소리도 들립니다. 아마 저녁 설거지를 하고 있는 모양입니다.

술래가 숨어 있는 아이들을 찾아 나섭니다. 바뀐 술래는 처음 숨을 때 다른 아이들이 어디로 숨어 들어갔는지 대략 알고 있습니다. 술래가 찾으러 나선 방향과 반대쪽에 숨어 있던 아이가 그 틈을 노려, 몸을 낮추고 살금살금 깡통 쪽으로 다가갑니다. 그러다가 깡통이 있는 곳으로 재빠르게 뛰어와 힘껏 내질러 차냅니다. 깡통이 요란한 비명을 지르며 멀리 굴러갑니다. 깜짝 놀란 술래는 방향을 틀어 원에서 벗어난 깡통을 주워 오려고 달려갑니다. 술래는 주워 온 깡통을 원의 중앙에 놓고 다시 아이들을 찾으러 나서지만, 깡통을 찼던 아이는 이미 술래의 시야에서 사라져 보이지 않습니다. 술래가 고개를 돌려 주변을 두리번거리며 조심스럽게 숨은 아이들을 찾아 나서지만, 이번에는 깡통으로부터 멀리 떨어지지 않습니다.

어느새 한 아이가 뛰어 나와 깡통을 차려고 달려옵니다. 술래가 이를 보고 재빨리 깡통 쪽으로 달려옵니다. 이 아이가 깡통을 힘껏 찼지만 빗맞아, 깡통은 멀리 나가지 않고 술래의 손에 잡힙니다. 깡통을 찼던 아이는 다시 숨을 곳을 찾아 달아납니다. 술래는 깡통을 원 안에 가져다 놓고 그 아이를 뒤쫓아갑니다. 달아나던 아이가 갑자기 비명을 지릅니다. 공터 옆 시궁창에 한쪽 발이 빠져버린 것입니다. 달빛 아래에서 시커멓게 젖은 한쪽 바지가 드러납니다. 숨어 있던 아이들이 우르르 몰려나옵니다. 시궁창에 빠진 아이는 울상이 되고, 바지에서는 역한 냄새가 풍겨옵니다.

깡통차기 놀이가 갑작스러운 사고로 끝납니다. 아이들은 시궁창에 빠진 동무를 냇가로 데려갑니다. 흐르는 차디찬 냇물로 바지와 다리를 대강 씻겨서 집으로 돌려보냅니다, 집에 가서 부모에게 혼나지 않기를 바라면서.

저자 주

⑴ 술래: 1960년대에는 술래라는 말 대신 '오니(鬼)'라는 일본말로 사용하였음. 그 당시 일제 강점기에서 벗어난 지가 오래되지 않아 일상생활에서 일본식 말을 무심코 쓰고 있었음.

메주

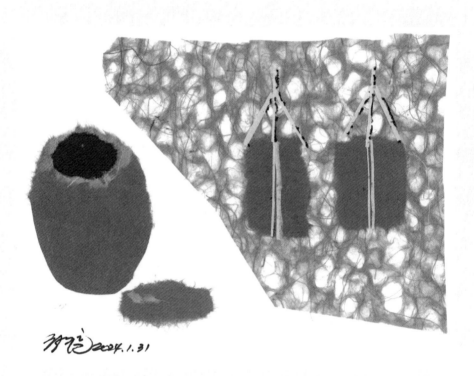

1

텃밭에서 거두어 들인 들깻대가 토방 쪽의 벽에 짜란이[1] 기대어 서 있습니다. 연녹색 깻잎이 주렁주렁 달린 들깻대가 처마 끝에서 잘려 내려온 가을 햇살에 갈색으로 말라갑니다. 여름 내내 청록색 을 입었던 들깻잎도 찬 이슬에 빛이 바래서 흙빛을 닮아 갑니다.

2

마당에 짙푸른 바다색 비닐 멍석을 널따랗게 깔아 놓고, 토방에 서 바짝 마른 들깻대를 옮겨와 수북이 쌓아 둡니다. 머리에 수건을 두른 어머니가 비닐 멍석 위에 짚단을 괴고 쪼그려 앉아 한 손으로 들깻대를 잡고, 다른 손으로는 부지깽이를 잡고 두드려가며 들깨를 털어냅니다.

'탁탁탁' 두드리는 여윈 들깻대에서 말라 부서지는 소리가 납니 다. 어머니는 들깻대를 손으로 돌려 가며 부지깽이로 두드리는데, 동글동글한 들깨알들이 싸그락거리는 소리를 내며 비닐 멍석 위로 쏟아집니다. 말라 비틀어진 들깻잎들은 깻대와 함께 부서져 쏟아진 들깨 위로 패잔병처럼 쌓여갑니다. 싸한 늦가을의 들깨 향이 마당으로 퍼져 나갑니다. 어머니의 하얀 머릿수건 위에도 마른 검불이 허락도 없이 내려앉습니다. 두드리는 부지깽이에 놀란 깨알만한 거미들과 작은 벌레들은 방향을 잃고 갑작스러운 소란을 피해 분주히 어딘가로 탈출합니다.

깨 털기가 끝난 들깻대를 한아름 안아 부엌으로 옮기면, 코끝으로 싸한 마른 깻잎 냄새가 올라옵니다. 들깻대를 부엌 한쪽에 수북이 쌓아 두고 나면, 어머니가 내게 부엌에 걸어 둔 키와 체를 내오라고 합니다. 얼금얼금 얽어진 체를 가져다 키 위에 놓고, 마른 들깻잎과 깻대에서 떨어진 검불이 함께 섞인 것을 몽땅 쓸어 담아 넣습니다. 체를 양손으로 잡고 흔들어 대면, 들깨 알갱이는 아래로 떨어지고, 검불만 체 안에 남습니다. 남은 검불을 체에서 탈탈 털어 마당 한쪽에 내다 버립니다. 검불이 골라진 깨를 어머니가 키질을 하여 티끌을 걷어내면, 온전한 들깨만 키 안에 수북하게 남습니다.

3

마당에서 아버지가 콩 타작을 합니다. 바짝 말려 둔 콩대를 거두어 미리 싸리비와 수수비로 깔끔하게 정돈한 마당 위에 골고루 펴 놓고, 힘차게 도리깨질을 합니다. 외짝 헬리콥터 날개 같은 도리깨 날이 뱅글뱅글 돌아가며 공중제비를 하다가, 철썩 소리를 내며 콩대 위를 내려칩니다. 도리깨가 닿는 순간, 누워있던 콩대가 들썩이고, 버석거리는 소리와 함께 도리깨질에 놀란 콩깍지들이 몸을 쪼개고 스프링처럼 말립니다. 콩깍지 안에 있던 노란 콩알들이 여기저기 사방으로 튕겨 나가 콩대 아래로 숨어 들어가거나, 마당 한쪽으로 멀찌감치 달아나기도 합니다. 아버지의 도리깨질이 계속될수록 마당 여기저기로 튀어 나간 콩알이 늘어나고, 나는 흩어진 콩알들을 줍느라 분주해집니다. 콩깍지와 섞인 콩을 키에 담아 키질을 하면, 콩깍지와 찌꺼기는 바람에 훌훌 날아가고 탱글탱글한 콩알맹이가 키 안에 모입니다. 키질로 골라낸 노란 콩알맹이들은 자루에 담아 깔끔히 정리해 둡니다. 마당 한쪽에 털고 난 콩대를 수북하게 쌓아 두었다가 부엌으로 옮깁니다. 콩 타작이 모두 끝난 뒤에 수수 빗자루로 마당을 쓸어, 멀리 탈출해서 모래 알갱이와 섞인 콩알들을 한 곳으로 모으고 나서, 소중한 콩알만 골라 자루에 담습니다.

주판알처럼 싸릿대에 줄줄이 꿰어진 곶감이 처마 끝에 매달려 있습니다. 말라가는 곶감이 주홍빛으로 가을 햇살을 닮아갑니다.

4

식구들이 안방에 모여 앉아 소반 여러 개를 놓고 콩을 고릅니다. 콩자루에서 콩을 한 움큼씩 덜어 소반 한쪽에 올려놓고 약간 들어올린 다음, 위아래로 살살 흔들어 댑니다. 그러면 마라톤 주자들이 출발 신호에 우르르 달려 나가듯이 노란 콩들이 기울어진 소반을 따라 돌돌 굴러 내려옵니다. 하지만 둥글지 못한 무녀리⁽²⁾ 콩이나 벌레 먹어 한쪽이 검게 문드러진 콩은 굴러 내려오지 못하고, 엉거주춤 소반 가운데에 주저앉아 있습니다. 콩모양으로 단단히 굳어진 흙덩어리도 구르지 못하고 소반 중간에 남습니다. 이렇게 걸러진 찌꺼기는 바가지에 담아 두엄자리로 보내고, 온전한 콩만 골라 다시 콩자루에 담아 장독 옹기 항아리에 넣어둡니다.

5

장독 항아리에서 노란 메주콩을 꺼내서 깨끗이 씻고 물을 담은 옴박지에⁽³⁾ 담가 둡니다. 하루 정도 불린 콩이 탱탱해집니다. 불린 콩을 바가지로 퍼서 부엌의 가마솥에 붓고, 솥뚜껑을 덮으면 '와그렁' 소리를 내며 닫힙니다.

콩대와 들깻대를 부석작에⁽⁴⁾ 넣고 성냥불을 붙입니다. 유황 냄새가 사라지자, 따닥따닥 소리를 내며 아궁이 안에서 불길이 타오릅니다. 나무로 만든 정지문의 틈새로 늦가을 햇살이 새어 들어와 부엌을 밝힙니다. 아궁이에서 솔솔 올라와 미처 달아나지 못한 연기가 부엌을 뿌옇게 채워갑니다. 연기 속으로 녹아든 햇살이 칼로 그은 듯이 여러 가닥의 사선으로 갈라집니다.

솥뚜껑 틈새로 뜨거운 김이 씩씩거리며 나옵니다. 솥 가장자리로 연신 뜨거운 물방울이 주르륵 흘러내립니다. 콩 익는 구수한 냄새가 부엌 안에 가득 퍼집니다. 뜨거워진 솥뚜껑 손잡이를 행주로 잡아 열면, 푹 삶아진 콩 위로 하얀 김이 솟아 올라옵니다. 어머니가 긴 나무 주걱을 가마솥에 넣어 콩 서너 알을 건져 올려 먹어보고, 잘 익었는지 가늠합니다.

옆 가마솥에도 물을 붓고, 시루를 가져다 가마솥에 걸쳐 올립니다. 얇게 썬 무의 가운데에 십자 칼집을 내어, 시루 바닥의 구멍 위에 올려놓습니다. 마치 오이 마사지를 받는 아낙의 얼굴 같습니다. 이 무는 가마솥에서 올라오는 김이 지나가는 통로인 셈입니다. 김이 새어 나가지 않도록 가마솥과 시루가 만나는 틈새를 시룻번[5]으로 빙 둘러 붙여 막습니다. 검은 가마솥에 하얀 머리띠를 둘러 놓은 듯한 모습입니다.

방앗간에서 찧어온 하얀 쌀가루를 시루에 부어 고르게 편 뒤, 솥뚜껑을 시루 위에 덮습니다. 백설기 떡을 익히기 위해 아궁이에 불을 지피면 연기와 함께 들깻대 타는 냄새가 올라옵니다. 불길이 숨을 쉬듯 '따닥따닥' 타들어 가는 소리를 냅니다. 어머니는 살강에서 쇠젓가락을 하나 꺼내 오고, 부뚜막에 다리 하나를 걸쳐 올린 채로 쭈그리고 앉아 솥뚜껑을 열어 봅니다. 떡이 익는 고소한 냄새가 하얀 김과 함께 올라옵니다. 어머니는 젓가락을 백설기에 찔러 익었는지 확인합니다. 젓가락이 부드럽게 들어가는 걸 보니 떡이 설지 않고 잘 익었나 봅니다. 익은 시룻번을 떼어 사발에 담고, 떡시루를 도래 상에 쏟아 둡니다. 하얀 김이 나는 백설기에서 한 움큼 얼른 손으로 떼어 우리에게 건네줍니다. 오랜만에 맛보는 쫄깃한 떡 맛에 입안이 즐겁습니다. 하지만 고추장 메주에 섞을 떡이기에 많이 먹을 수가 없습니다. 대신 익은 밀가루 시룻번을 먹으며 아쉬움을 달랩니다.

6

삶은 메주콩을 퍼내려고 솥뚜껑을 열면, 하얀 김과 함께 구수한 콩 익는 냄새가 부엌 가득 퍼집니다. 삶은 콩을 바가지로 퍼서 옴박 지에 담아 도굿통⁽⁶⁾이 있는 집 모퉁이 처마 밑으로 옮깁니다. 어머 니는 메주콩을 도굿통 안에 넣고 도굿대로⁽⁷⁾ 찧기 시작합니다. 도굿 대에서 보드랍고 하얀 김이 올라오고, 도굿대를 내려칠 때마다 콩 들이 가장자리로 밀려 올라갑니다. 덜 짓이겨진 콩들을 도굿통 가 운데로 모아가며 찧기를 반복합니다.

찧은 콩을 옴박지에 담아 도굿통에서 안방으로 옮깁니다. 콩을 삶느라 지펴 놓은 열기로 방바닥이 따끈하게 데워져 있습니다. 커 다란 도래상을 펴고 질퍽하게 이겨진 콩을 올려 메줏덩어리를 빚습 니다. 푹 익어 부드럽게 으깨진 콩을 맨손으로 떠낼 때, 손끝으로 따뜻한 온기가 전해집니다. 메줏덩어리를 목침(木枕) 모양으로 다듬어 갑니다. 커다란 널빤지에 지푸라기를 얇게 깔고, 벽돌을 말리듯 채 굳지 않은 메주들을 줄지어 눕혀 둡니다. 메주가 모두 완성되면 널빤지를 들어 옆방으로 옮깁니다. 메줏덩어리에는 여전히 누런 콩 빛깔이 고스란히 살아 있습니다.

고추장 메주를 빚기 위해 삶은 콩에 백설기를 섞어 절구질을 합니다. 곱게 찧어진 삶은 콩을 손으로 떼어내 주먹 크기로 커다란 주판알처럼 빚고, 지푸라기를 깔아 놓은 소반 위에 고추장 메주를 하나씩 올려 둡니다. 소반이 고추장 메주로 가지런하게 가득 차면, 옆방으로 옮겨 말립니다.

7

며칠 동안 말린 메주는 점점 쪼그라들면서 겉에 균열이 생기고, 누렇던 색깔은 갈색으로 변해갑니다. 메주에 박혀 있는 덜 굳은 콩 알을 손톱으로 빼서 먹어보고, 손가락으로 그 자리를 다독여 흔적을 지웁니다. 겉이 단단히 마른 메주는 지푸라기로 길게 엮어 방 안 시렁에 주렁주렁 매달아 둡니다. 고추장 메주도 비엔나 소시지나 좀약[8]처럼 지푸라기로 줄줄이 꿰어, 양지바른 처마 밑에 매달아 둡니다. 시간이 지나면서 가뭄에 말라가는 논처럼 갈라진 메주에 거뭇거뭇하고 하얀 곰팡이가 돌옷[9]처럼 피어나고, 곰삭은 퀴퀴한 냄새가 겨우내 방 안에 깊게 배입니다.

저자 주 _____

⑴ 짜란이: 일렬로 가지런히를 가리키는 전라도 사투리.

⑵ 무녀리: 한태에서 태어난 여러 마리의 새끼 가운데 덜 떨어진 새
끼를 이르는데, 모자란 물건이나 흠 있는 사람을 비유적으로 이
르는 말로도 쓰임.

⑶ 옴박지: 손잡이가 달린 둥글넓적한 옹기로 만든 비교적 커다란
그릇을 일컫는 전라도 방언. 장독이나 광에서 옹기 항아리를 덮
는 데도 사용됨. 옹자배기의 전라도 사투리.

⑷ 부석작: 아궁이의 전라도 사투리.

⑸ 시룻번: 시루를 솥에 안칠 때, 솥과 시루 사이로 김이 빠지지 않
도록 붙이는 밀가루 반죽. 전라도에서는 시루편이라고 부름.

⑹ 도굿통: 절구통을 이르는 말. 절구통은 일반적으로 나무를 파서
만들게 되지만 돌로 만든 절구통이라는 뜻을 가지고 있음. 전라
도에서 돌을 뜻하는 '독'과 '통'이 합성된 '독의통'이라는 말에서 유
래된 것으로 추측함.

⑺ 도굿대: 절굿공이를 이르는 전라도 사투리.

⑻ 좀약: 좀을 방지할 목적으로 만든 납작한 사기구슬 모양의 나프
탈렌.

⑼ 돌옷: 돌이나 바위 표면에 나타나는 이끼.

만화

1

학교 담장을 따라 늘어선 플라타너스가 운동장에 평행선의 그늘을 길게 드리운 오후입니다. 이파리를 벗어버린 나무 줄기는 벌써 겨울옷을 입고 있습니다. 수업이 끝나고, 운동장으로 아이들이 우르르 쏟아져 나옵니다. 재잘거리는 아이들의 목소리가 돌담 아래에 내려앉은 참새 떼의 지저귐처럼 들립니다. 교문을 빠져나온 아이들은 신작로에서 흩어지며, 같은 동네 아이들끼리 무리를 지어 집으로 돌아갑니다. 집으로 향하는 큰길가에 올망졸망한 가게와 집들이 마치 삭은 나뭇등걸에 돋아난 운지버섯처럼 다닥다닥 붙어 있습니다.

책과 공책을 책보에 둘둘 말아 싸서 등에 비스듬히 맨 아이들의 등 뒤에서 딸그락거리는 소리가 납니다. 필통 속의 연필들이 아이들의 발걸음에 멀미를 하는 소리입니다. 침을 묻혀 공책에 글씨를 쓰기도 전에 이렇게 멍이 든 연필은 공책 위에 부러진 연필심을 뱉어낼 것입니다.

<u>2</u>

　학교에서 집으로 가는 큰길 옆에는 만화방이 있습니다. 무리를 지어 가던 동무 하나가 만화책을 빌려보자고 제안합니다. 모두 동전을 털어 각자 만화책을 한 권씩 빌려서 돌려보기로 합니다. 적은 돈으로 많은 만화를 볼 수 있겠다는 생각에 만화방 대신 강둑에 앉아 빌린 만화책을 볼 생각입니다. 집안 골방에서 만화를 보다가 어른들의 꾸중을 들을 걱정이 없으니, 강둑은 동무들끼리 만화를 돌려보기에 안성맞춤입니다.

　빛이 바랜 만화방의 미닫이문에는 새로 나온 만화 표지가 영화 포스터처럼 총천연색으로 붙어 있습니다. 미닫이문을 드르륵 열고 만화방으로 아이들이 우르르 들어갑니다. 몸뻬바지를 입은 만화방 주인 아줌마가 무리 지어 들어오는 우리들을 반깁니다. 어둑한 만화방 안에는 희미한 알전등이 켜져 있고, 삼면의 벽에 높다란 책꽂이가 세워져 바닥부터 천장까지 수많은 만화책이 가득 꽂혀 있습니다. 책장 아래에는 폭이 좁은 나무 의자가 길게 놓여 있고, 네댓 명의 아이들이 의자에 구부리고 앉아 고개를 박고 만화에 빠져 있습니다.

　보통은 만화 한 편이 상·중·하로 나뉘어 있습니다. 우리들은 가득 꽂힌 만화책에서 먼저 제목을 훑어보다가 재미있어 보이는 만화책을 뽑아 살짝 넘겨본 뒤, 주인 아줌마에게 동전을 건넵니다. 각자 만화 한 권씩 빌려 책가방 속에 넣고 만화방을 빠져나옵니다. 이 순간만큼은 누구도 부럽지 않은 부자가 된 것 같습니다.

3

동네로 오는 강둑길을 걸어가다가 가을볕에 누렇게 변해가는 잔디가 깔린 비탈에 책가방을 던져두고 줄지어 자리를 잡고 앉습니다. 가방에서 꺼낸 총천연색 만화 표지에서 석유내가 올라옵니다. 만화책 안에는 퍼런 글씨와 그림이 담겨 있습니다. 우리는 강둑길에 깔린 잔디 위에 짜란이[1] 앉아서 만화책을 펼치고 조용히 보기 시작합니다. 강물에 여울지는 낮은 물소리에 책장을 넘기는 소리만 간간이 들립니다. 늦가을의 오후 햇살이 가을걷이가 끝난 들판과 만화에 빠져 있는 우리를 따스하게 비춥니다. 펼친 만화책에 가득히 쏟아지는 햇빛 때문에 눈이 부셔서, 눈을 찡그리며 실눈을 뜨고 만화를 읽습니다. 이렇게 재미있는 만화와는 달리, 교과서가 재미없다는 것이 아쉽습니다.

만화 속에서 펼쳐지는 가상의 세상은 언제나 모험과 웃음, 그리고 정의가 살아 있는 공간입니다. 우리는 현실에서 맛볼 수 없는 공상의 세계로 빨려 들어갑니다. 우리는 꿈을 꾸듯이 집단 최면에 걸려 있습니다. 갑자기 혼자 낄낄거리는 동무가 있는가 하면, 먼저 만화를 다 읽은 동무가 옆에 앉아 있는 동무가 읽고 있는 만화를 기웃거리며 넘겨다 보기도 합니다. 잠시 후에 만화를 서로 바꿔 보면서 또 다른 행복한 상상의 세계로 발을 내딛습니다. 숙제도 부모의 잔소리도 까맣게 잊은 채 시간은 흐르고, 뉘엇뉘엇 가을 해가 저물어 갑니다.

만화 보기를 끝마친 동무들이 궁둥이에 붙은 잔디 검불을 털며 자리에서 일어납니다. 햇살로 채워졌던 밝은 만화책에서 눈을 돌리니 갑자기 눈앞이 깜깜해지며 현기증이 납니다. 공상의 세계에서 현실로 내려온 순간의 아찔한 멀미 같습니다.

4

만화책을 다시 각자의 가방에 넣고, 우리는 떼를 지어 집으로 향합니다. 늦가을의 싸늘한 바람이 잦아든 강변 너머, 신작로를 따라 일찍 피었던 코스모스 꽃잎들은 이미 흩어져 사라졌습니다. 늦게 피어난 게으른 코스모스 꽃 몇 송이만 가냘프게 하늘거립니다. 나락을 거둔 논에는 벼 밑동이 나란히 줄지어 있습니다. 잘려 나간 밑동에서 초록색의 싹이 올라와 허망한 부활을 꿈꾸고 있습니다. 마른 논에 난 벼포기의 뜬금없는 생명력입니다. 강가에 서 있는 미루나무에 몇 개 남은 노란 이파리들이 가을볕을 챙겨가며 간신히 매달려 있습니다.

(1) 짜란이: 일렬로 가지런히를 가리키는 전라도 사투리.

입동(立冬) 무렵

1

하굣길에 세찬 바람이 학교 운동장에 있는 플라타너스 가지를 흔듭니다. 학교 담장을 이루며 줄지어 선 푸른 측백나무들도 불어 오는 바람에 출렁입니다. 우리들은 몸을 잔뜩 웅크리고 세찬 바람 을 맞으며 집으로 향합니다. 빗금을 긋듯이 하나둘 떨어지던 빗방 울이 서늘하게 뺨을 때리지만, 안타깝게도 미리 우산을 챙기지 못 했습니다. 큼직한 빗방울이 눈에 들어올까 봐 얼굴을 잔뜩 찡그려 실눈을 뜨고, 몰아치는 바람에 맞서 허리를 앞으로 굽히고 나아갑 니다. 운동장에 내려앉은 갈색의 마른 나뭇잎들이 갑작스럽게 몰아 치는 바람에 휩쓸려 날아오르며 바스락거리는 소리를 냅니다. 한순 간 날아올랐던 나뭇잎들이 내려와 낮은 포복으로 운동장을 가로질 러 굴러갑니다. 말라 오그라든 채 듬성듬성 나뭇가지에 매달린 잎 사귀에서 우둑우둑 빗방울 듣는 소리가 크게 들립니다. 냉기를 머 금은 세찬 바람과 차가운 빗방울로 귀가 시립니다. 한 손으로는 책 가방을 들고, 다른 손으로 번갈아 가며 양쪽 귀를 감싸 봅니다.

2

　가을걷이가 끝난 횅한 늦가을 들판 위로 몰아치는 바람만 가득
하고, 하늘에는 회색 구름이 짙게 드리워져 있습니다. 들판을 가로
지르는 신작로를 따라 늘어선 미루나무 줄기에는 잎이 모두 떨어져
사라지고, 잔가지들만 남아 세찬 바람에 휘청거립니다. 낙엽들이 바
람에 실려 들판 위를 구르다가 신작로로 흘러 들어와 도로 위로 떼
를 지어 기어가고, 삐쩍 말라버린 코스모스가 굴러온 낙엽들을 가
로막습니다.

3

　신작로에 지푸라기 몇 다발을 싣고 천천히 앞서가는 소달구지가
보입니다. 우리는 몸을 낮추고 몰래 살금살금 다가가서, 책가방을
달구지 뒤에 살짝 올려두고 마부의 눈치를 보며 따라갑니다. 발굽
에 짚신을 신은 늙은 소의 등에 물기가 번져 갑니다. 마부의 밀짚모
자에서도 빗물이 뚝뚝 떨어집니다. 힘에 부치는 소의 가쁜 숨소리
와 바람 소리가 뒤섞여 귓가가 어수선합니다. 마부는 우리가 다가
온 것을 아직 알아채지 못한 듯합니다. 우리는 달구지 뒤쪽 바닥에
엎드린 후에 두 다리를 살짝 들어 올리고, 대롱대롱 매달려 갑니다.
자갈이 깔린 신작로의 울퉁불퉁한 굴곡이 온몸으로 전해져 상하
좌우로 마구 흔들리지만, 오랜만에 느끼는 짜릿한 재미에 우리들은

서로 마주 보며 킥킥댑니다. 그러자 곧 뒤를 돌아본 마부가 거머리처럼 몰래 달라붙어 가는 우리를 보고 호통을 칩니다. 우리는 올려들었던 두 발을 얼른 땅에 내리고, 몸을 세워 달구지에서 후다닥 떨어집니다. 그리고 달구지 위에 올려두었던 책가방을 낚아채고 여차하면 언제든 멀리 달아날 채비를 합니다. 우리들이 달구지에서 멀찌감치 떨어지자, 마부는 달구지 앞쪽에 걸터앉아서 말없이 가던 길을 계속 갑니다. 간간이 떨어지던 빗방울은 어느덧 진눈깨비로 변합니다. 우리는 진눈깨비를 피하려고 책가방을 머리 위로 올리고 달구지와 거리를 둔 채 신작로를 따라 걸어갑니다. 머리와 옷이 점차 젖어 들면서 손이 시리고 귀가 아립니다.

4

마을 어귀에 다다르면 함께 걸어온 동무들과 헤어져 각자의 집으로 향합니다. 집에 들어서 안방 문을 열면, 익숙하면서도 퀴퀴한 냄새와 함께 어두컴컴한 방이 맞이합니다. 아늑한 온기가 채워진 방에서 수건을 찾아 얼굴의 물기를 닦은 후에, 젖은 옷을 벗어 두고 마른 옷으로 갈아입습니다. 이불이 깔린 따뜻한 아랫목에 들어가면, 추위에 떨던 온몸이 포근하게 녹아듭니다.

밤길

멀리 떨어진 다른 동네에 사는 동무 집에서 놀다가 한밤중에 홀로 걸어서 집으로 돌아옵니다. 손전등도 등불도 없이, 오직 달빛에 의지하여 마을길을 지나 들판으로 이어진 길에 들어섭니다. 초겨울의 들판은 하얀 서리가 깔려 있고, 보리싹이 살짝 올라온 논 위로 휘영청 밝은 달이 중천에 떠 있습니다. 달빛이 부스러져 안개처럼 뿌려진 들판은 온 사방이 적막합니다. 싸늘한 밤공기에 몸을 잔뜩 움츠리고, 양손을 호주머니에 넣은 채 발길을 옮깁니다. 하늘에 흩뿌려진 수많은 별들은 이미 달빛에 채여 보이지 않고, 오리온자리의 삼태성과 큰곰자리 북두칠성만이 희미하게 빛납니다. 밤하늘은 낮에 보는 하늘보다 넓고 깊게 느껴집니다.

터벅터벅 신작로를 걸어가는 발길에 자갈이 채이는 소리가 자그락거리며 한밤중의 고요를 깨뜨립니다. 산 아래 멀리 보이는 마을의 옹기종기 모여 있는 집에서 희미한 불빛들이 새어 나오고 있습니다. 신작로 양쪽 가장자리를 따라 앙상한 가지를 드러낸 미루나무들과 전봇대들이 교각처럼 줄지어 서 있고, 달그림자가 신작로 위로 길게 드리워져 있습니다. 낮에는 익숙하게 다니던 길이지만, 지금은 텅 빈 공간과 낯선 시간이 만들어낸 생소한 풍경이 마치 꿈속을 걷는 듯한 착각을 불러일으킵니다.

강둑 너머로 숨어 있던 강물은 신작로 끝에서 다리 위로 올라서야 비로소 모습을 드러냅니다. 수력발전소의 건물과 보안등에서 나오는 불빛들이 달빛을 입고 출렁이는 검은 강물 위로 번져 나갑니다. 높이 떠 있는 보름달 아래, 새벽 어스름 같은 어둠 속으로 퍼져 나가는 한밤중의 강물 소리가 마치 달빛을 머금은 월광곡처럼 들립니다.

마침내 집 앞 골목에 들어서면, 사립문 너머로 보이는 안방문의 불빛이 아랫목의 따뜻한 포근함으로 반깁니다.

겨울 학교

<u>1</u>

겨울날 이른 아침, 우리는 학교로 가는 길에서 매서운 추위에 마음까지 얼어붙습니다. 벙거지 털모자를 푹 눌러쓰고, 손에는 털실로 짠 벙어리장갑도 끼어 단단히 채비를 합니다. 책가방을 들고 동무 서넛이 함께 학교로 향합니다. 토끼털 귀마개를 한 동무의 까까머리가 검정 고무줄에 눌려서 마치 머리통에 산길이 난 것처럼 보입니다. 동무들이 재잘거릴 때마다 하얀 입김이 새어 나옵니다. 가방이 없는 동무는 책가방 대신 책과 공책을 책보에 돌돌 말아 등에 대각선으로 묶고 갑니다. 걸을 때마다 책보 속 필통에서 '딸그락딸그락' 소리가 납니다.

눈 덮인 들판 가득 아침 햇살이 눈부시게 비칩니다. 햇살이 비스듬히 닿는 새하얀 눈밭이 보석 가루처럼 반짝입니다. 들판을 가로지르는 신작로에 겨울 칼바람이 매섭게 휘몰아칩니다. 전선이 신작로를 따라 시침질한 실처럼 이어져 있고, 전신주가 바늘처럼 길게 줄지어 꽂혀 있습니다. 전선이 겨울바람을 만나 신음을 토해냅니다. 우리보다 앞서 신작로를 따라 걷는 아이들 무리가 보입니다. 찬바람을 마주하고 걸어가다가, 얼굴이 시리면 몸을 돌려 바람을 등지고 뒷걸음질로 갑니다. 앞이 보이지 않는 불안한 마음에 뒤돌아서 다시 앞을 보고 바람을 맞으며 걸어갑니다. 더는 안 되겠는지 결국 하나둘씩 아이들이 신작로 아래 눈 덮인 논바닥으로 내려갑니다. 논보다 높이 돋아오른 신작로를 방패 삼아 허리를 굽히고 몸을 낮추어 일렬로 맞바람을 피하며 겅중겅중 걸어갑니다. 눈 덮인 논바닥에는 파릇한 보리싹이 눈 속에서 뾰족이 솟아 있고, 발을 내디딜 때마다 서릿발이 주저앉아 눈 속으로 발이 푹 꺼집니다.

눈과 흙먼지로 얼룩진 버스 한 대가 신작로를 따라 어슬렁거리며 달려옵니다. 몇몇 아이들은 논에서 신작로로 뛰어 올라가 달리는 버스의 뒤쪽 범퍼를 붙잡고, 눈이 얇게 다져진 신작로 위에서 미끄럼을 탑니다. 버스 꽁무니에서 미끄럼을 타던 한 아이가 돌부리에 걸려 넘어질 뻔하면서 범퍼에서 손을 놓칩니다. 버스가 들판을 다 지나면 길 양쪽으로 늘어선 집들이 나타납니다. 바람막이가 되어주는 집들 때문에 추위가 한결 누그러집니다.

2

교실에 들어서면 책가방을 자리에 올려두고, 무쇠 난로에 불을 지필 준비를 합니다. 당번 아이와 함께 학교 창고에 가서 시꺼먼 조개탄과 솔방울을 함석 양동이에 가득 담습니다. 양동이가 너무 무거워, 둘이 양동이를 맞잡고 교실로 돌아옵니다.

난로 아래쪽 공기구멍을 돌려 난로 안으로 공기가 빨려 들어가게 하고, 성냥을 그어 종이에 불을 붙인 뒤, 무쇠 난로 뚜껑을 열고 난로 안으로 던져 넣습니다. 솔방울을 난로 속에 부어 넣자, 타닥타닥 하는 소리와 함께 연기와 불꽃이 한동안 뒤섞입니다. 솔방울이 타면서 나는 송진 냄새와 매캐한 연기가 삽시간에 교실 안을 가득 채웁니다. 얼른 창문을 열어 환기를 시키자, 찬바람이 교실 안으로 몰려듭니다. 당번이 불이 붙은 솔방울 위에 부삽으로 조개탄을 퍼 넣고, 동그란 난로 뚜껑을 닫습니다.

난로가 데워질 때까지 아이들은 남쪽으로 난 교실 창문을 통해 들어오는 햇살을 찾아갑니다. 온기를 나르는 햇살에 추위에 떨었던 몸을 녹입니다. 교실에서 연기가 빠져나가면 아이들이 옹기종기 난롯가로 모여들어 연신 손을 비비며 충분히 데워지지 않은 난로에 불 쬐는 시늉을 합니다. 얼굴에는 따뜻한 온기를 재촉하는 간절한 눈빛이 가득합니다. 창문 밖의 T자형 연통 끝에서 몽실몽실 피어오르던 하얀 연기가 파란 하늘로 흩어집니다. 난로가 차츰 데워지면서, 난로를 중심으로 빙 둘러서 있는 아이들에게 따뜻한 온기를 골고루 나누어 줍니다.

3

한 학년이 끝나갈 무렵, 수업 시간에 연필을 잡은 손이 곱아 공책에 쓴 글씨가 삐뚤빼뚤합니다. 교사(校舍) 지붕 끝에 주렴(珠簾)처럼 매달린 고드름에서 물방울이 메트로놈의 박자에 맞추듯이 일정한 시간 간격으로 떨어집니다. 창문을 통해서 쏟아져 들어오는 따사로운 햇살에 눈이 부십니다. 연통으로 나가는 열기가 아지랑이가 되어 희미한 그림자로 남아, 아른아른 교실 바닥을 쉴 새 없이 기어갑니다.

쉬는 시간에 아이들은 교실 밖 운동장에서 쌓인 눈을 뭉쳐 와자지껄하게 떠들며 신나게 한바탕 눈싸움을 합니다. 시작 종이 울리면, 아이들은 숨을 몰아쉬며 차가운 눈과 찬바람을 온몸에 묻혀 교실로 우르르 몰려 들어옵니다. 아이들의 볼때기가 유난히 불그죽죽합니다.

수업 시간이 끝나면 아이들은 한참 열기가 오른 난로 주위로 빙 둘러 모입니다. 그리고 가져온 네모난 양은[1] 도시락을 난로 위에 층층이 포개 올려놓습니다. 가장 아래 놓인 도시락 안에서 타닥타닥 밥이 눈는 소리가 나면, 아래 있던 도시락을 바꾸어 위로 올려놓습니다. 고소한 누룽지 냄새가 익어가는 김치 냄새와 섞입니다. 난로의 뜨거운 열기에 난로 가까이 앉았던 아이들의 얼굴이 벌겋게 달아오릅니다. 장난기 심한 아이들은 얼음조각이나 눈을 뭉쳐서 난로 위에 올려놓고, 그것이 지글거리며 녹아 사라지는 모습을 재미있게 지켜봅니다. 녹으면서 요란스러운 소리를 내는 눈에서 쇠 비린내가

올라옵니다. 구잡스런[(2)] 아이 하나가 막대기를 가져와 벌겋게 달아
오른 난로에 대고 불을 붙입니다. 나무 끝에서 연기가 피어오르며
탄내를 풍기다가, 라이터에 불이 붙듯이 갑자기 불꽃이 올라옵니다.
선생님께 야단 맞을까 봐 놀란 아이는 서둘러 불을 끄고 불장난을
멈춥니다.

4

하루의 수업이 끝나면, 뜨거웠던 난로는 열기를 잃고 안쪽에 허
옇게 쌓인 조개탄 재만 남아 있습니다. 주전자로 난로 안에 물을 뿌
려 남은 온기마저 식히고 나서야 교실을 나섭니다. 교사(校舍) 입구
복도에 있는 신발장에는 운동장에서 묻혀 온 진흙이 여기저기 묻어
있습니다. 시루떡 고물처럼 눈이 뿌려진 아침 나절의 운동장은 학
교 건물의 그림자가 드리워져 백색의 영토를 보존해 주지만, 햇살이
머물다 간 오후의 운동장은 눈이 녹아 팥죽처럼 질퍽해집니다. 움
푹진푹 패인 아이들의 발자국들이 운동장에 어지럽게 널려 있습니
다. 아이들은 벽돌로 만든 화단 가장자리 위를 평균대 위로 걷듯이
조심스레 줄지어 이동합니다. 비틀거리면서도 용케 중심을 잡으며
교문 쪽으로 걸어 나갑니다. 눈이 녹아 질척한 운동장 흙을 바짓가
랑이에 덜 묻히려는 심산입니다.

5

집에 돌아오자마자 빈 비닐 비료 포대를 들고 뒷산으로 솔방울을 따러 갑니다. 학교 난로에 쓸 불쏘시개를 마련하려는 것입니다. 산에서 소나무를 베는 것은 법으로 금지되어 있어, 대신 솔방울을 모으는 것입니다. 솔방울이 많이 달린 소나무 가지를 골라, 기다란 장대로 밤을 털 듯 솔방울을 떨어뜨려 비료 포대에 담습니다. 왜솔나무에[3] 달린 솔방울은 단단히 붙어 있어 막대기로는 쉽게 털리지 않습니다. 큼직하고 튼실하기는 하지만 솔방울 가장자리에 가시가 있어 손으로 살며시 붙잡고 뱅뱅 돌려야만 따낼 수 있습니다. 솔방울에서 송진 냄새가 나고 손에는 투명하고 끈적끈적한 송진이 달라붙습니다. 재빨리 소나무 줄기에 손을 문질러 송진을 닦아내려 애써 보지만, 손바닥에는 여전히 끈적한 얼룩이 남습니다. 그리고 소나무 삭정이에 붙은 관솔도 함께 꺾어 모읍니다. 관솔은 송진이 붉게 배어 있어, 불에 오래 타면서 까만 그을음을 내기 때문에 불쏘시개뿐 아니라 불장난하기에도 제격입니다.

따온 솔방울을 나무에 대고 탁탁 치면 꿀벌의 날개처럼 생긴 얇은 막이 달린 솔씨가 떨어집니다. 솔씨를 골라내어 입안에 넣고 씹어 보면 상큼한 솔향과 함께 잣처럼 고소한 맛이 납니다. 뉘엿뉘엿 해가 질 무렵, 솔방울로 가득 찬 비닐 포대를 어깨에 둘러메고 집으로 돌아옵니다.

⑴ 양은: 양은은 알루미늄과 다른 재료이지만, 시골에서 알루미늄을
   양은이라고 불렀음.

⑵ 구잡스럽다: 장난기가 심하고 말썽이 많다는 뜻의 전라도 사
   투리.

⑶ 왜솔나무: 리기다 소나무를 가리키는 말.

강물

내가 살았던 집 옆으로 강물이 산줄기를 비켜 외길처럼 들판을 휘감고 동서로 길게 뻗어 있습니다. 그 강줄기는 마치 오래된 친구처럼 늘 곁에 있었지만, 나는 여태까지 한 번도 긴 강의 전체 모습을 본 적이 없습니다. 긴 강줄기의 한 부분만 오랫동안 보고 살아온 탓에, 우리 동네 앞을 흐르는 강물이 다른 곳에서 어떻게 기어가는지 보았다면 무척 낯설게 느꼈을 것입니다.

강물도 해마다 조금씩 모습을 바꿔 갑니다. 장마철 큰물이 한차례 지나가고 나면, 얼마 전까지만 해도 얕았던 물길이 갑자기 강바닥을 내려 깊어지기도 하고, 수심이 깊었던 곳에 자갈과 모래가 쌓여 얕은 물길로 바뀌기도 합니다. 때로는 강물이 소리도 없이 강줄기에 모래톱을 쌓고 그 위에 잡초를 키우다가, 나무에 박힌 옹이처럼 강줄기 안에 조그만 섬을 만들어 놓기도 합니다.

강물을 따라가다 보면 군데군데 커다란 돌멩이를 쌓아 만든 보(洑)가 나타납니다. 오랜 옛날부터 사람들은 농사에 쓸 물을 대기 위해 강줄기를 비스듬히 막아 강둑에 수문을 내고 물길을 돌렸습니다. 보에 막힌 강물은 상류에서 잠시 쉬어 가며, 둠벙[1] 같은 벙벙한 물웅덩이를 만듭니다. 기다란 보를 따라 생긴 쏠이[2] 하얀 거품을 일으키며 강줄기에 생채기를 냅니다. 보를 이루는 커다란 돌멩이들이 낮은 성벽처럼 일렬로 쌓여 있고, 물살에 떠내려가지 않도록 강바닥에 깊숙이 박힌 소나무 말뚝이 이들을 떠받치고 있습니다.

말뚝의 윗부분은 물살에 문드러져 사라지고, 드러난 나이테가 양각으로 새겨져 있습니다. 세월에 검게 그을리고 미끌미끌한 나무 말뚝은 물때를 잔뜩 입고 있습니다. 물이끼가 거무죽죽하게 낀 커다란 돌멩이 위로 다슬기들이 길을 내며 지나가고, 돌 아래에는 강도래 유충이 대롱 같은 모래집을 만들어 달라붙어 있습니다. 돌 사이로 새어 나온 물줄기는 쏟아지는 소나기 소리를 내며 온종일 웅얼거립니다.

여름철 폭우로 강물이 불어나면, 강둑 근처 둔치에 있는 논에서 벼가 자라가다가 넘실대며 흐르는 벌건 흙탕물에 안타깝게도 휩쓸려 내려가기도 합니다. 논둑을 따라 줄지어 서 있던 미루나무 줄기에 불어난 강물이 지꺼분한 풀뿌리와 나뭇가지를 걸쳐 놓고, 언제 그랬냐는 듯이 수위를 낮추고 다시 평온하게 흘러갑니다. 폭우로 불어난 강물이 강변의 잡초를 휩쓸고 내려가 허옇게 드러난 자갈밭을 만들면, 멱감는 아이들에게 옷을 벗어 놓기 좋는 터가 됩니다. 동네 어른들은 여름철에 이곳에 참깻대를 묶어 세워 말리고, 멍석을 펴 붉은 고추를 널어 말립니다.

동네 아이들은 소나 염소를 몰고 나와 강둑에 돌멩이로 쇠말뚝을 박고 줄에 묶어 둡니다. 소는 열 걸음 남짓의 자유가 허락된 줄에 묶인 채, 여름 뙤약볕 아래 강둑에 앉아 침을 흘리며, 종일 울어대는 매미 소리만큼이나 지루하게 되새김질을 합니다. 귀찮게 달려드는 쇠파리 떼를 쫓으려고 소는 머리와 꼬리를 번갈아 흔듭니다. 소의 목에 걸린 누런 워낭에서[3] 절간의 풍경소리가 들립니다.

　가을이 되면 강물이 마르면서 앙상한 강물의 몸통 옆으로 넓게 드러난 자갈밭이 강둑의 억새와 함께 가을 햇살에 허옇게 빛납니다. 강물에 부서진 가을 햇살이 반짝입니다. 동네 아낙들이 빨랫감을 함지에 이고 와, 방망이로 토닥거리며 강가에서 빨래를 합니다. 방망이를 두드리던 소리가 잠시 그치면, 강물에 헹구는 하얀 빨랫감이 눈부시게 빛납니다.

　맑은 겨울 아침, 강물은 마치 하늘로 올려 보내는 향불처럼 김을 모락모락 피워 올립니다. 그러다가 눈발이 흩날리는 날이면, 하얀 풍경 속에 검은 강물이 몸통을 드러냅니다. 하늘의 은총처럼 사뿐사뿐 내리는 눈발이 검은 물줄기 속으로 스며들며 흔적도 없이 사라져갑니다.

*저자 주*_____

⑴ 둠벙: 연못, 물웅덩이, 작은 저수지를 일컫는 전라도 사투리.

⑵ 쏠: 작은 폭포.

⑶ 워낭: 소나 말의 목에 달아매는 금속 방울.

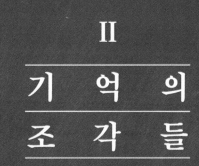

II

기 억 의
조 각 들

물고기

겨울 방학이 되면 먹물 같은 어둠이 채 가시지 않은 이른 새벽녘에 일어나 두툼한 옷을 입고 장갑을 낍니다. 장갑 위에 부엌에서 쓰는 빨간 고무장갑을 덧끼고, 무릎까지 올라오는 장화를 신습니다. 구멍이 숭숭 뚫린 빨간 플라스틱 바구니를 들고 냇가로 나갑니다. 덜그럭거리는 장화 발소리에 놀란 이웃집 개가 컹컹 짖어댑니다. 새벽 여명 속에서 겨울 서리가 하얗게 깔린 강둑길을 따라 내려가면, 밤새 몸이 여윈 냇물이 흘러갑니다. 강물이 깊게 고였던 곳으로 어렴풋이 희뿌연 물길이 어렴풋이 드러나고, 양옆으로는 검게 빛나는 강바닥이 노출되어 있습니다. 물기에 젖어 미끄러운 강바닥 위를 장화를 신은 채로 걸을 때마다 자갈들이 자그락거리며 발 아래에서 움직입니다.

겨울철은 물고기들에게 가혹한 계절입니다. 검은 자갈밭 위에 하얀 배를 드러낸 채 물고기들이 얼어붙어 있거나, 물이 빠진 작은 모래 웅덩이에 오글오글 모여 있는 물고기들이 어슴푸레한 새벽 어둠 속에서 희미하게 보입니다. 두 겹으로 낀 장갑 때문에 어눌한 손놀림으로 물고기들을 하나둘 주워 바구니에 담습니다. 이른 아침에 서둘러 나오는 이유는 다른 사람들이 오기 전에 물고기들을 주워 모아 허탕을 치지 않으려는 것입니다. 피라미, 모래무지, 버들치, 빙어 같은 물고기들이 바구니에 담깁니다. 혹독한 추위가 닥친 날에는 물고기들이 강바닥 자갈에 하얗게 얼어붙어 있어, 곱은 손을 비벼가며 조심스레 떼어냅니다. 그리고 얼음이 낀 작은 물웅덩이에 갇혀 가쁜 숨을 몰아쉬는 물고기들은 손으로 직접 건져냅니다.

강물의 수량이 줄어드는 겨울철에는 전력수요가 많은 밤까지 수력발전이 계속 가동되지만, 전력수요가 줄어드는 새벽녘에는 가동이 멈추고 도수관(導水管)을 잠그게 됩니다. 그 순간 물길이 줄어들면서, 강물의 가장자리에서 잠을 자던 물고기들이 졸지에 고립되어 수난을 당하게 되었습니다. 이런 물고기들은 우리에게 겨울 내내 민물고기 매운탕이 되어 식탁을 풍성하게 했습니다. 더러는 집에서 키우던 오리들의 차지가 되기도 했습니다.

수력발전소의 도수관이 뻗어 있는 산 위로 먼동이 트며 서서히 붉은 기운이 올라올 즈음, 물고기들을 바구니에 담아 들고 집으로 돌아옵니다. 물고기 비린내가 밴 빨간 플라스틱 바구니에 담긴 은빛 물고기들의 비늘이 새벽 햇살에 하얗게 반짝입니다.

우리 개 '에스'

초등학교에 다니던 시절, 부모님의 심부름으로 개가 있는 집에 갈 때면 두려움에 긴장하곤 했습니다. '개조심'이라고 크게 쓰인 대문 앞에서 일단 심호흡을 하고 들어서면, 집 안에서 컹컹 짖어대는 개와 마주칠 때마다 겁이 나서 빨리 집주인이 나타나기만을 기다렸습니다. 심부름을 마치고 돌아설 때, 주인이 개를 진정시키는 소리를 뒤로하고 나오는 순간까지도 항상 긴장과 불안 속에서 그 집을 나오면서 혹시라도 개가 나를 향해 달려들지 않을까 등뒤에 온 신경을 곤두세웠습니다. 그 당시 남의 개는 가까이 다가서기 어려운 두려운 존재였습니다. 그러나 우리 집에 개 '에스'를 들이면서, 무섭기만 했던 개를 완전히 다른 시각으로 보게 되었습니다.

초등학교 6학년 때인지 중학교 1학년 때인지 기억이 분명치 않지만, 작은집 개가 여러 마리의 새끼를 낳았고, 그중 누렁이 한 마리를 우리 집에 데려와 키우게 되었습니다. 그 누렁이는 토종개의 암컷이었는데, 쫑긋 선 귀가 영리하고 생기 있어 보였습니다. 나는 그 녀석에게 마땅한 이름을 지어주려고 고민했습니다. 흔하디흔한 이름인 '쫑'이니 '메리'라는 이름을 붙여주고 싶지도 않았고, '흰둥이', '누렁이', '검둥이' 같은 토속적인 이름은 너무 촌스럽게 느껴졌습니다. 하지만 열두어 살의 나는 특별하고 세련된 이름을 짓기에는 한

계가 있었습니다. 그러다 알파벳 'A, B, C, D'를 읊던 중 'S'에서 멈춰 이름을 정했고, 그렇게 우리 집 토종 개는 단순하지만 근사한 외국 이름을 가지게 되었습니다.

에스는 우리 집 마루 아래 지푸라기로 엮은 둥지에서 지냈습니다. 우리 집 가족이 남긴 밥과 반찬이 양재기에 담겨 그 녀석의 삼시 세끼 식사가 되었습니다. 에스는 성격이 온순해서 낯선 사람을 물지 않았습니다. 낯선 손님이 대문을 열고 집에 들어오면 컹컹 짖다가도 우리 가족 누구든지 손님에게 말을 건네면 금세 조용해졌습니다. 특히 어린아이들에게는 너그러워서, 어느 때든 집안에 들어오더라도 소 닭 보듯 했습니다.

나는 점점 에스와 함께 노는 재미에 빠져들었습니다. 가까이 두고 에스의 입을 벌려보거나 입 주위 수염과 눈 위에 성글게 난 눈썹을 당기고, 날카로운 송곳니를 만져보았습니다. 보들보들한 혓바닥과 커다란 귀, 일렬로 늘어선 젖들, 촉촉하고 검은 콧잔등과 말랑말랑한 발바닥을 마치 환자를 진찰하는 의사처럼 눌러보고 당겨보면서 장난을 쳤습니다. 그러나 에스는 귀찮을 법도 한데, 사람 눈과 같이 주름이 잡힌 갈색 눈동자를 들어 나를 쳐다보며 너그럽게 받아주었습니다.

부엌 아궁이 앞에 쪼그리고 앉아 불을 지피면, 에스는 내 옆에 앉아 아궁이에서 나오는 따뜻한 열기를 즐기곤 했습니다. 잠시 후에 에스는 나른함에 슬며시 눈을 감았다가 꾸벅꾸벅 졸았습니다. 내가 그 모습을 보고 웃음이 나와 킥킥대니, 고개를 들어 나를 멀뚱멀뚱 바라보며 '뭔 일 있었수?' 하는 표정으로 나를 올려보다가 다시 졸기 시작했습니다. 나는 장난기가 발동하여 졸고 있는 에스의 엉덩이를 떠밀어 보았습니다. 불길이 이는 아궁이 쪽으로 몸이 밀리자, 에스는 뜨거운 열기를 느끼고 뒷걸음질쳤습니다.

나의 장난은 여기서 멈추지 않았습니다. 마당에서 에스의 머리를 한 손으로 대고 돌리면, 에스의 몸도 휘청거리며 빙글빙글 따라 돌았습니다. 그런 다음 얼른 뛰어 달아나면, 에스는 어지럽지도 않은 듯 금세 나를 뒤쫓아와 앞발을 올리고 달려들었습니다. 그 정도로는 성에 차지 않아, 에스의 몸통을 번쩍 들어올려 한 손으로 에스의 눈을 가린 채 뱅글뱅글 돌다가 땅바닥에 내려놓으면, 오히려 내가 더 어지러워 비틀거리며 휘청댔습니다. 에스는 내가 장난치는 줄 알고, 달아나는 나에게 신이 나서 뛰어올라 다시 달려들곤 했습니다.

어느 날은 빨간 풍선을 실로 묶어 에스의 꼬리에 매달아 보았습니다. 에스는 처음에 풍선을 경계하는 듯 뒤를 힐끗 쳐다보더니, 이내 슬그머니 달아나기 시작했습니다. 그러나 다시 뒤를 돌아본 에스는, 아마도 빨간 풍선 귀신이 자신을 따라온다고 생각했는지 놀란 나머지 뒤도 돌아보지 않고 냅다 집 대문 밖으로 뛰쳐나갔습니다. 꼬리에 빨간 풍선을 달고 죽을 힘을 다해 달려가는 에스의 모습은 우습기도 했지만, 미안한 마음이 들어 나도 뒤를 쫓았습니다. 에스는 동네 고샅을 질주하다가 밭 가장자리의 탱자나무 울타리를 지나면서 풍선이 터지는 바람에 비로소 빨간 풍선 귀신의 공포에서 벗어날 수 있었습니다. 한참 뒤, 에스는 실만 덩그러니 꼬리에 매단 채 힘없이 집으로 돌아왔습니다.

겨울날 오후, 장군봉 능선을 따라 도는 해가 던져주는 따사로운 햇볕이 마루를 건너와 창호를 비추면, 안방이 환하게 밝아졌습니다. 하지만 한가로운 안방의 평화를 깨뜨리는 불청객이 있었으니, 집안 곳곳을 헤집고 다니는 닭들이었습니다. 닭들은 하필이면 양지바른 마루 위로 죄다 올라와 깍깍거리며 시끄럽게 소란을 피울 뿐만 아니라, 마당의 질퍽한 흙을 발에 묻혀 와 마루에 지저분한 발자국을 남기고, 심지어 똥까지 갈겨놓아 마루를 어지럽혔습니다. 방안에서 방문을 두드리며 소리쳐도, 눈치 빠른 닭들은 귀찮아 하는 주인이 방문을 열고 나와 쫓아내지 않는다는 것을 이미 알고 있었습니다. 그래서 닭들은 잠시 쫓겨가는 비양[1]만 낼 뿐, 마루에서 물러나지 않았습니다. 그때 방 안에서 주인이 외치는 소리를 들은 에스가 주인의 뜻을 알아차리고, 마루 아래서 이리저리 뛰어다니며 마루 위에서 노는 닭들을 모두 시원하게 쫓아냈습니다. 에스의 활약 덕분에, 시끄럽고 지저분했던 닭들은 모두 쫓겨나고 마루는 비로소 조용해졌습니다.

　나는 뛰어난 에스의 능력을 다른 곳에도 써보기로 했습니다. 집에서 조금 떨어진 텃논에 겨울철 보리싹이 파릇하게 돋아나고 있었는데, 텃논 근처에 사는 닭들이 무리지어 나타나 보리싹을 쪼아 먹는 일이 잦았습니다. 이를 막으려고 식구들이 하루 종일 논 가운데서 지키고 있을 수도 없었고, 매번 텃논까지 이백여 미터를 달려가 닭들을 몰아내기도 번거로웠습니다. 그래서 나는 에스를 데리고 나가 시험을 해보기로 했습니다. 집 앞에서 큰 소리로 "서어!"하고 외치자, 에스는 즉시 텃논으로 한걸음에 달려가 닭들을 논 밖으로 몰아내고 의기양양하게 돌아왔습니다. 내게는 마치 살아 있는 리모컨이 생긴 셈이 되었습니다. 또한, 집에서 키우던 토끼가 우리를 나와 여기저기 돌아다닐 때도 에스는 달아나는 토끼를 쫓아가 진로를 막으며, 결코 공격하여 물거나 해치지 않고 온전히 제자리로 돌려보냈습니다. 때로는 짚벼눌[2] 속에서 쥐가 들썩거리는 기척이 느껴지면 에스는 귀를 쫑긋 세우고 한참을 고누다가[3], 어느 순간 번개같이 공격해 쥐를 잡는 솜씨를 보여주기도 했습니다.

　얼마 후, 수캐들이 우리 집 근처를 배회하더니 에스가 새끼를 밴 듯 보였습니다. 날씨가 추워지자, 에스의 거처를 마루 밑에서 부엌 한쪽, 나무를 쟁여 둔 어두운 공간으로 옮겨주었습니다. 그런데 어느 날 부엌에 들어갔더니, 에스는 대여섯 마리의 꼬물거리는 새끼들을 낳아 놓았습니다. 눈도 아직 뜨지 않은 새끼들의 몽글몽글한 털에서 갓 태어난 동물 특유의 따뜻하고 포근한 배냇냄새가 났습니다. 에스가 새끼에게 젖을 물리고 키우던 어느 날, 마루 위로 올라와 방문을 앞발로 긁기 시작했습니다. 어머니는 "저 개가 왜 이런대여?"라며 평소와 다른 행동이 심상치 않았는지 방문을 열고 나가 보았습니다. 에스는 꼬리를 휘저으며 제 발로 부엌문을 열려고 애쓰고 있었습니다. 부엌문이 잠기자, 안에 두고 나온 제 새끼에게 돌아가겠다는 의사표시를 하였던 것이었습니다.

우리 집에서 조금 떨어진 이웃집에 에스의 새끼 한 마리를 분양하였습니다. 이후로도 에스는 가끔 그 집에 들락거리며 새끼에게 젖을 물리곤 했습니다. 어느 날, 마루에서 삶은 고구마를 먹던 나는 껍질을 에스에게 던져 주었습니다. 그런데 이 녀석은 고구마 껍질을 덥석 물더니 대문 밖으로 나갔습니다. 궁금해진 나는 에스의 뒤를 밟아 갔는데, 놀랍게도, 에스는 자신이 먹으려던 것이 아니라 분양한 새끼에게 가져다주는 것이었습니다. 그 모습을 보고 에스의 깊은 모성애에 감탄하고 말았습니다. 그런데 더욱 놀라운 것은 에스가 따라 나오려는 제 새끼를 그 집에서 나오지 못하게 막아서는 것이었습니다. 그 모습이 에스가 사람이 아닌지 의심이 들 정도로 놀라웠습니다.

에스는 내가 학교에 가는지, 밭에 가는지 금방 알아차렸습니다.

책가방을 들면 절대 따라나서지 않았고, 내가 밭이나 논에 갈 때는 나를 따라와 여기저기 돌아다니며 냄새를 맡고 쥐구멍도 뒤지다가, 돌아올 때는 항상 에스가 앞장서서 집으로 돌아오곤 했습니다. 에스는 캄캄한 저녁에 돌아오는 내 발자국 소리만 듣고도 나를 알아보고 짖지 않았습니다. 아마도 내 냄새를 먼저 감지하고 알아차렸을지도 모릅니다.

아쉽게도 에스와의 소중한 시간은 오래 지속되지 못했습니다. 동네에 개 전염병이 돌고 있다는 소문이 퍼지던 어느 날, 동네 아이들이 우리 집 개가 이상하다고 알려왔습니다. 에스를 보러 나간 순간, 나는 뭔가 심상치 않다는 것을 직감했습니다. 이 녀석의 눈빛이 예전 같지 않았으며, 사람들을 피하며 내가 이름을 불러도 전혀 알아보지 못하고 계속 도망쳐 달아났습니다. 나는 불안한 마음으로 에스를 뒤쫓아갔습니다. 에스는 동네 고샅을 헤집고 뛰어다니다가 이웃집 텃밭의 울타리 구멍을 빠져나가서, 이곳저곳을 정신없이 달렸습니다. 결국 동네를 벗어나 다리를 넘어 강 건너 마을 쪽으로 향했습니다. 나는 그 녀석을 향해 목청껏 이름을 부르며 따라갔지만, 결국 에스는 건너편 마을 뒷산 기슭에서 힘없이 쓰러져 숨을 거두었습니다. 갑작스러운 에스의 발작과 죽음에 나는 큰 충격을 받았습니다. 겨울 석양에 비친 초점을 잃은 퍼런 눈빛이 낯설었고, 소름이 돋을 만큼 싸늘했습니다. 축 늘어진 에스를 안고 집으로 돌아왔습니다. 그 후로 남아 있던 에스의 새끼들도 결국 시름시름 앓다가 죽고 말았습니다. 한동안 내게 에스를 잃은 상실감이 컸습니다.

에스를 잃은 그날 이후로, 우리 집에서는 더는 다른 개를 들이지 않았습니다. 하지만 에스는 여전히 내 유년 시절 추억의 한 자락을 차지하고 있습니다. 길을 지나가다 에스와 닮은 개를 보면 어린 시절의 에스를 떠올리곤 합니다.

저자 주

(1) 비양: 시늉을 일컫는 전라도 사투리.

(2) 짚벼눌: 짚 다발을 쌓아 놓은 무더기를 가리키는 전라도 사투리. 짚가리가 표준어 임.

(3) 고누다: 겨누다의 전라도 사투리.

홍수

1

    1973년 8월 3일, 나는 중학교 1학년의 여름방학을 느긋하게 보내고 있었습니다. 그 해 여름방학 숙제 중 하나는 잔디씨를 한 홉씩 가져오라는 것이 있었습니다. 그래서 늦은 오후, 나는 동네 앞 냇가를 가로지르는 다리를 건너 강둑길 양편에 토끼풀 사이에 깔린 잔디씨를 훑으러 갔습니다. 강둑을 따라 조그맣고 하얀 꽃들이 몽실몽실 피어 있는 개망초와 밤새 꽃을 피우고 낮잠을 자고 있는 달맞이꽃이 듬성듬성 자리를 잡고 있었습니다. 강둑 비탈에 깔린 잔디 풀밭에 까만 연필심 같은 씨앗 이삭이 솟아 있었습니다. 내가 신문지로 만든 봉투에 잔디씨를 손으로 훑어서 조심스레 담아가는데, 서쪽 하늘에서 먹장구름이 몰려오면서 바람이 세차게 불기 시작했습니다. 신문지 봉투에 담았던 잔디씨가 자꾸 거센 바람에 날려 흩어져 버려서, 한 줌의 씨앗도 채 거두지 못하고 집으로 돌아왔습니다.

2

    그날 저녁밥을 물리고 난 후부터 장대비가 쏟아지기 시작했습니다. 밤이 깊어질수록 비는 점점 거세졌고, 잠에 들 무렵에는 심하게 천둥과 번개를 쳤습니다. 방문의 창호지에 퍼렇게 번개가 지나고 나면, 뒤이어 터지는 천둥소리가 어렴풋한 잠결에 커다란 짐승이 울부짖는 것처럼 들렸습니다. 한밤중에 어머니가 급히 동생들과 나를 깨우며 산 기슭에 있는 할아버지 집으로 피신하라고 말했습니다. 예전에 우리가 제금[1] 나기 전에 살았던 동네 안쪽 산 아래의 집에 할아버지와 할머니가 고모와 함께 살고 있었습니다. 그때는 우리가 냇가 다리 근처에 있던 집으로 이사 온 지 한 해가 지난 여름철이었습니다. 나는 비몽사몽간에 자다가 눈을 비비고 일어나 동생들과 우리 집 개를 데리고 대문 밖을 나섰는데, 동네 고샅을 흐르는 물이 허벅지까지 차올라왔었습니다. 세찬 비는 조금씩 잦아들고 있었지만, 간간이 산능선 너머로 마른 번개가 번쩍거렸습니다. 나는 개를 품에 안고 물 깊은 곳을 피해 어둑한 비탈길을 올라, 할아버지 집에 들어가 다시 잠을 잤습니다.

3

아침에 할아버지 집에서 일어나 집으로 돌아와 보니 동네가 어수선했습니다. 우리 집은 강가에 인접해 있었지만, 지대가 약간 높아 다행히 피해가 거의 없었습니다. 냇가 쪽 외양간과 연결된 흙담 일부가 무너져 있는 정도였습니다. 집 앞의 신작로로 나가보니, 콘크리트 다리 아래로 흙탕물이 넘실대며 흘러갔고, 간밤에 다리 위로 물이 흘러넘쳤던 흔적으로 다리 난간에는 휩쓸려온 나뭇가지와 잡풀이 걸쳐 엉켜 있었습니다. 다리 너머로 이어진 신작로와 제방이 물속으로 잠겨 버렸고, 학교가 있는 면 소재지 집들은 바닷가 섬처럼 흙탕물 속에서 겨우 지붕만 모습을 드러내고 있었습니다.

동네 사람들은 하나둘 다리 근처로 모여들어, 눈앞에 펼쳐진 생경한 풍경에 놀라며 어젯밤에 겪었던 난생처음의 물난리를 전쟁터에서 살아 돌아온 전사의 무용담처럼 이야기하고 있었습니다. 어떤 이들은 작은 피해에 안도했지만, 다른 이들은 폭우가 할퀴고 간 세간, 물에 잠긴 논밭과 빗물에 휩쓸려 내려간 나락과 밭작물을 걱정하며 한숨을 쉬었습니다. 하지만 철없는 나는 그런 걱정에서 멀리 떨어져서 하루아침에 눈앞에 펼쳐진 물바다가 마냥 신기하게 보였습니다. 하루 전에 잔디씨를 훑었던 강둑들이 순식간에 사라질 수 있다는 사실이 그저 놀랍기만 했습니다.

우리 동네 건너편 다리의 끝은 도로를 지탱하던 흙이 유실되어 깊게 움푹 패어 있었습니다. 콘크리트 다리는 앙상한 뼈대를 드러낸 채 끝부분이 절벽처럼 끊겨 있었고, 교각을 지탱하던 흙이 씻겨 나가면서 다리는 허리를 꺾고 비스듬히 내려앉아 처참하고 위태로워 보였습니다. 다리 끝 신작로에 인접해 있던 동무 집은 큰 피해를 입었습니다. 그 집의 부엌이 홍수에 휩쓸려 가버렸고, 지붕을 받치고 있던 기둥과 지붕만 허공에 떠 있는 기이한 모습으로 남아 있었습니다. 그래서 그 집 식구들은 물길에 막혀 우리 동네 쪽으로 건너

올 수도, 물에 잠긴 면 소재지 쪽으로 갈 수도 없는 고립된 처지가 되어버렸습니다. 우리는 다리 끝에서 서서 혹시 다친 사람이나 떠내려간 사람은 없는지 큰 소리로 고함쳐 물었습니다. 다행히도 동무의 가족들은 모두 무사하다고 소리쳐 답했습니다. 그들은 부엌 쪽에서 유실된 살림살이를 찾으러 벙벙한 흙탕물 속을 헤집고 다녔습니다.

4

아침 식사를 마친 후, 안부를 물으러 우리 동네 안쪽에 있는 작은집에 가보았습니다. 작은아버지는 창고 문을 열어 물에 젖은 곡식을 꺼내고 있었습니다. 작은어머니는 새벽녘에 겪은 일을 이야기해 주었습니다. 새벽에 부엌에서 들리는 땡그랑거리는 소리에 잠이 깨어 부엌문을 열어보니, 빗물이 부엌 안으로 새어 들어와 그릇들이 물 위로 떠다니면서 서로 부딪히는 소리였던 것입니다. 작은어머니는 물이 더 불어나기 전에 다급히 가족들을 깨워 대피했다고 했습니다.

점심 무렵이 되자 강물의 수위는 조금 낮아졌지만, 강둑과 인접한 우리 텃논은 여전히 흙탕물이 넘실댔고, 벼가 무성하게 자라고 있던 논은 물속에 완전히 잠겨 흔적조차 찾을 수 없었습니다. 허리춤까지 올라온 흙탕물 속에 뿌리째 뽑혀 떠내려온 커다란 버드나무와 미루나무가 논바닥에 걸쳐 있었고, 내 키만큼 크고 온전한 항아리와 깨진 작은 항아리가 논 속의 흙탕물 펄에 반쯤 처박혀 주둥이만 살짝 드러내고 있었습니다. 식구들이 모두 달려들어 떠내려온 항아리와 나무들을 낑낑대며 포도시[2] 논둑 위로 올려다 놓았습니다. 한번에 옮기기 어려운 나무는 땔감으로 쓰기 위해 톱으로 잘라 조금씩 집으로 날랐습니다. 진흙 펄이 담겨 있지만 깨지지 않은 온전한 항아리는 주인이 찾아갈지도 모른다는 생각에 논둑 위에 그대로 두었습니다.

5

며칠이 지나자 흙탕물이 빠져나가고, 강물은 차츰 제 모습을 되찾아 맑아지기 시작했습니다. 하지만 홍수는 강의 지형을 완전히 바꾸어 놓았습니다. 예전에 깊었던 물길에 모래와 자갈이 쌓였고, 그 옆으로 새로운 물길이 생겨 강물의 흐름은 전혀 다른 방향으로 변해 있었습니다. 절벽처럼 끊겨버린 콘크리트 다리의 한쪽 끝에 사람들이 사다리를 걸쳐 놓고 면 소재지까지 왕래할 수 있게 되자, 자전거를 타고 다리 끝에 와서 자전거를 어깨에 멘 채로 조심스럽게 사다리를 타고 내려가서 건너편 신작로로 가는 사람도 있었습니다.

홍수가 난 며칠 후, 학교에서 방학 중인 학생들을 소집하였습니다. 다리 끝에 걸쳐진 사다리를 타고 조심스럽게 내려가 간간이 물살에 패여 울퉁불퉁해진 신작로 길을 따라가면서 보니, 홍수가 휩쓸고 간 벼들이 흙 찌꺼기를 입은 채로 생기를 잃고, 팔월의 땡볕 아래서 헐떡이고 있었습니다. 홍수의 강한 물살에 논둑이 군데군데 흔적도 없이 사라졌고, 모래와 자갈이 퍼렇던 벼를 덮어버렸습니다. 물이 빠져나간 마른 논에는 쌓인 모래 위로 벼 끝만 뾰족하게 올라와 있었습니다.

면 소재지가 있는 마을에 다다르니, 홍수의 상처가 곳곳에 선명히 남아 있었습니다. 사람들은 물에 젖어 불어버린 세간을 길가에 끌어내어 맑은 물을 끼얹어 씻어내고 있었고, 흙탕물에 잠겨 더 이상 쓸 수 없게 된 세간들은 거리 양쪽에 토성(土城)처럼 길게 쌓여 쓰레기가 되었습니다. 거리에 가득 쌓인 쓰레기 더미에서 썩어가는 퀴퀴한 냄새가 올라와 온 마을을 뒤덮고 있었습니다. 며칠 전 넘실댔던 홍수의 흔적이 건물 벽과 무너지지 않은 시멘트 담벼락에 자국으로 고스란히 남아 있었습니다.

6

학교에 들어서니 운동장이 마치 폐허처럼 변해 있었습니다. 운동장 여기저기가 패였고, 홍수에 휩쓸려 떠내려온 크고 작은 돌멩이들과 나뭇가지들이 어지럽게 널려 있었습니다. 운동장을 둘러싸고 있던 시멘트 블록 담장은 물살의 힘을 견디지 못하고 무너져 부서진 채로 운동장 가장자리에 흩어져 있었습니다. 여름방학 동안 자란 잡초마저 운동장 곳곳을 점령하며 풍경을 더욱 황량하게 만들고 있었습니다. 교사(校舍) 건물은 흙탕물에 잠겼던 부분이 누렇게 변색이 되어, 홍수 당시 수위를 가늠할 수 있었습니다. 교실 안으로 들어서자 물에 잠겼던 나왕[3] 나무 바닥에서 썩은 냄새가 풍겨 나왔습니다. 책상과 걸상은 물살에 휩쓸려 뒤엉켜 있었고, 교실 벽에는 허리 높이까지 물에 잠겼던 흔적이 수평선으로 남아 있었습니다. 교실 바닥은 진흙이 가마솥의 누룽지처럼 두껍게 말라붙어 있었고, 같은 반 동무들과 함께 학교 우물에서 수대에[4] 물을 퍼 와 바닥에 끼얹었습니다. 거북이 등처럼 갈라져 있던 진흙은 끼얹는 물을 머금고, 다시 미끈미끈한 진흙 펄로 변했습니다. 우리는 미끄러워진 교실 바닥에서 미끄럼을 타며 재난의 현장을 순식간에 놀이터로 바꾸어 놓았습니다. 진흙을 걷어내는 작업은 쉽지 않았습니다. 여러 번 물을 퍼 나르며 힘들게 우리 반 교실 바닥의 진흙을 모두 걷어 낼 수 있었습니다.

청소를 마치고 집으로 돌아오는 논 사이로 난 샛길도 군데군데 끊겨 있고 허물어진 논둑 아래로 홍수 때 급류가 지나가며 남긴 깊은 웅덩이도 드문드문 보였습니다. 물줄기가 끊겨 고인 물웅덩이에서 짙은 물비린내가 올라왔고, 물고기 서너 마리가 뙤약볕에 하얗게 배를 드러낸 채 썩어가며 역한 냄새를 풍겼습니다.

7

내가 학급의 반장을 맡고 있던 터라, 담임선생님으로부터 선생님의 하숙집으로 와달라는 기별을 받았습니다. 선생님을 찾아가 보니, 냇가 자갈밭 위에 젖은 책들과 옷가지들을 널어 말리고 있었습니다. 선생님은 내게 동네마다 다니며 우리 반 아이들의 홍수 피해 상황을 조사해 달라고 부탁했고, 같은 동네에 살던 동무가 함께 가 주기로 했습니다. 홍수로 길이 끊겨 자전거를 타고 갈 수도 없어, 우리는 걸어서 마을들을 찾아다니기로 했습니다. 길을 걷다 보니, 길 옆의 고추밭은 물에 휩쓸려서 버려져 있었고, 참깻대도 홍수의 힘에 넘어져 있는 모습이 눈에 들어왔습니다. 샛강에 서 있는 버드나무는 물살에 아랫부분이 휑하니 쓸려 나가 뿌리 밑동이 드러난 채 위태롭게 서 있었습니다. 시끄럽게 울어대는 매미 소리는 이글거리는 팔월의 햇볕 속에서 터덜터덜 걸어가는 우리의 발걸음을 짜증 섞인 외침으로 맞아주었습니다. 하루 종일 여러 마을을 돌아다니며 수해 피해 상황을 조사한 후, 선생님께 알려드리고 집으로 돌아왔습니다.

8

들판과 강가에서는 농부들이 복구 작업에 한창이었습니다. 강줄기를 따라 곳곳에서 불도저들이 요란한 소리를 내며 홍수에 쓸려가지 않고 남아있던 옛 강둑을 뭉개고 새로운 강둑을 쌓아 올렸습니다. 산 아래 강가의 급경사에서는 착암기 소리가 요란하게 울려 퍼졌습니다. 산 옆구리가 다이너마이트로 폭파되며 큰 굉음과 함께 깨진 바위들이 산 아래 강가로 우르르 쏟아져 내렸습니다. 등하굣길에 가끔 지나던 산 중턱 오솔길은 폭파음과 함께 지워졌고, 오솔길 벼랑에 운치 있게 자리 잡고 있던 정자도 한순간에 사라져 버렸습니다. 강물을 비스듬히 가로막고 있던 보(洑)들도 불도저의 굉음과 함께 모두 자취를 감췄습니다. 강폭을 넓히느라 강변에 있는 우리 집 텃논이 오그라들었고, 수십, 아니 수백 년 동안 강물을 지키고 있었던 구불구불한 강둑은 불도저의 삽날에 밀려 흔적조차 남기지 못했습니다. 대신 곧게 뻗은 일자형 강둑이 새로 만들어지고 있었습니다. 산기슭을 폭파해 캐낸 바위들은 용수(6) 같기도 하고 튀밥을 모으는 기다란 용기 같은 철망 안으로 차곡차곡 채워져, 잔디처럼 강둑 경사면을 덮어갔습니다.

개학 후, 우리는 체육 시간에 손수레를 강변까지 끌고 나가, 강변에 쌓인 모래를 날라와 운동장에 깔고 홍수의 상처를 지워갔습니다. 그리고 반별로 강에 있는 자갈과 모래를 보자기에 담아와 학교의 담장을 쌓는 데 힘을 보탰습니다.

홍수로 앙상한 교각 끝이 드러나고 내려 앉았던 우리 집 옆의 콘크리트 다리는 다이너마이트로 결국 산산조각이 났습니다. 굉음과 함께 작은 시멘트 조각들이 집 안까지 날아들었고, 모래알 같은 잔돌들이 빈 장독 항아리에 부딪혀 '팅팅팅'하는 가냘픈 소리를 냈습니다. 새로운 다리를 놓기 위해 임시로 흙길 통행로가 만들어졌고, 그 길로 마을 사람들의 왕래가 이어졌습니다. 그해 여름, 엄청난 홍수는 견고한 새 콘크리트 다리와 곧게 뻗은 강둑을 남겨주었지만, 아쉽게도 지역에 큰 상처를 남겼고, 우리들의 추억이 담긴 장소들을 한순간에 도려내 버렸습니다.

저자 주

⑴ 제금나다: 분가하여 본가에서 따로 살림을 차리는 것을 일컫는 전라도 사투리.

⑵ 포도시: 겨우, 힘겹게, 또는 간신히를 의미하는 전라도 사투리.

⑶ 나왕(羅王): 동남아에서 자라는 키가 큰 나무로 목재가 1970년대부터 우리나라에 수입되어 가구재나 건축재로 사용되었음.

⑷ 수대: 함석으로 만든 양동이로 주로 물을 나르는 데 사용되었음.

⑸ 용수: 술이나 장을 거르는 데 쓰는 기구로, 주로 대나무로 엮어 만드는데, 길고 한쪽 끝이 막힌 원통형 물건.

강태공 아저씨

어렸을 적, 우리 동네에는 늙수그레한 노총각이 홀로 살고 있었습니다. 그는 일제강점기의 끄트머리에 태평양 전쟁에 징집되었다가, 전쟁터에서 입은 부상으로 정신질환이 생겨서 말은 어눌하였고 귀도 어두웠습니다. 어렸을 때는 매우 영민한 사람이었는데 안타깝게 되었다고, 전쟁에 나가지 않았더라면 그리 되지도 않았을 것이라고 동네 사람들이 혀를 찼습니다. 그에게는 부쳐 먹을 논밭도 가까운 친척도 없었고, 특별한 직업도 없었습니다. 동네 한쪽에 있는 허름한 오두막이 그의 전 재산이었습니다. 그는 동이 트는 이른 아침이나 해가 저물어 어둑어둑한 저녁 무렵에 동네 앞 강물에서 낚시를 했습니다. 한 손에는 대나무로 만든 기다란 낚싯대를, 다른 손에는 물고기를 담을 비닐봉지를 들고, 잠방이까지 물속에 잠그고 홀로 서 있는 모습이 무척 쓸쓸해 보였습니다.

그는 잡은 물고기를 손질한 후, 동네 어느 집이나 불쑥 찾아가 물고기가 담긴 비닐봉지를 들이밀곤 했습니다. 그러면 그 집에서 차려주는 밥 한 끼를 얻어먹으며 하루를 이어갔습니다. 우리 집에도 가끔 아침상을 받을 무렵에 부엌으로 불쑥 들어와서, 잡은 물고기가 담긴 비닐봉지를 들이밀곤 했습니다. 아침 밥상을 치운 뒤 그가 찾아오면, 어머니는 그를 위하여 따로 밥상을 차려 주었습니다.

농사가 주된 생업인 동네에서 그는 어업으로 살아가는 독특한 존재였습니다. 가을 추수철처럼 일손이 부족할 때는 가끔 그의 일손을 빌리기도 했지만, 야무지지 못한 일솜씨로 그리 대접을 받지는 못했습니다.

그는 그렇게 외로이 살아가다가 어느 날, 자기 집에서 홀로 죽은 채로 동네 사람에게 발견되었습니다. 동네 사람들 사이에는 그의 시신을 쥐가 뜯어먹었다는 소문도 있었지만 어쩌면 그의 응보일지도 모른다고 생각했습니다. 그는 자신이 물고기를 많이 잡아 살생의 죄를 많이 지었다고 어눌한 목소리로 고백한 적이 있었습니다. 언젠가 내가 그의 토굴 같았던 방에 들어가 본 적이 있었는데, 어둑한 방 안의 벽에는 젊고 어여쁜 아가씨들의 사진이 붙어 있었습니다. 아마도 달력에서 오려낸 사진들을 벽에 붙여 놓고, 외로운 삶의 동반자로 여겼던 것 같았습니다. 이제는 그가 살았던 집터마저 허물어져 흔적조차 사라진 지 오래되었습니다. 그가 남긴 기억은 오래도록 동네 사람들의 이야기 속에 남았지만, 그의 삶과 집은 세월 속에 흩어진 강물처럼 사라져 버렸습니다.

어쩌다 내가 살았던 시골 동네 안쪽에 있던 그의 사라진 집터를 지나칠 때면, 어린 내 눈에도 외롭고 어설퍼 보였던 그의 삶을 다시금 떠올리게 되었습니다.

집텃골

우리 동네 뒤편에 자리잡고 있는 장군봉 능선 아래로 다랑논과 밭들이 산 아래 골짜기를 이루며 산줄기를 떠받치고 있었습니다. 동네 어른들은 이 골짜기를 '큰실안'이라 불렀습니다. 큰실안 한쪽에는 우리 가족이 경작하던 몇 뙈기의 논이 있었고, 그 위쪽에 '집텃골'이라 불리는 비탈밭이 자리 잡고 있었습니다.

밭 옆으로 작은 방죽 하나가 달려 있었습니다. 집텃골에는 산 아래로 벌건 황토가 드러난 경사진 밭이 마치 찐빵처럼 가운데가 볼록하게 솟아 있었습니다. 그 시절에는 왜 그곳이 집텃골이라 불리고 있었는지 알지 못했지만, 나중에 그 이유를 짐작할 수 있는 일이 있었습니다. 어느 날, 낯선 사람들이 집텃골 밭에 찾아와 긴 쇠꼬챙이로 밭과 그 위쪽 산속을 찌르며 뭔가를 찾기 시작했습니다. 그들이 쇠꼬챙이로 무언가를 감지하면 땅을 파헤쳐 옛날 그릇과 술병들을 캐내 갔는데, 당시에는 잘 몰랐지만, 지금 생각해보면 전문 도굴꾼들이 아니었나 싶습니다. 그들은 캐낸 것들 중에서 깨진 병과 접시 하나를 우리 집에 남기고 갔는데, 청회색 빛깔의 고려자기 조각이었습니다. 당시 모두가 살림이 옹색하던 시절이라서, 그것으로 밥벌이하려는 사정 딱한 사람들로 생각해서인지 할아버지나 아버지도 말리지 않았습니다. 그곳에서 옛날에 사용하던 그릇과 병들이 땅에서 나오는 것을 보며, 오래전 그곳에 집을 짓고 사람들이 살다가 지금의 마을 쪽으로 내려왔을 거라고 막연하게 짐작하게 되었습니다. 그곳에서 발견된 고려자기의 조각은 단순한 물건이 아니라, 그 땅 위에 쌓여 온 시간과 잊힌 삶의 흔적을 보여주는 조각처럼 느껴졌습니다.

집텃골 밭은 고추와 배추 그리고 목화를 기르는 밭이었지만, 작은 과수원이기도 했습니다. 아버지는 그곳에 복숭아나무, 배나무, 밤나무, 대추나무를 몇 그루씩 심어, 계절마다 신선한 과일을 먹을 수 있도록 하였습니다. 과일이 익어가는 계절에는 밭을 찾는 발걸음이 더 잦았습니다. 밭의 맨 위쪽에는 조그마한 원두막이 있어 밭일하다가 그곳에서 잠시 쉬기도 했지만, 어느 해인가 태풍에 부서져 좋은 쉼터를 잃었습니다. 원두막 아래에는 두어 평 남짓한 터에 딸기밭이 있었는데, 봄철이면 딸기가 충분하게 익기도 전에 나와 동생들이 먼저 따먹어 버려, 정작 잘 익은 딸기를 맛보기는 어려웠습니다.

해마다 집텃골 밭에는 미영을[1] 심었습니다. 미영에서 하얀, 노란, 그리고 붉은 접시꽃을 닮은 꽃이 탐스럽게 피었는데, 꽃이 지고 나면 꼭지가 뾰족한 다래 모양의 열매가 맺혔습니다. 초록빛 미영 다래가 밤톨보다 굵어지면 우리는 그것을 따서 먹곤 했습니다. 미영 다래를 따서 손톱으로 벌려 속에 눈부시도록 하얗게 젖은 촉촉한 알맹이를 떼어 입에 넣으면, 달착지근한 맛이 사랑스러웠습니다. 가을이 되어 다래 열매가 갈색으로 여물면, 껍질을 터트려 하얀 솜을 보여주었습니다. 수확한 솜은 이불이 되기도 하였고, 우리 집 베틀에서 무명천으로 거듭나기도 하였습니다.

미영을 심은 밭 아래 가장자리에는 대추나무 열댓 그루가 일렬로 서 있었습니다. 가을이 되어 연초록 대추에 붉은 물이 듬성듬성 입혀지면, 고모와 함께 대추를 털려고 커다란 소쿠리와 비닐 포대, 그리고 간대를[2] 들고 집텃골 밭으로 향했습니다. 밭 가장자리에서 대추나무를 간대로 내려치면, 뱅글뱅글 돌면서 떨어지는 대추나무 이파리 사이로 대추들이 누런 나락 포기와 미영밭으로 픽픽 소리를 내며 떨어졌습니다. 머리 위로 떨어지는 대추를 맞아가며 나락과 미영 사이를 헤집고 다니며 대추를 주워 담았습니다. 빨갛게 잘 익은 대추를 골라 아삭아삭 씹으면, 새콤달콤한 맛이 무엇과 비길 수 없이 좋았습니다. 하지만 가끔은 잘 익은 것을 골라 한입 깨물었다가 단단한 대추 씨를 둘러 갈색 가루로 삶의 흔적을 남기는 벌레를 발견하고, 상큼했던 대추 맛이 달아나서 베어 물었던 대추를 얼른 뱉어버리곤 했습니다. 대추 수확을 마치고 나서, 고모는 대추가 가득 담긴 소쿠리를 이고, 나는 대추가 담긴 비닐 포대와 간대를 들고 집으로 돌아왔습니다. 집에 도착한 우리는 햇볕이 잘 드는 툇마루에 대추를 널어 말렸습니다. 반질반질했던 붉거나 연두색인 대추도 하루만 지나면 모두 쪼글쪼글한 빨간 주름살을 입었습니다. 툇마루에 깔린 대추 옆에는 가을 햇살에 하얀 호박고지가 눈부신 모자이크를 만들며 말라가고 있었습니다.

가을 이른 아침이면 나는 집텃골 밭을 찾아가 밭 가장자리에 심어진 밤나무 아래에서 옹골찬 밤을 주워 왔습니다. 벌어진 밤송이에서 갓 떨어진 밤알은 진한 갈색 윤기로 반질거렸고, 밤의 엉덩이는 하얀색이 입혀 있었습니다. 알밤을 먹는 것보다 수풀 사이에서 밤을 찾아내는 일이 보물찾기 마냥 더 즐거웠습니다.

집텃골 밭에 갈 때면 늘 그 옆에 있는 방죽에 들렀습니다. 방죽은 산골짜기에서 내려오는 도랑물을 가두었다가 가물 때 밭과 논에 물을 대어 해갈하려고 만들어진 것이었습니다. 그리고 어른들이 논밭에서 일하다가 흙 묻은 바짓가랑이를 털고, 손을 씻는 곳이기도 했습니다. 방죽은 늘 부옇게 흙탕물이 차 있었고, 그 주변에 둘러난 풀숲으로 검은 물잠자리나 몸통이 하늘색인 잠자리가 날아들었습니다. 방죽의 가장자리 물속으로 우렁이들이 올라와 있었기에 건져낸 우렁이를 된장국에 넣어 먹거나, 부엌에서 잉걸불에 우렁이를 올려 구웠습니다. 우렁이 껍데기 위로 물이 올라 지글거리면, 우렁이가 익은 냄새에 입맛을 다셨습니다. 익은 우렁이를 쇠젓가락으로 찔러 알맹이를 빼내고 맑은 물에 깨끗이 씻어 낸 뒤, 뚜껑과 내장을 떼어내고 먹으면 쫄깃한 맛이 일품이었습니다.

할아버지 댁에서 부모님이 분가하면서, 집텃골 밭은 할아버지의 밭이 되었고, 이후 작은아버지가 그 밭을 관리하면서, 우리 가족의 발길이 점차 그곳에서 멀어졌습니다. 어쩌다 산길을 지나며 건너편으로 보이는 밭을 바라보는 일이 있었지만, 예전처럼 밭에 들어가 볼 기회는 더 이상 없었습니다.

내 어린 시절의 추억이 새겨졌던 그 따사롭던 공간은 세월이 지나며 차츰 변해갔습니다. 예전에 풍요로웠던 집텃골 밭에 심겨 있던 밤나무, 복숭아나무, 대추나무도 모두 베어졌고, 언제부터인지 밭은 잡초와 칡넝쿨만 무성하게 덮인 땅으로 변해갔습니다. 그 옛날 우리가 열심히 가꿨던 땅은 더 이상 농작물이 자라지 않는 황량한 모습으로 변해 버렸습니다. 집텃골 건너편 언덕배기 밭 가장자리에 할머니의 유택(幽宅)이 있어 추석 때마다 성묘를 하러 갈 때면, 나는 멀리서 예전의 집텃골 밭을 바라보면서 생각에 잠기곤 했습니다. 한때 어머니와 할머니가 모시 적삼에 땀이 배고 손톱이 닳도록 파헤치고 가꾼 밭이 이제는 묵정밭이[3] 되어, 거친 잡초의 땅으로 변해버린 모습을 본다면, 할머니와 어머니 마음이 얼마나 허허로울까 하는 생각이 들었습니다.

저자 주

⑴ 미영: 면화, 즉 목화의 전라도 사투리.

⑵ 간대: 대나무로 만든 긴 장대. 간짓대라고 부르기도 함.

⑶ 묵정밭: 농사를 짓지 않고 버려 두어 잡초들이 자라나 거칠어진 밭.

추석의 기억

1
귀향, 그 험난한 경로(徑路)

    1970년대 말, 내가 도시에서 학교를 다니던 시절, 추석에는 언제나 귀향의 험난한 여정을 지나야 했습니다. 추석 전날 오전 수업이 끝나기가 무섭게 부리나케 버스터미널로 달려가야 했습니다. 버스터미널은 고향으로 향하는 귀성객들로 가득 차 발 디딜 틈조차 없었고, 그곳은 말 그대로 인산인해(人山人海)였습니다.

    사람들로 꽉 들어찬 버스터미널에서 사람들 사이를 비집고 들어가 차표를 사고, 시외버스가 대기하는 터미널 마당까지 도달하기까지는 수많은 고함과 삿대질 사이를 비껴가야 했습니다. 고향으로 향하는 버스가 도착하면, 사람들은 우르르 몰려가 버스를 에워싸고, 서로 먼저 오르려고 하니 아비규환(阿鼻叫喚)이 벌어졌습니다. 약삭빠른 이들이 먼저 올라탔고, 뒤에 처진 사람들은 몸을 칼날처럼 세워 시외버스 안으로 비집어 오르거나, 여의치 않으면 차창을 통해서 버스 안으로 돌진했습니다. 그 경쟁에서 밀려난 나는 비명이 새어 나오는 버스를 멀거니 바라보며 다음번에는 반드시 타겠다는 전의(戰意)를 다지곤 했습니다.

인파 속에 묻혀 다음 버스를 한참 기다린 후, 또 한 번의 희망 없는 전쟁을 치르고 힘에 부쳐 물러나다 보면 포도시[1] 막차에 오를 수 있었습니다. 버스에 올랐다는 안도감은 잠시, 콩나물 시루 속과 같은 버스 안에서 신음과 비명이 새어 나왔습니다. 흔들거리는 차 안에서 발 디딘 곳과 몸뚱이가 있는 곳이 달라 몸이 이십 도쯤 기울어진 상태로 가다 보면, 등줄기에서 땀이 삐질삐질 나왔고 사람들의 열기에 휩싸인 답답함을 속으로 삭이며, 육이오 때의 피난 열차를 상상하곤 했습니다.

아쉽게도 막차가 고향 동네까지 가지 않고 근처까지만 가는 경우라면, 시외버스에서 내려서 다시 시내버스를 기다려야 했습니다. 그런데 시내버스라고 해서 만만하지 않았습니다. 이미 가득 찬 시내버스가 더는 사람들을 태우지 않고 야속하게도 휭 지나가버리면, 시내버스를 기다리던 동창들과 선후배들이 무리를 지어 싱싱한 둥근 달이 막 산 위로 떠오르는 이십 리 길을 아예 걸었습니다. 차 안에서 땀으로 젖었던 옷이 말라갈 무렵에는 포기한 자의 홀가분함에 속이 후련했고, 인파 속의 부대낌에서 해방되었다는 생각에 마음만은 둥근 달처럼 한결 가벼웠습니다. 이 험난한 통과의례를 치르고 마침내 집에 다다르면, "아이고, 내 새끼 왔냐? 오느라고 욕봤다."라는 할머니의 말 한마디에 그동안의 고생이 자랑스럽기까지 했습니다. 그 시절에 자가용으로 귀향하는 사람들이 귀족으로 보였습니다. 나도 언젠가 자가용 타고 집에 갈 수 있을까, 그때는 참으로 아득한 꿈이었습니다.

세월이 흘러 내게도 자가용이 생겼고, 나는 오래전 원했던 귀족이 되었습니다. 그후 한동안, 그 귀족은 버스터미널에서의 혼란과 경쟁 대신, 밀리는 고속도로 위의 차 안에서 아내와 함께 새로운 혼잡과 지루함을 감내해야 했습니다. 시간이 흘러 고향의 부모가 세상을 떠나고, 추석에 고향을 가는 일도 뜸해졌지만, 어쩌다 추석날 고향길에 텅 빈 버스들이 지나가는 것을 보면서, 몇몇 노인들만 남아 있는 시골 고향이 텅 빈 껍데기 같다는 생각에 마음이 쓸쓸하였습니다.

2
외할머니의 추석, 그 쓸쓸함에 대하여

나의 부모가 살고 있는 집에서 십 리쯤 떨어진 작은 동네에 외할머니가 홀로 살고 있었습니다. 외할머니는 젊은 시절 남편을 먼저 떠나보내고, 딸만 둘을 홀로 키우셨지만 추석 때가 되어도 찾아오는 가족이 없어, 중학교 시절부터는 나와 남동생이 번갈아 가며 외가에서 추석을 보냈습니다. 추석 전날이면 어머니가 음식과 쇠고기 한 근을 손에 들려 자전거로 외가에 보냈습니다. 우리 동네에는 작은집도 있고, 일가친척도 많아 명절이면 활력이 넘쳤고, 또래 사촌들과 어울리는 재미에 나와 동생은 외할머니만 홀로 있는 절간 같은 외가에 가는 일이 내키지 않았습니다. 추석날 아침이면 지방(紙榜)도 없이 외할머니 홀로 차려 주신 차례상 앞에서 서너 번 절을 하는 것으로, 어깨너머로 보아왔던 제사 흉내를 내고는 얼른 시끌 벅적한 우리 집으로 돌아오곤 했습니다. 외손봉사(外孫奉祀), 외할머니는 추석날 아침에 나와 동생이 번갈아 가며 내는 그 어설픈 흉내마저 고맙게 여겼습니다.

어느 해 추석 전날, 어머니가 챙겨준 음식을 들고 외가에 들어섰을 때, 외할머니가 구부러진 허리로 부엌에서 눈물을 훔치고 나오는 모습을 보았습니다. 외할머니는 연기가 매워 눈물을 흘린다고 묻지도 않는 대답을 하였습니다. 나는 그 눈물이 정말 연기 때문이었는지, 아니면 추석이 되어 마실을 오는 동네 할머니들도 자기네 자식 손자가 왔다고 가버리고 난 후에 을씨년스러운 집안에서 홀로 외로움을 삭이는 눈물이었는지 알 수가 없었습니다. 다만, 장가갈 나이도 안 된 외손자에게 "이 다음에 장가가면 꼭 아들 많이 낳고 살아라!"라는 거듭된 당부로 짐작할 뿐이었습니다. 그 속에는 오십 년 넘게 아들도 없이 스물아홉부터 청상(靑孀)으로 살아온 아픔이 배어 있었다고…

추석을 집에서 보내고, 어머니와 함께 외할머니를 다시 찾아갈 때면 한바탕 실랑이가 벌어지곤 했습니다. 외할머니는 이웃들에게 받은 과일이나 손수 만드신 음식들을 꺼내 놓고, 우리에게 먹을 것을 강요하다시피 하였습니다. 이미 배불리 먹고 왔다는 말이 외할머니에게는 통하지 않았습니다. 배가 불러도 외할머니의 강권에 먹는 시늉이라도 해야 했습니다. 그것이 외할머니가 나와 어머니에게 표현하는 사랑이자, 외할머니가 맛보는 오랜만의 기쁨이라는 것을 알았기 때문입니다. 집으로 돌아가겠다고 나서는 우리에게 외할머니는 이것저것 음식이며 과일을 보따리에 싸 주며, 구부러진 허리로 동네 어귀까지 따라 나와 어서 가라고 손짓하였습니다.

외할머니는 부모님이 사는 집으로 온 지 채 일 년도 안 된 여름날, 홀연히 세상을 떠났습니다. 늙어가는 딸에게 짐이 되는 것을 부담으로 여겼는지.

저자 주 _____

(1) 포도시: 겨우 또는 간신히를 의미하는 전라도 사투리.

맺는 말

　전형적인 우리나라 시골에서 대가족의 일원으로 살아온 나의 어린 시절은 평범한 일상으로 이루어져 있습니다. 특별한 가족사가 있는 것도 아니었고, 경제적으로 넉넉하지도 그렇다고 매우 궁핍하지도 않은 평범한 전라도의 시골 환경에서 나는 자랐습니다. 내가 성장하여 도시로 나와 고등학교와 대학교에 다니는 동안, 고향은 산업화의 영향으로 근대적 모습을 벗어나 급속한 변화를 겪었습니다. 나는 예전의 전통적인 시골 모습을 보고 자란 마지막 세대라는 생각이 듭니다. 어쩌면, 후대가 다시는 경험하지 못할 전통 시골 생활의 원형을 맛본 행운아일지도 모른다는 생각도 듭니다. 그래서 내가 어린 시절 겪었던 일들과 보았던 풍경들을 후세에게 전해야 한다는 일종의 책임감을 느끼게 되었습니다. 내 나이 사십이 넘으면서, 시간의 지층 속에서 살은 삭아 사라지고 뼈만 남아 있는 화석 같은 우리의 옛 풍경을 비록 사진으로 보여주지는 못하더라도, 희미한 자취로나마 글로 남겨 후손들에게 전하고자 하는 마음이 들었습니다. 내가 보고 겪었던 것들을 쓰기는 했지만, 희미한 기억의 조각들을 모으다 보니 온전한 그림을 그리기 어려워, 마치 박물관 토기처럼 떨어져 나가 사라져 버린 부분을 메우듯 당시의 모습을 윤색한 부분도 있습니다. 50여 년이 지난 지금에 와서, 그 모습을 세세히 기록해 남기는 것이 무모할 듯합니다. 어쩔 수 없는 기억력의 한계와 망각이라는 지우개 때문에 온전한 그림을 생생하게 보여줄 수 없는 것이 안타깝기 그지없습니다. 게다가 문학을 전공하거나 따로 글쓰기 공부한 것도 아니기에, 어색한 표현과 부족한 내용이 많을 것입니다. 이제는 고향도 어린 시절의 풍경을 잃고 낯선 모습으로 변해가고 있습니다. 예전에 동무들과 함께 뛰놀던 흔적들도 세월에 빛이 바래 지워져 버렸지만, 어쩌다 한 번씩 들르는 고향에서 어렸을 적 풍경을 떠올리며 조금이나마 위안을 받습니다. 한때는 할아버지나 아버지 세대의 삶이 기록으로 남아 있었으면 좋지 않았을까 하는 생각이 들었지만, 이제는 그분들이 고단한 하루하루의 삶을 살다 가셨기에 그 시절의 생활을 기록으로 남기기가 어려웠을 거라는 것을 이해하게 되었습니다. 나의 부모, 조부모, 외조모, 그리고 부모의 형제자매들이 나를 곁에서 사랑으로 지켜주었고, 어린 시절 산과 들에서 뛰어놀며 즐겁게 학교에 다닐 수 있도록 커다란 놀이터를 마련해 주었던 은혜를 생각하면 가슴이 먹먹해집니다. 이제는 저 세상으로 떠난 분들이 많지만, 나의 어린 시절 기억 속에서 그분들은 항상 따뜻한 모습으로 오랫동안 살아 있을 것입니다.

1971년경 가족 사진

(앞쪽 좌측으로부터 큰고모, 막내 고모, 여동생, 할머니, 아버지,
막내 여동생, 어머니, 뒤쪽 좌측으로부터 남동생, 넷째 고모, 나.
같은 집에 함께 사셨던 할아버지는 무슨 이유 때문인지 사진에
나오지 못함.)